Ney Sceatcher

DAS SPIEL
DES DUNKLEN
PRINZEN

»Das Unmögliche zu schaffen, gelingt einem nur,
wenn man es für möglich befindet.«
(Lewis Carroll – Alice im Wunderland)

Für alle, die Geschichten lieben, da sie uns verzaubern
und manchmal unsere Augen mehr öffnen können
als die Realität.

In einer Welt wie dieser, an einem Ort wie hier.

So verborgen, so dunkel, so voller Schatten.

Meine Stimme wandert durch die dunklen Gänge, das Kaninchen stets neben mir.

Tränen führen unseren Weg, auf einem Schachbrett all diese Träume und Wünsche.

Der Hutmacher mit dem Tee, die Tassen in tausend Scherben. Dieser kleine Funken Magie, der uns am Leben hält.

All die Wolken geformt wie Diener der weißen Königin.

All die Schatten hinter jedem Baum.

Dunkle Welten, die sich hier kreuzen, gefallen durch ein Spiel ohne Zeit und Raum.

Und wenn ich erwache, werde ich all die Träume vermissen.

Diese Schatten im Schloss des Prinzen, dieser betörende Duft von Freiheit. Vielleicht war es nur Illusion. Verloren in meinen Gedanken, verloren in der Zeit.

Inhalt

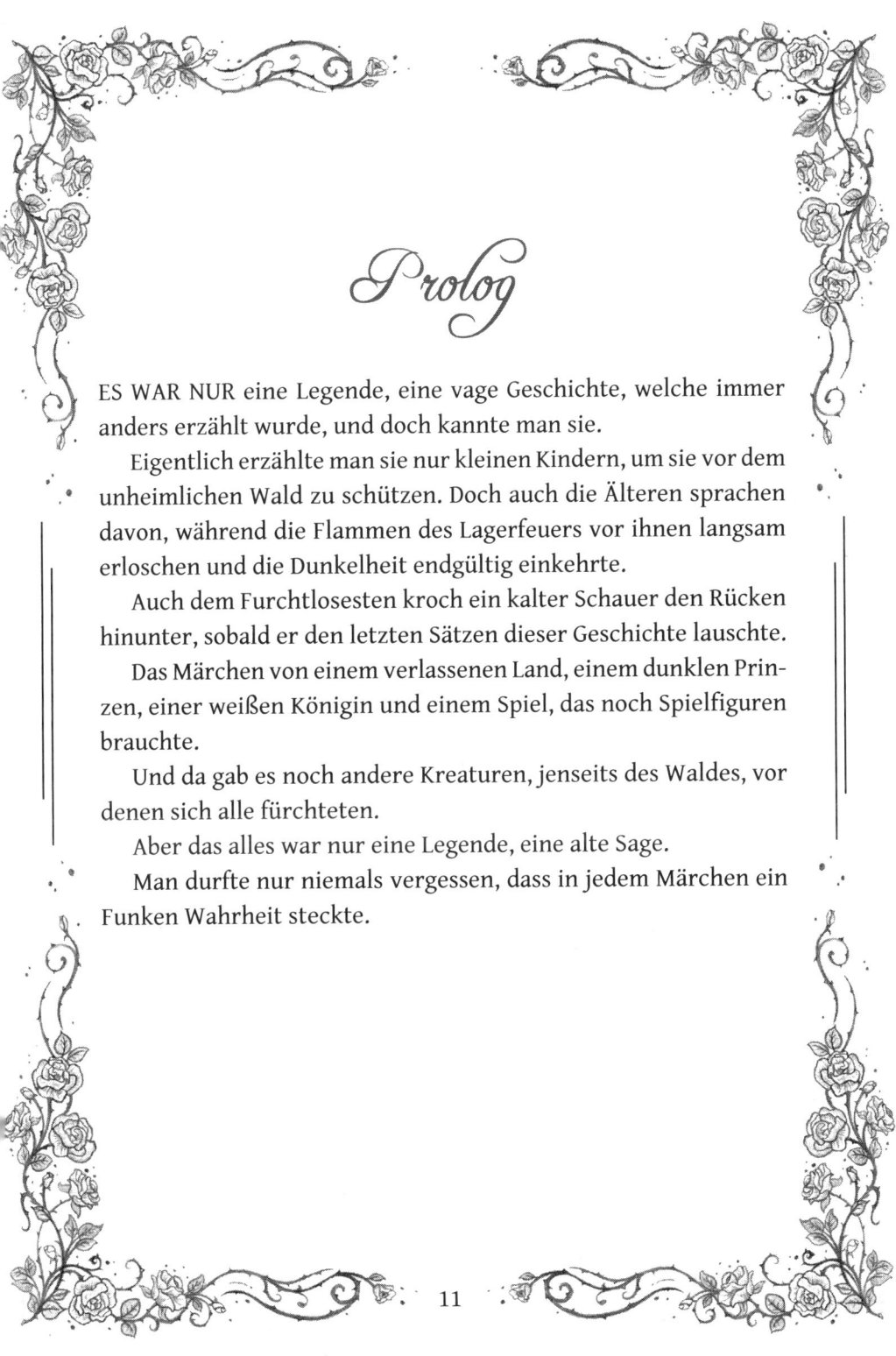

Prolog

ES WAR NUR eine Legende, eine vage Geschichte, welche immer anders erzählt wurde, und doch kannte man sie.

Eigentlich erzählte man sie nur kleinen Kindern, um sie vor dem unheimlichen Wald zu schützen. Doch auch die Älteren sprachen davon, während die Flammen des Lagerfeuers vor ihnen langsam erloschen und die Dunkelheit endgültig einkehrte.

Auch dem Furchtlosesten kroch ein kalter Schauer den Rücken hinunter, sobald er den letzten Sätzen dieser Geschichte lauschte.

Das Märchen von einem verlassenen Land, einem dunklen Prinzen, einer weißen Königin und einem Spiel, das noch Spielfiguren brauchte.

Und da gab es noch andere Kreaturen, jenseits des Waldes, vor denen sich alle fürchteten.

Aber das alles war nur eine Legende, eine alte Sage.

Man durfte nur niemals vergessen, dass in jedem Märchen ein Funken Wahrheit steckte.

Wie alles begann

VOR LANGER ZEIT einmal, da existierte eine Stadt mit dem Namen Tarasa. Sie bestand aus nichts als Eis und Kälte. Schnee bedeckte die Bäume und Dächer, die Wiesen und Seen. Kaum Leben gab es mehr an diesem Ort.

Umgeben von ständiger Dunkelheit und einer Aura des Bösen, stand auf dem höchsten Hügel ein riesiges Schloss aus Eis. Niemand anderes als die weiße Königin selbst trieb dort oben ihr Unwesen. Sie war klug und bildhübsch, so erzählte man sich, und dennoch trübten schwarze Schatten ihre Gedanken.

Es dauerte nicht lange, da gesellte sich ein dunkler Prinz zu ihr. Allein sein Name und die Ahnung seiner Macht verbreiteten Angst und Schrecken. Auch er war bildhübsch und kein einziger Makel entstellte sein junges Gesicht.

Als sich die beiden zum ersten Mal trafen, schien es, als prallten zwei Welten aufeinander. Fortan kämpften der dunkle Prinz und die weiße Königin um den Titel des Stärksten im ganzen Land.

Nach Jahren des Kampfes mussten sie sich eingestehen, dass keiner dem anderen überlegen war. Fieberhaft suchten sie nach einer anderen Möglichkeit, um zu erfahren, wer der Stärkere von ihnen war. Sie erschufen ein Spiel namens Albtraumschach, welches keiner freiwillig spielen würde.

Als sich die ersten Menschenkinder in die Gegend verirrten, waren gleich einige Spielfiguren gefunden. Von da an ließen sie diese in ihren Träumen gegeneinander kämpfen. Und es waren schreckliche Kämpfe, denn die Fantasien der Menschen waren grenzenlos und grausam. Viel schrecklicher als die des Prinzen und der Königin.

Das Erwachen

EIN KLEINER SONNENSTRAHL stahl sich durch mein sonst düsteres Zimmer und brachte mich dazu, die Augen zu öffnen.

Es dauerte eine Weile, bis ich begriff, dass es schon Mittag war, zumindest zeigte mir das der Wecker neben meinem Bett an. Warum wachte ich erst jetzt auf?

Seufzend rieb ich mir über die Augen. Ich war definitiv kein Morgenmensch. Für mich blieben Frühaufsteher, die morgens mit breitem Lächeln in den Tag starteten, ein unerklärliches Phänomen.

Wenig später schlug ich die Bettdecke zurück, erhob mich aus dem weichen Bett und tapste in den langen Flur. Dieser stellte mit seinen bunten Farben das genaue Gegenteil zu meinem dunklen Zimmer dar. In allen Nuancen leuchteten mir grasgrüne Wänden, himmelblaue Böden und rote Bilderrahmen entgegen. Trotz der ungewöhnlichen Farbkombinationen harmonierte alles perfekt.

Leise Stimmen drangen von unten herauf. Mit schnellen Schritten lief ich weiter. Die Kälte umschloss sogleich meine Füße und kroch meinen Körper entlang. Es war keine schlaue Idee, mitten im Winter barfuß durch die Gänge zu huschen. Ich betrat das winzige Badezimmer am Ende des Ganges. Blaue Wände, blaue Duschvorhänge, blaue Kerzen, alles hier war blau. Eilig wusch ich mich, zog mir frische Kleidung und gefütterte Hausschuhe an, ehe ich gähnend wieder hinaus in den Gang trat.

»Taija!«, erklang eine leicht gereizte Stimme. Ohne das besagte Gesicht vor mir zu haben, wusste ich genau, zu wem diese Stimme mit dem harten Tonfall gehörte.

Taija bedeutet *Feuer* in einer alten und längst vergessenen Sprache. Meine Mutter hatte schon immer viel gelesen und seit sie klein war, zumindest hatte sie das immer behauptet, hatte sie sich alle einzigartigen Namen aus ihren Büchern notiert. Irgendwann hatte sie sich dann dazu entschieden, mich Taija zu nennen, womöglich wegen der widerspenstigen roten Mähne auf meinem Kopf.

»Ich komme, Tante Kaisslin«, schrie ich zurück, während ich die Treppe in solch einem Tempo hinunterfegte, dass ich beinahe meine Tante über den Haufen gerannt hätte. Tadelnd rückte sie mit dem ausgestreckten Zeigefinger die dunkle Brille zurecht, die dank meines rasanten Auftauchens leicht verschoben auf ihrer Nase saß.

»In den Gängen wird nicht gerannt, meine Liebe.«

»Aber ja doch, verzeih mir«, murmelte ich und lächelte sie an.

»Wenn das deine Mutter sähe«, wisperte sie mit vorgehaltener Hand. »Sie würde sich im Grabe umdrehen.«

Tante Kaisslin war streng, manchmal auch etwas launisch, und doch hatte sie einen festen Platz in meinem Herzen. Immerhin kümmerte sie sich seit Jahren um mich.

Ihre dunkelbraunen Augen erinnerten mich an die Rinde einer alten Tanne. Dunkel und dennoch von einem warmen Ton umgeben. Durch ihr kohlrabenschwarzes Haar spannen sich immer mehr silberne Strähnen und verliehen ihr eine gewisse Strenge.

»Es tut mir leid, wirklich. Kann ich dir zur Hand gehen?«, fragte ich und sah zu ihr hoch.

Kopfschüttelnd richtete sie ihr Haar und strich sich danach die Hände mit einer energischen Bewegung an ihrem grauen Kleid ab. »Ich muss zuerst einmal in Ruhe nachdenken, was alles noch zu tun ist«, sprach sie und wandte sich ab.

Diese Antwort genügte. Mit einem Seufzer und einem kurzen Blick aus dem Fenster auf die verschneiten Straßen ging ich

langsam wieder nach oben. Kurz bevor ich das erste Stockwerk erreichte, rief mir meine Tante noch nach: »Taija?«

»Ja, Tante?« Misstrauisch beugte ich mich über das Treppengeländer.

»Du könntest den Dachboden aufräumen«, wies sie mich an und ließ mich damit einfach stehen. Ich hasste den Dachboden, das wusste sie. Bis jetzt hatten wir es jedes Jahr aufgeschoben, ihn auszumisten. Dieses Jahr war es wohl oder übel Zeit, damit zu beginnen.

Nachdenklich schlenderte ich durch den langen Gang. Das ganze Haus erinnerte an ein altes Spukhaus, welches ich anfangs noch gehasst hatte, aber inzwischen wahrlich liebte. Man fand jeden Tag neue Dinge: alte Tagebücher, Bilder aus längst vergangener Zeit, getrocknete Blumen und ab und zu steckten auch Goldmünzen zwischen dicken Büchern in verstaubten Regalen. Und manchmal, nachts, wenn man aus einem bösen Traum erwachte, hörte man leise Stimmen raunen.

Nach dem tödlichen Autounfall meiner Eltern hatte Tante Kaisslin mich aufgenommen. Sie lebte hier allein, sofern man es so bezeichnen konnte, denn oft trieben sich junge Reisende auf der Suche nach einem Nachtlager in den großen Ställen herum.

Das Anwesen war riesig. Das Haus selbst besaß vier Stockwerke; zwanzig Zimmer; drei große Arbeitsräume; einen Salon; eine moderne Küche im Erdgeschoss und ein Bücherzimmer, in welchem sich uralte Wälzer stapelten. Die Einbände waren bereits vergilbt und die Titel aufgrund der Jahre kaum lesbar. Jedes Mal, wenn ich eines davon in meinen Händen hielt, fürchtete ich, es könnte zu Staub zerfallen. Das war einer der Gründe, warum ich keines dieser Bücher gern las. Der andere Grund waren die Gerüche. Irgendwie rochen sie alle nach Rauch oder modrigem Sumpf. Doch trotz allem wollte Tante Kaisslin das Bücherzimmer nicht räumen, denn diese seltenen Werke machten einen Teil der Erbschaft meiner Groß-

eltern aus. Im Grunde stellte das gesamte Haus einen Erbteil dar. Es wurde von Generation zu Generation weiter vermacht und um ehrlich zu sein, sah es auch dementsprechend aus. Der Putz bröckelte von den Wänden, an regnerischen Tagen tropfte Wasser von der Decke und eine Heizung kannte dieses Gebäude nicht. Selbst die benachbarten Stallungen waren alt und standen seit Langem leer. Nur die gepflasterte Einfahrt und das hohe Eisentor mit den Verzierungen brachten etwas Moderne auf das Anwesen.

Seufzend kletterte ich die Treppe immer weiter hinauf. Der Schlüssel des Dachbodens lag auf der obersten Stufe. Ich erinnerte mich nicht mehr daran, wann ich zuletzt da oben gewesen war. Selbst jetzt überkam mich ein ungutes Gefühl, obwohl man mich nicht gerade einen Angsthasen nennen konnte. Nach Horrorfilmen schlief ich wie ein Baby und es machte mir auch nichts aus, wenn das Licht im Keller ausfiel und ich dringend etwas von dort brauchte. Aber dieser Dachboden ... Irgendetwas Seltsames ging hier oben vor sich. Man spürte förmlich die negative Energie, die einem aus jeder Ecke dieses verlassenen Raumes entgegenschlug. Selbst Alfred Hitchcock hätte keinen grusligeren Ort erschaffen können.

Ich hob den Schlüssel eilig auf, steckte ihn in das alte Schloss und drehte ihn um. Mit einem fürchterlichen Knarzen sprang die Tür des Speichers auf. Staub rieselte mir entgegen und die dicke Luft dort oben ließ mich einen Moment nach Atem ringen. Ich trat in den Raum, den einzig und allein ein schwacher Lichtstrahl von draußen erhellte. Es war beinahe so dunkel wie in meinem Zimmer. Nur das dort keine meterhohen Spinnweben von der Decke hingen. Staub und Schmutz tauchten den Boden in ein Grau. So viel Dreck hatte ich selten zu Gesicht bekommen.

Wo fing ich am besten an? Suchend spähte ich durch den Raum. Ein altes Fotoalbum lag vergessen auf den Brettern, dahinter stand ein großer Schrank. Stühle mit abgebrochenen Beinen, Puppen

ohne Augen, ein alter Teddybär, Tische, Bänke und Truhen waren achtlos durcheinandergeworfen. Ein silbriger Spiegel lehnte an der Wand und mein Blick fixierte diesen. Wieso stand er hier oben, obwohl wir unten genügend Platz für ihn hatten? Von hier wirkte er gar nicht so trostlos wie der restliche Plunder. Solch eine Rarität machte sich bestimmt gut in meinem Zimmer.

Ich ging langsam auf den Spiegel zu. Er hatte im Gegensatz zu den anderen Gegenständen nur eine leichte Staubschicht und wurde zum Teil von einem weinroten Tuch abgedeckt.

Rasch zog ich den Stoff beiseite. Der Spiegel wackelte und rutschte zu Boden. Es klirrte, Staub wirbelte auf und ich musste meine Augen fest zusammenkneifen.

Langsam, nachdem sich die Staubwolke wieder gelegt hatte, blinzelte ich zwischen meinen roten Haarsträhnen hindurch.

Der Spiegel lag zwar flach auf dem Boden, war jedoch absolut unversehrt. Kein Kratzer, nichts. Ich wandte mich kurz um, um sicherzugehen, dass der Lärm meine Tante nicht angelockt hatte.

Nichts ...

Seltsam ...

Vorsichtig kniete ich mich hin und versuchte, den Spiegel wieder hochzuziehen. Sein Gewicht überraschte mich, er war schwerer als gedacht. Mit knirschenden Zähnen und einem verbissenen Gesichtsausdruck versuchte ich mit aller Kraft, ihn zu bewegen. Auf einmal rutschte ich aus und flog der Länge nach mitten auf das Glas. Ein knackendes Geräusch, wie eine Art Protestschrei, erklang unter mir.

»Nun gut«, seufzte ich und wollte gerade wieder aufstehen, doch plötzlich geschah etwas total Verrücktes. Die Oberfläche verwandelte sich in eine Art Wasser. Meine Hände tauchten in die glatte Spiegeloberfläche ein. Etwas zog mich nach unten und mein Körper folgte widerstandslos. Mein entsetzter Schrei wurde augenblicklich von der Spiegelmasse erstickt, als mein Kopf darin versank.

Zuerst bekam ich keine Luft und Dunkelheit umhüllte mich, dann fiel ich in eine Art endlose Leere, bis ich auf einmal in einer Schneewehe landete.

Panisch blickte ich in alle Richtungen, doch um mich herum war alles nur voller Schnee. Schneeberge aus glitzernden weißen Pulvern erstreckten sich kilometerweit. Tannen waren eingetaucht in sattes Weiß und selbst mein Atem gefror bei jedem Luftzug. Tiefschnee und Eis, so weit das Auge reichte. Kälte durchdrang meine feinen Kleider.

Wo war ich? Bestimmt hatte sich eine der Holzdielen gelöst und ich lag nun unter einer Menge Schutt in Tante Kaisslins Keller begraben. Ich musste ohnmächtig geworden sein und nun befand ich mich in einer Art Traumwelt. Dies war die einzige logische Erklärung für das Winterwunderland, welches sich vor mir erstreckte.

Meine Gedanken rasten.

»Das alles ist nur ein Traum, du wachst bald auf«, flüsterte ich, um mich zu beruhigen.

Anders konnte ich mir nicht erklären, wie ich durch einen Spiegel in ein Land voller Schnee gelangt war. Obwohl es bei uns auch geschneit hatte, aber solch hohe Türme hatten sich noch nie gebildet. Außerdem sah ich hier weit und breit keine Straße oder irgendwelche Häuser. Nicht einmal andere Menschen konnte ich entdecken.

Plötzlich regte sich etwas in einiger Entfernung. Zwei schemenhafte Gestalten kamen langsam auf mich zu. Wie dunkle Schatten krochen sie über den Boden und jetzt bemerkte ich auch wieder diese negative Energie, die meinen Körper einnahm. Still blieb ich im Schnee hocken und starrte den beiden entgegen.

»Wer seid ihr?«, rief ich panisch, als sie wenige Meter vor mir verharrten.

»*Die weiße Königin wünscht, Euch zu sprechen*«, erklang es in meinen Gedanken.

Wie? Verwundert sah ich zu den schemenhaften Gestalten. Nun erkannte ich auch ihre Umrisse. Sie entpuppten sich als riesige Polarwölfe, waren aber um einiges größer und bestimmt auch schwerer als die gewöhnlichen Tiere, die man aus dem Fernsehen oder aus Zeitschriften kannte. Wo zur Hölle war ich?

»*Komm mit uns*«, sprach abermals eine Stimme in meinem Kopf. Die dunklen Augen der Wölfe starrten mich an.

»*Komm.*«

Dichtes Schneegestöber kam auf und verhüllte die Landschaft. Zwischen den Schneewogen wehte rotes Haar, welches zwei Polarwölfen folgte. Bald verwischte der Sturm ihre Spuren und selbst der Prinz hätte Mühe gehabt, das Mädchen zu finden.

Doch dieser saß auf seinem Thron und warf nur einen langen Blick über die Schneelandschaft. Ein leises Knurren entwich seiner Kehle. Alles musste man selbst machen, alles ...

Das Erwachen in einem Albtraum

KLIRRENDE KÄLTE UMSCHLOSS mich. Es schien, als ob ein Gefühl von Machtlosigkeit in jeder Zelle meines Körpers steckte. Müdigkeit und Erschöpfung hielten meine Augenlider geschlossen. Die Kälte wurde immer schlimmer, während ich zitternd und entkräftet versuchte, die Augen zu öffnen. Eine gefühlte Ewigkeit später gelang es mir endlich und ich richtete mich mühsam auf.

Es dauerte einen Moment, bis ich wusste, wo ich mich befand. Die Wände waren weiß und kleine Eiskristalle bildeten ein Muster auf der ebenmäßigen Fläche. Ein Kronleuchter hing von der Decke. Helle, beinahe durchsichtige Möbel standen in dem geräumigen Zimmer. Die Kälte, welche in der Luft lag, kam scheinbar von den Objekten um mich herum. Alles bestand aus Schnee oder Eis. Fröstelnd rieb ich mir die Arme. Selbst der Boden schien aus glattem Eis zu sein, denn mein Gesicht spiegelte sich darin, sobald ich hinabblickte.

Um mich herum erstrahlte endloser weißer Glanz. Ich saß in einem weichen Bett, umgeben von Kissen und hellen Vorhängen.

Vorsichtig erhob ich mich und machte einen Schritt auf der Eisschicht. Angst und Kälte hatten mich fest im Griff.

Wo war ich hier bloß gelandet?

Der Boden fühlte sich kein bisschen kühl an, obwohl ich nichts mehr an meinen Füßen trug. Meine Hausschuhe waren verschwunden und stattdessen stand ein Paar brauner Stiefel am Rande des Bettes. Womöglich war ich wirklich gefangen in einem Traum. Doch seit wann fühlten sich diese so real an? Ich kniff die Augen

fest zusammen, zählte laut bis zehn und öffnete sie dann ruckartig. *Nichts ...*

Seufzend zwickte ich mir in den linken Arm. Schmerz zuckte durch meinen Körper. Warum wachte ich nicht auf?

Ein Klopfen an der Tür aus dichtem Eis ließ mich aus meinen verwirrten Gedanken hochschrecken.

Ich zögerte. Was nun? Sollte ich mich verstecken oder ... Es klopfte erneut. Mir blieb keine andere Wahl.

»Herein!«, rief ich. War das überhaupt angemessen? Immerhin war das nicht mein Zimmer.

Die Tür schwang auf und ein kleiner Junge betrat den Raum. Er hatte dunkles, zotteliges Haar und ebenso dunkle Augen, welche mich ängstlich musterten. Wie alt er wohl sein mochte?

»Die weiße Königin wünscht, Euch zu sprechen«, raunte er und verneigte sich vor mir.

»Du musst dich nicht verbeugen«, erwiderte ich lachend und ging auf ihn zu. Ein Rascheln brachte mich für einen Moment aus dem Konzept. An meinem Körper trug ich ein längeres weißes Kleid. Es saß perfekt, reichte bis unter die Knie und hatte unscheinbare kleine Stickereien und Verzierungen, welche sich vom Halsausschnitt bis zur Taille schlängelten. Im oberen Teil war das Kleid etwas enger, ab den Hüften bauschte sich der samtweiche Stoff. In der Tat, es war wunderschön und dennoch befremdend. Woher kam es und wer hatte es mir angezogen?

»Folgt mir«, forderte der Junge mich auf, den Blick noch immer auf den Boden gesenkt. Was blieb mir auch anderes übrig? Doch zuvor zog ich mir eilig die bereitgestellten Stiefel über meine nackten Füße.

Das alles ist nur ein Traum, bald werde ich aufwachen.

Mit schnellen Schritten eilte ich dem Kind nach und ließ das eisige Zimmer hinter mir.

Die Gänge glichen einem Labyrinth. Alle sahen völlig gleich aus

und immer mehr wunderte ich mich, wie der kleine Kerl wusste, wo es lang ging. Auch er trug keine Schuhe und während man meine Schritte auf der glatten Oberfläche deutlich hörte, bewegte er sich so leise wie ein Schatten.

Nach einer gefühlten Ewigkeit blieb er vor einem weißen Tor stehen. »Tretet ein«, wisperte er und verschwand wieder in einem der langen Gänge. Seufzend wandte ich mich dem Tor zu. Ich fühlte mich beobachtet, aber wer sollte mich beobachten?

Das ist nur ein Traum.

Immer und immer wieder kreisten diese Worte durch meinen Kopf.

Nur ein Traum.

Mein Blick glitt an dem hellen Tor entlang. Darauf befanden sich ähnliche Verzierungen wie auf meinem Kleid. Je länger ich diese betrachtete, umso mehr Objekte erkannte ich. Da gab es Schneeflocken, Diamanten, Augen, Wellen und noch anderes, was ich leider nicht zu deuten vermochte.

Langsam griff ich mit meiner linken Hand nach der Türklinke. Sie war eisig kalt. Schnell öffnete ich das Tor, ehe meine Hände festfrieren konnten.

Als mir ein noch eisigerer Luftzug entgegenwehte, hielt ich erschrocken die Luft an. Die Temperatur in diesem Raum schien noch um einiges niedriger zu sein. Schemenhafte Gestalten aus dunklem Eis beugten sich mir entgegen und beobachteten jeden meiner Schritte. Sie wirkten wie lebendige Schatten und starrten mich mit ihren schwarzen Augenhöhlen an. Unsicher krallte ich die Finger in den weichen Stoff des Kleides. Bestimmt sah das albern aus, aber irgendwo musste ich mich festhalten.

Vor mir stand ein riesiger Thron aus Eis, in welchem sich jegliche Farben spiegelten. Eiszapfen ragten wie spitze Zähne von der Lehne auf und ließen ihn noch unheimlicher und mächtiger wirken. Der Boden zu meinen Füßen war ebenso glatt wie im restli-

chen Gebäude, nur spürte ich die Kälte hier um einiges deutlicher.

Auf dem Thron saß eine Frau mit langen weißen Haaren. Den schlanken Kopf hatte sie auf den rechten Arm gestützt und ihr blaues Kleid floss wie eine Art Wasserfall um ihren Körper. Ihre Augen wirkten blau, fast durchsichtig, und irgendwie erinnerten sie mich an die Antarktis. Alles an dieser Frau strahlte so viel Kälte und Macht aus, dass mir beinahe übel wurde. Mein Magen rebellierte und meine Finger krallten sich noch tiefer in den Stoff.

Im Blick der seltsamen Frau lag Langeweile und sie schaffte es nicht, ein herzhaftes Gähnen zu unterdrücken.

»Wo bin ich?«, fragte ich nach einer halben Ewigkeit. Meine Stimme hallte durch den Raum und irgendwo schien Eis zu splittern. Erschrocken presste ich beide Hände auf den Mund.

Ein bitteres Lächeln stahl sich auf ihr helles Gesicht. »Du bist in mein Land eingedrungen.« Ihre Stimme zitterte leicht.

»Ich weiß nicht einmal, wo ich hier bin!« Wieder zerbrach in meiner Nähe Eis.

»Du bist im Palast der weißen Königin, meiner Wenigkeit«, sagte sie und stützte ihren Kopf in Zeitlupe auf den anderen Arm. Das Kleid raschelte bei jeder Bewegung. »Aber sag mir, Kind, wie bist du hierhergekommen?«

»Mein Name ist Taija. Ich bin durch einen Spiegel gefallen. Nein, ich war auf einem alten Dachboden und als Tante ...« Ich hielt inne, als sie die Hand hob und sich langsam aufrichtete.

»Der Spiegel ... Du bist also ein Menschenkind.«

Misstrauisch beäugten mich die schemenhaften Gestalten. Ihre Köpfe waren zackig, voller Ecken und Kanten, in ihren Gesichtern gab es nur diese leeren Augenhöhlen und furchterregende Münder mit spitzen Zähnen. Der Rest der Körper war blau und unförmig. Sie besaßen keine Beine, sondern schienen mit dem Boden zu verschmelzen.

»Ja, ich bin ein Mensch und ich heiße noch immer Taija«,

flüsterte ich, da ich befürchtete, dass wieder irgendwo Eis wegen meiner Stimme zerbrach.

»Menschenkind, wie ich sagte. Es trifft sich gut, dass du zu mir gefunden hast. Der Prinz wird Mühe haben, das Spiel zu gewinnen«, kicherte sie. Ihre blassen Augen starrten mich an. Kälte kroch meinen Rücken hinunter. Es schien sie nicht einmal einen kühlen Windhauch zu interessieren, wie ich hieß.

»Welches Spiel? Wartet, wenn Ihr die weiße Königin seid und es hier um ein Spiel geht und um einen Prinzen ... In welcher Stadt bin ich hier gelandet?«, rief ich ihr entgegen. Krachend brachen weitere Eisklumpen herunter. Das alles kam mir bekannt vor. Ich war also tatsächlich in einem Traum gefangen.

»In Tarasa, der Stadt aus ewigem Eis, Menschenkind«, sagte sie und kam näher. Das lange blaue Kleid spiegelte sich im Eis des Bodens. Kleine glitzernde Eiskristalle bildeten sich dort, wo sie entlanglief.

»Das ist nur ein Märchen, das alles hier«, sprach ich und funkelte sie wütend an. Meine Angst war auf einmal wie weggeblasen. Bald würde ich aufwachen.

Verwundert blieb die weiße Königin stehen. »Ein Märchen?«

»Ja, das hat mir meine Mutter immer erzählt. Die Geschichte mit der weißen Königin und dem dunklen Prinzen. Die beiden spielten gegeneinander ein Spiel. Es ging darum, wer von ihnen der Bessere, Klügere und Stärkere war, und das geschah in ebendieser Stadt aus Eis namens Tarasa. Ein Märchen, um die kleinen Kinder von dem dunklen Wald fernzuhalten, hinter dem das Ganze liegen sollte, mehr nicht.«

Nur ein Traum, nichts weiter.

»Ach, also bin ich nur eine erfundene Figur und das alles hier ist auch nicht echt? Nun gut, Menschenkind, dann sag mir doch, ob du das auch spüren könntest, wenn es nur ein Traum wäre«, zischte sie und stand mit einem Mal vor mir. Ihre Augen wirkten

so leblos, so kalt und unheimlich. Sie grub ihre dunkelblauen Nägel in meinen rechten Arm. Sofort schoss Kälte daran hoch und voller Schmerzen verzog ich mein Gesicht.

»Aua!«

»Siehst du, in einem Traum spürt man weder Kälte noch Schmerzen.«

Ein furchteinflößendes Lachen drang aus ihrer Kehle. Erschrocken fuhr ich zusammen und brachte einige Meter Abstand zwischen uns.

Auf einmal wurde sie wieder ernst und funkelte mich wütend an. »Du bist meine Spielfigur, meine, nur meine! Sobald das Spiel vorbei ist und du einen Weg findest, darfst du natürlich wieder zurück. Doch bis dahin bleibst du bei mir.« Ihre Augen verzogen sich zu schmalen Schlitzen und ihren Mund umspielte ein hämisches Lächeln. Diese Königin beherrschte anscheinend nicht nur die Kälte, sie war die Kälte höchstpersönlich!

»Um welches Spiel handelt es sich?«, fragte ich und hoffte, sie würde sich wieder beruhigen. Es konnte nur ein Traum sein. Das alles hier gab es in der realen Welt nicht. Aber vielleicht lag ich in einer Art Koma wegen des Sturzes und würde erst aufwachen, wenn das Spiel vorbei war. Wahrscheinlich spielte mir meine Psyche einfach nur einen Streich.

»Schach, aber mir fehlen noch ein paar Figuren. Du darfst gern der nutzlose Bauer sein.« Kühl sah sie mich an und gähnte erneut gelangweilt.

»Schach?« Einen Moment starrte ich sie fassungslos an, ehe ich plötzlich loslachen musste. »Das heißt, Ihr und der Prinz spielt einfaches Schach, nichts weiter?«, fragte ich. Ich hätte meiner Fantasie ja weit mehr zugetraut. Irgendwelche Schlachten oder von mir aus Geschicklichkeitsrennen, Versteckspiele im Wald, Schwertkampf, Bogenschießen. Aber Schach? Dabei konnte man sich ja nicht einmal den Nagel abbrechen.

»Albtraumschach, meine Liebe. Du wirst es sehen. Ich zeige es dir, sobald es so weit ist. Wenn du mich jetzt entschuldigst, ich bin müde. Der dunkle Prinz wird uns heute beehren, also ruh auch du dich aus. Ich will ihm meine neuste Trophäe zeigen und dafür solltest du nicht wie ein abgekauter Lappen aussehen«, sagte sie lachend und ihre Augen wanderten besitzergreifend über mich.

Was für kranke Träume habe ich?

Nervös versuchte ich, den Abstand weiter zu vergrößern.

Nun gut, ich musste ja nur mitspielen und dann würde ich aufwachen. Es war ein Märchen, nicht mehr.

»In den Kerker mit dem Menschenkind«, rief die Königin. Alles an ihr wirkte so makellos. Sie war wunderschön und doch nur eine Hülle. Alle Perfektion nutzte einem nichts, wenn man kein Herz besaß. Und um ehrlich zu sein, zweifelte ich immer mehr daran, dass sie oder diese eisigen Kreaturen ein solches besaßen.

Zwei der schemenhaften Gestalten packten mich an den Armen und zogen mich aus dem Thronsaal. Erst jetzt fiel mir der große zottelige Wolf auf, der neben der Tür schlief. Er öffnete seine Lider und starrte mich an. Sein dunkelschwarzes Fell zitterte ganz leicht, bevor er ein tiefes Knurren ausstieß. Die gelben Augen wirkten irgendwie menschlich. Ich wandte den Blick ab und wurde weiter geschleift.

Meine Füße glitten über den spiegelähnlichen Boden und nur mit Mühe schaffte ich es, nach vorn zu schauen. Mein Kopf war wieder so schwer und die Erschöpfung nistete sich erneut in meinen Knochen ein. Die Luft hier tat mir nicht gut, zu viel Kälte und zu viel Boshaftigkeit. Wenn ich noch lange hierbleiben müsste, würde ich verrückt werden.

Die Gestalten öffneten eine pechschwarze Tür und stießen mich eine lange Treppe hinunter. Unsanft prallte ich gegen eine Art Mauer. Schnell rappelte ich mich auf und rannte die Treppe hinauf, zwei Stufen auf einmal nehmend, ehe ich zitternd an der

dunklen Tür ankam. Meine Hände glitten zum Türknauf und zogen daran. *Vergeblich, abgeschlossen ...*

Eingeschlossen und gefangen in meinem eigenen Albtraum.

Das arme Mädchen saß fest. Viele Fragen wirbelten durch ihre Gedanken, nur eine Lösung, die fand sie nicht. Die Dunkelheit nagte an ihr, brach ihren Mut und ihre Entschlossenheit. Und so schloss sie die Augen, weinte still vor sich hin und dachte an Vergangenes, um sich zu beruhigen, während die weiße Königin zufrieden an einem Glas nippte und hinaus auf die Schneelandschaft blickte.

Der dunkle Prinz

DÜRRE, ZÄHE KÄLTE zog an mir. Seit einer Ewigkeit schon hockte ich mit angezogenen Knien in einer Ecke des dunklen Raumes. Das Klappern meiner Zähne war das einzige Geräusch in diesem Gefängnis. Inzwischen schaffte ich es kaum mehr, Zehen und Finger warm zu halten. Zumindest hatten mir vorhin zwei der Gestalten einen Krug Wasser und einen Teller mit Früchten gebracht. Verhungern und verdursten würde ich in den nächsten Stunden nicht.

Schatten durchzogen meine Gedanken. Wieso wachte ich nicht auf? Alles schien so real, aber es war unmöglich. Das konnte nicht echt sein. In der Realität gab es weder riesige Schneepaläste noch dunkle Prinzen, geschweige denn eine weiße Königin. Es gab auch keine schemenhaften Gestalten und riesige Polarwölfe.

Wäre das hier Wirklichkeit, würde die Polizei bald auftauchen, weil meine Tante mich vermisste. Auf den Straßen ständen dichte Autoschlangen und wenn jemand auf die Idee käme, zu behaupten, er sei die weiße Königin, würde man ihn direkt in die Psychiatrie verfrachten. Das alles hier musste ein Traum sein, wenn auch ein täuschend echter.

Ich schreckte hoch, als ein Poltern durch die Tür drang. Laute Stimmen schallten zu mir herein. Überrascht stemmte ich mich an den kalten Wänden hoch. Meine Füße waren taub und mit jedem Schritt machten sie sich schmerzend bemerkbar. Mit zitternden Händen griff ich ganz langsam nach vorn, dort, wo ich die Tür vermutete. Das Stimmengewirr draußen wurde lauter.

Mit einem Ruck riss jemand die Tür auf. Grelles Licht schien mir

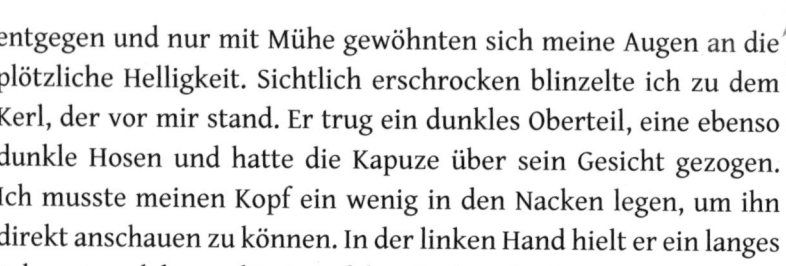

entgegen und nur mit Mühe gewöhnten sich meine Augen an die plötzliche Helligkeit. Sichtlich erschrocken blinzelte ich zu dem Kerl, der vor mir stand. Er trug ein dunkles Oberteil, eine ebenso dunkle Hosen und hatte die Kapuze über sein Gesicht gezogen. Ich musste meinen Kopf ein wenig in den Nacken legen, um ihn direkt anschauen zu können. In der linken Hand hielt er ein langes Schwert, welches er lässig auf dem Boden abstützte.

»Das ist sie also?«, fragte er und drehte seinen Kopf nach hinten. Ich starrte ihn weiterhin an, bis mir bewusst wurde, dass ich noch immer die Arme ausgestreckt hatte. Schnell nahm ich diese herunter.

Ganz langsam wandte sich der Kerl mir wieder zu.

»Sie ist ja noch ein Kind.« Er seufzte und verschränkte die Arme vor der Brust.

Dass ich ihn laut und deutlich hören konnte, war ihm wohl nicht bewusst oder er machte sich keine Gedanken darüber.

»Ich bin fast achtzehn!«, protestierte ich und verschränkte bockig meine Arme.

»Achtzehn Jahre? Besart!«, rief er, ohne sich umzudrehen.

Wie aus dem Nichts tauchte eine weitere Gestalt neben ihm auf. Diese trug ebenfalls dunkle Kleidung und eine Kapuze. Auch von Größe und Statur glichen sich die beiden.

»Ja, Meister?«

»Besart, sind achtzehn Jahre für ein Menschenkind viel?«, fragte er. Noch immer sah er in meine Richtung. Ein Schauer überkam mich. Wer waren die zwei und wieso nannte er ihn Meister?

»Nicht wirklich«, sprach der andere.

»Nicht wirklich? Mit achtzehn darf man abstimmen, Auto fahren, Alkohol kaufen und noch viel mehr«, widersprach ich und sah abwechselnd von einen zum anderen.

»Ich weiß ja nicht, was Alkohol kaufen mit ... wie hieß das? Auto? ... zu tun hat, aber gut«, murmelte Besart.

Verwirrt sah ich sie an. Was bedeutete das nun schon wieder? So viel älter als ich konnten die Kerle wohl kaum sein, oder?

Aufgebrachte Stimmen hallten durch den Gang. Mit wehendem Haar kam die weiße Königin auf uns zu. Hinter ihr, mit großem Abstand, liefen zwei der schemenhaften Gestalten.

»Prinz!«, fauchte sie, kurz bevor sie vor den beiden anhielt.

Das also waren Besart und der dunkle Prinz.

»Ja?«, fragte der, den Blick noch immer auf mich gerichtet.

»Ich habe Euch verboten, meine Spielfiguren zu belästigen!«

»Das interessiert mich herzlich wenig«, zischte er und wandte sich endlich von mir ab. Die Königin stieß ein lautes Knurren aus, doch der Prinz blickte sie nur stumm an. Plötzlich schüttelte die Weiße den Kopf. Feine Eiskristalle klimperten in ihrem Haar.

»Nun gut, ich bitte Euch jedoch, mir zu folgen. Wir haben noch etwas zu besprechen«, flötete sie. Ihr Ton war auf einmal sanft, beruhigend sanft. Ihre Augen hingegen funkelten noch immer voller Hass.

Der mysteriöse Prinz nickte.

»Wächter! Bringt sie in den anderen Kerker!«, rief die weiße Königin nach hinten. Die beiden Gestalten sahen zuerst zum Prinzen, dann wieder zu ihr.

»Na los, macht schon!«, schrie sie.

Erschrocken fuhren sie zusammen und kamen auf mich zu. Kalte Hände griffen nach meinen Armen und zogen daran. Ich versuchte gar nicht erst, mich zu wehren.

»Wenn Ihr erlaubt, wird Besart das Mädchen begleiten. Immerhin ist er mein Diener und hat nichts bei den Besprechungen verloren«, sprach der Dunkle und rauschte an ihr vorbei. Besagter nickte nur und folgte uns. Die Königin schien einen Moment zu überlegen, bevor sie dem dunklen Prinzen nacheilte. Womöglich stufte sie Besart nicht als Gefahr ein.

Die Gestalten zogen mich weiter, immer tiefer in die Gänge

hinein. Auch hier war alles aus Eis, selbst die dichten Gitterstäbe einiger Kerker. Ab und zu erhaschte ich einen Blick in die Zellen. Menschliche Wesen kauerten darin. Manche wimmerten vor sich hin, andere knurrten mich an. Erschrocken zuckte ich zusammen. Warum sperrte man sie ein? Handelte es sich auch bei ihnen um Spielfiguren?

Irgendwann erreichten wir das Ende des Ganges und liefen einige Treppenstufen hoch, bevor vor uns ein weiterer Gang auftauchte. An dessen Ende erwartete uns wieder eine dunkle Tür.

»Stopp!«, rief Besart. Die Gestalten hielten an. Er holte uns ein und blieb vor ihnen stehen. »Sicher, dass wir hier richtig sind?«, fragte er.

»Natürlich!«, zischte der auf meiner linken Seite. Er drückte mit seinen langen blauen Krallen fester zu. Überrascht schrie ich auf.

»Gebt sie mir. Ich vertraue euch nicht. Ihr wollt ja schließlich nicht als Eisskulpturen der Königin enden, oder?«, fragte er und zog langsam sein Schwert. Es klirrte, sobald er die Waffe auf das Eis zu unseren Füßen schwingen ließ. Mit der anderen Hand zog er sich die Kapuze vom Kopf. Kohlefarbenes längeres Haar kam zum Vorschein, seine Augen waren dunkel, fast schwarz wie eine sternenlose Nacht, und die Lippen umspielte ein spöttisches Grinsen.

Ich konnte nicht einfach wegsehen, er zog mich magisch an. Jedoch vermochte ich mir nicht zu erklären, was genau ihn so besonders machte. Irgendetwas schien er auszustrahlen.

Die beiden Gestalten quietschten auf.

»Hinterhalt!«, schrie der eine, was ihm nicht viel half, denn einige Sekunden später landete die Schwertklinge in seinem Bauch. Auch der zweite hatte wenig Glück und fiel ebenfalls leblos zu Boden. Erschrocken schlug ich die Hände vor den Mund.

Lauf! Er wird dich töten!

Und dann rannte ich. Ich rannte und schlitterte über das helle Eis. Doch ich kam nicht einmal bis zum Ende des Ganges, da pack-

ten mich zwei Hände an den Hüften und zogen mich einfach zurück. Eine davon verschloss sogleich meinen Mund.

»Hör auf, zu schreien, wenn dir dein Leben lieb ist! Wir sind schon viel zu spät«, wisperte er in mein linkes Ohr. Warmer Atem strich mir über den Nacken. Von dem Schwert, das wieder an seiner Hüfte hing, tropfte noch immer dunkles Blut. Ganz langsam nahm er die Hand von meinem Mund.

Ich hätte ihn fragen sollen, für was wir zu spät waren, aber meine Panik siegte. »Hilfe!«, schrie ich, so laut ich konnte. Wütend drückte er mich so nah an sich, dass es mir beinahe den Atem raubte. Seine Muskeln spannten sich und seine Atemzüge wurden flacher. Stimmen drangen zu uns. Zuerst nur ein leichtes Wispern, dann nahmen sie an Lautstärke zu.

»Gut gemacht«, knurrte er und zog mich mit sich. Ich wehrte mich mit aller Kraft, biss und trat um mich. Das Flüstern umgab uns und schlich die eisigen Wände entlang. Plötzlich, wie aus dem Nichts, wandelte es sich in einen gellenden Schrei. Eissplitter platzten von den Wänden und prasselten von allen Seiten auf uns ein. Sie rissen mir die Haut auf und ließen mich zusammenzucken.

Besart keuchte auf.

Der Ton wurde immer schriller und lauter. Am liebsten hätte ich mir die Ohren zugehalten, aber das ging nicht. Ich schrie auf und krümmte mich vor Schmerzen. Müdigkeit überkam mich und weiterhin splitterte Eis. Meine Augen schlossen sich allmählich und ich sank in Besarts Armen zusammen. Dunkle Schatten umarmten mich, während sanfte Stimmen mich in den Schlaf wiegten.

Leise Geräusche drangen an mein Ohr. Aus der Ferne vernahm ich das Knistern eines Lagerfeuers und ein vertrauter Geruch nach

Kräutern lag in der Luft. Meine Arme und Beine wogen Zentner, die Augen hielt ich geschlossen und doch hatte ich keine Schmerzen. Alles schien so leicht, so bequem und vertraut.

War ich etwa tot? Fühlte sich Sterben so an?

Vorsichtig öffnete ich die Lider. Ich lag unter einer weichen Felldecke. Wärme umgab mich und diese ungemütliche Kälte war endgültig verschwunden.

Langsam richtete ich mich auf. Das weiße Kleid, welches ich noch immer trug, raschelte. Über mir spannte sich ein beiges Zelt. Ein kleines Feuer brannte in der Mitte der Fläche und Waffen lagen auf dem Boden verstreut. Der vertraute Geruch kam tatsächlich von Kräutern, die überall an Schnüren von der Zeltdecke hingen. Einige kannte ich, andere waren mir fremd. Tante Kaisslin hatte mich in Pflanzenkunde gelehrt, denn sie verzichtete auf Medikamente aus der Apotheke und nahm stattdessen die Kräuter aus ihrem Garten.

Mehr gab es nicht zu sehen. Es wirkte beinahe, als ob man dieses Zelt absichtlich nicht eingerichtet hätte, damit man schnell verschwinden könnte.

Ich zog das Fell höher.

Endlich war diese eisige Kälte aus dem Palast verschwunden. Erst jetzt betrachtete ich das weiche Ding in meinen Armen genauer.

Was zum ...?!

Dunkle Bärenaugen und ein dazugehörender Kopf starrten mich an. Schreiend schleuderte ich das Bärenfell ins Feuer. Im Nu fing es an, zu brennen. Panisch drückte ich mich gegen die Zeltwand, die ächzend unter meinem Gewicht nachgab.

Ein Mann mit schwarzem Umhang kam hereingerannt, den Blick auf das brennende Fell gerichtet. Noch immer starrten mich die Augen des toten Tieres an, bevor sie endgültig vom Feuer verschlungen wurden.

Der Mann sah zu mir. »Du bist wach, wie schön«, murmelte er genervt und zog die qualmenden Reste aus den Flammen. Erst jetzt erkannte ich Besart wieder.

»Wo bin ich? Und wieso haben Eure Decken Köpfe?«, verlangte ich zu wissen und starrte ihn finster an.

»Im Lager der Jäger. Und zu deiner anderen Frage: Wieso nicht?« Verwundert sah er mich an. Achtlos schmiss er das angekohlte Fell in eine Ecke. »Feuermädchen, wolltest du das ganze Zelt abfackeln?«

»Mein Name ist Taija!«

»Taija, wie das Feuer, passt ja«, knurrte er und kam bedrohlich näher.

Schnell richtete ich mich auf. »Was ist bei der weißen Königin passiert und wo steckt sie?«

»Ich wollte dich befreien, aber du musstest ja durch den ganzen Saal brüllen. Die Königin hat ihre Augen überall und hat versucht, dich mit ihrer Stimme zu locken. Und keine Angst, sie ist weit weg in ihrem Schloss«, sagte er, während er mich weiterhin wütend anfunkelte.

»Und warum befreit Ihr mich?«

»Wieso nicht? Die Weiße darf das Spiel nicht gewinnen.«

»Spiel, immer dieses Spiel. Dreht sich bei Euch alles nur um den Streit des Prinzen mit der Weißen?«, schrie ich ihm entgegen. Meine Stimme bebte. Wut brodelte in mir auf.

»Es ist nicht einfach nur ein Spiel. Es entscheidet, wer die Ländereien regiert.«

»Ein Machtkampf also. Und welche Rolle nehme ich dabei ein?« Fragend musterte ich ihn.

Seufzend fuhr er sich durchs Haar. »Menschenkinder können besser Albtraumschach spielen, weil ihre Fantasie grenzenlos ist. Außerdem sind die Weiße und der Prinz gleich mächtig, darum macht es keinen Sinn, wenn nur sie gegeneinander antreten. Da

sich nur etwa jede zweite Vollmondnacht ein Menschenkind hierher verirrt, will es jeder in seinen Besitz bringen.«

»Albtraumschach? Davon hat die Königin ebenfalls gesprochen. Was ist das?«, fragte ich genervt.

»Das wirst du noch sehen.«

Er stand kurz vor meinem Bett und betrachtete mich forschend aus seinen eigenartigen Augen. Es wirkte beinahe, als ob sie nicht von dieser Welt wären. Sobald man hineinblickte, verlor man sich darin. Ich schluckte.

»Was sagt eigentlich Euer Meister dazu, dass Ihr ihn einfach im Palast zurückgelassen habt?«, hakte ich nach und räusperte mich. Irgendwie musste ich Antworten bekommen. Dieser Traum dauerte schon viel zu lange.

»Meister?«, fragte er zögerlich. Besart schien einen Moment zu überlegen, ehe er anfing, so laut zu lachen, dass man ihn womöglich kilometerweit hörte. Spitze Zähne, wie die eines Raubtieres, blitzten hervor. Verwundert sah ich ihn an.

Plötzlich verstummte er und beugte so weit zu mir herab, bis er beinahe meine Stirn berührte. »Ich habe keinen Meister. Niemals würde sich mir jemand widersetzen«, flüsterte er. Seine dunklen Haarsträhnen schoben sich vor meine Augen und mein Herz raste. Verzweifelt krallte ich mich mit den Händen am Bett fest und wagte es nicht mehr, zu atmen. »Taija, oder? Du scheinst immer noch nicht zu wissen, wer vor dir steht.«

Eine surreale Traumgestalt?

Schweigend schüttelte ich den Kopf.

»Ich bin der dunkle Prinz. Willkommen im Lager der Jäger, Taija«, sprach er und stieß sich blitzschnell ab.

Er war der dunkle Prinz?

Gerade wollte er das Zelt verlassen, da sprang ich auf und packte ihn an der Hand. Überrascht blickte er auf meine Linke, zog seine jedoch nicht weg.

»Ihr nennt Euch also Besart? Ich verstehe nicht ganz, was das im Kerker sollte.«

»Ich heiße Farrun, mein Diener Besart. Wir haben die Rollen getauscht, damit die Königin keinen Verdacht schöpft und ich dich befreien kann«, erwiderte er, den Blick noch immer auf meine Hand geheftet.

»Farrun, ich danke Euch sehr für meine Befreiung, aber ich möchte gern nach Hause, zurück zu Tante Kaisslin.«

Besser gesagt, endlich aufwachen ...

»Aber sicher, Taija«, spottete er und lächelte dabei. »Ich werde dich natürlich höchstpersönlich auf meinem Rücken in deine geliebte Heimat tragen. Spring auf.« Der dunkle Prinz zog seine Hand weg und beugte die Knie.

»Sehr lustig!«, schnauzte ich ihn an und schenkte ihm einen ziemlich wütenden Blick.

»Glaubst du wirklich, ich befreie dich aus den Fängen dieser alten Hexe, nur um dich wohlbehalten zurückzubringen? Du bist jetzt meine Spielfigur und was danach mit dir geschieht, ist mir herzlich egal.« Purer Hass funkelte in seinen dunklen Augen, während er sich wieder zu seiner vollen Größe aufrichtete. Dieser Hass kam mir bekannt vor, denn er loderte auch in der weißen Königin. Er musste von diesem seltsamen Spiel und der Gier nach Macht kommen.

»Ihr seid ein arroganter, ungehobelter Narr!«, rief ich und wollte ihm eine Ohrfeige verpassen. Doch er fing meine Hand ab und zog mich daran hoch, als wöge ich nicht mehr als eine Feder. Schmerz stach durch meine Schulter.

»Leg dich nicht mit mir an, kleines Feuer. Ansonsten landest du schneller, als es dir lieb ist, wie dieses Bärenfell auf einem brennenden Haufen. Haben wir uns verstanden?«

Seine Lippen zogen zu einem schmalen Strich zusammen.

Dann ließ Farrun los. Unsanft schlug ich auf der Erde auf.

»Ruh dich aus, meine Liebe. Wir müssen morgen weiter zu meinem Schloss. Es liegt direkt hinter dem großen Wald und bis dahin befinden wir uns immer noch in Gefahr. Die weiße Königin könnte überall zuschlagen.«

Er lief an mir vorbei, riss die Zeltplane zur Seite und wollte gerade hinaustreten, als er noch einen Moment innehielt.

»Ach, und an Flucht denk gar nicht erst. Meine Männer stehen vor den Zelten, mit dem Befehl, alles zu attackieren, das sich bewegt«, mahnte er, ehe er mit schnellen Schritten davoneilte.

Ich umschlang die Beine mit meinen Armen und kauerte mich zusammen. Das war also der dunkle Prinz? In der Legende hieß es immer, er sei früher gutmütig und freundlich gewesen, aber er wirkte nicht so.

Farrun.

Ich war wirklich in einem Traum gefangen. In einer Welt, wo sich eine weiße Königin und ein dunkler Prinz bekämpften, und es fühlte sich sehr real an.

Mitten auf dem Zeltplatz der Jäger lag ein Mädchen mit flammendem Haar. Sie hatte Angst und das war auch besser so. Die weiße Königin raste vor Zorn und sandte sogleich Späher aus, welche ihr diesen kostbaren Schatz zurückbringen sollten.

Und Farrun, der dunkle Prinz? Der beobachtete von seinem Zelt die Wälder, mit einem siegessicheren Lächeln auf den Lippen. Er besaß fünf Schachfiguren, die weiße Königin nur vier.

Der dunkle Wald

AN SCHLAF WAR keineswegs zu denken. Unruhig wälzte ich mich in dem viel zu kleinen Bett herum. Noch immer befand ich mich in dem Zelt und ehrlich gesagt wagte ich mich nach Farruns Drohung auch nicht hinaus.

Mit Einbruch der Nacht nahm das Stimmengewirr draußen zu. Leute schrien herum, lachten oder sangen Lieder. Irgendwo weit weg hörte man das leise Knistern des Feuers. Meine Licht- und Wärmequelle im Zelt war erloschen und ich wagte nicht, jemanden zu rufen. Deswegen saß ich in der völligen Dunkelheit. Nun, völlig war etwas übertrieben, mir blieb noch wenig Mondlicht, welches in das Zelt hineinschien. Nicht einmal eine Decke besaß ich mehr. Die Überreste des Bärenfells schienen mich aus der Ecke verächtlich zu betrachten.

Nach einiger Zeit begann ich zu gähnen und meine Augenlider fühlten sich schwer an. Selbst mein Körper wollte nicht mehr gehorchen. Aber ich durfte nicht einschlafen, ich musste wach bleiben. Hier konnte ich niemandem vertrauen. Wer wusste schon, was solche Kerle alles im Schilde führten. Einen Fluchtplan, den brauchte ich dringend. Außerdem sehnte ich mich nach einer ausgiebigen Dusche.

Dieser Gedanke erinnerte ich mich an Tante Kaisslin. Wie es ihr wohl ging?

Seufzend stand ich auf. Langsam schlich ich durchs Zelt und orientierte mich am schwachen Mondlicht, das den Eingang des Zeltes ein wenig beleuchtete. Die Hände hielt ich vor mich, um

mich im Falle eines Sturzes abzufangen. Meine Füße versanken beinahe in der matschigen Erde. Jedes noch so kleine Geräusch, selbst mein Atem, schien ohrenbetäubend laut in dieser Stille. Von oben bis unten angespannt, lauschte ich nervös jedem Laut, welcher durch die Nacht drang.

Behutsam setzte ich einen Fuß vor den anderen, bis ich endlich am Zelteingang angekommen war.

Es musste doch eine Möglichkeit geben, hinauszugelangen. Nur welche?

Ich spähte durch den kleinen Spalt in der Zeltwand. Zwei Hünen kehrten mir ihre Rücken zu, jeder ein Schwert in der linken Hand.

Wunderbar! Und was jetzt?

Leise drehte ich mich um und lief zur gegenüberliegenden Seite des Zeltes. Mit einem kurzen Blick vergewisserte ich mich, dass wirklich niemand kam, ehe ich mich flach auf den Boden legte. Der Geruch von nasser Erde stieg mir in die Nase und Gras kitzelte mich an den nackten Armen und Beinen. Mein Kleid raschelte für den Bruchteil einer Sekunde, dann wurde es wieder still. Von draußen drang erneutes Gelächter herein.

Ich wartete und wartete. Erst als ich mir sicher war, dass niemand kam, startete ich meinen Fluchtversuch.

Behutsam streckte ich die rechte Hand aus und hob die Zeltwand ein wenig an. Zu meinem Erstaunen ging es ganz leicht. Nach einem letzten Blick zum Eingang rollte ich mich schnell durch den kleinen Spalt und blieb flach liegen.

Den Atem angehalten und die Augen geschlossen, lag ich auf der nassen Erde. *Mucksmäuschenstill ...*

Nach einer Weile wagte ich es, mich vorsichtig umzusehen. Niemand weit und breit. Ich stand auf und widerstand dem Drang, mir die Hände am weißen Kleid abzuwischen. Raschelnden Stoff konnte ich gerade nicht gebrauchen. Dass es so leicht sein würde, aus dem Zelt zu gelangen, hätte ich nicht gedacht.

Ich lief zwischen den nahe gelegenen Zelten hindurch und duckte mich jedes Mal in den Schutz der Dunkelheit, sobald ich ein Geräusch vernahm. Das Lager des Prinzen war nicht allzu groß. Einige Unterkünfte und eine Feuerstelle, mehr gab es nicht. Etwas weiter entfernt erkannte ich die Umrisse mehrerer Männer, doch diese kehrten mir den Rücken zu. Die dachten sich wahrscheinlich, dass solch ein kleines Mädchen keine Probleme machte oder gar versuchte, mitten in der Nacht zu entkommen.

Bald war ich, wie es schien, am Ende des Lagers angelangt. Ein dichter Wald lag vor mir. Bäume so weit das Auge reichte. Der kalte Wind blies mir durch das Haar und schon wieder überkam mich dieses eigenartige, ungute Gefühl. Ich verdrängte es in den hintersten Winkel meiner Gedanken und dachte nur noch an die Flucht, mein Zuhause, eine warme Dusche und eine leckere Schokoladentorte.

Ohne mich noch einmal umzudrehen, sprintete ich los. Ich rannte in den dunklen Wald. Äste streiften mir durchs Gesicht, Blätter verfingen sich in meinem Haar und nur mit Mühe gelang es mir, weiter zu rennen, ohne über hervorstehende Wurzeln zu stolpern.

Ich rannte immer weiter, bis meine Lungen verzweifelt nach Luft schrien. Im Waldesinneren war es stockfinster und meine Augen gewöhnten sich nur langsam daran. Irgendwie wunderte es mich, dass ich noch nicht gegen einen Baum geknallt war. Aber mein Instinkt trug mich weiter durch das Blättermeer und besiegte alle Zweifel und Ängste. Nach einer Weile gab mein Körper auf. Meine Lungen brannten und meine Beine schmerzten. Seufzend hielt ich an und sank auf den Grund des Waldes. Trotz der spärlichen Bekleidung schwitzte ich.

Geschafft! Erleichtert atmete ich auf.

Ich war dem dunklen Prinzen entkommen!

Endlich würde ich ...

Ein Heulen ließ mich aufhorchen. Und da noch eines. Es schien, als ob sich ein ganzes Wolfsrudel in meiner Nähe aufhielt. Ich sprang auf. Mit einem Mal war die Wärme verschwunden. So schnell ich konnte, rannte ich weiter und ignorierte die Schmerzen.

Immer tiefer geriet ich in den dichten Wald. Das Heulen dröhnte in meinen Ohren und verwandelte sich in dasselbe Wispern wie das Stimmengewirr im Palast der weißen Königin.

Das sind bestimmt ihre Polarwölfe. Sie suchen mich!

Wütend ballte ich die Hände zu Fäusten. Dieser Traum begann mir so langsam, aber sicher auf die Nerven zu gehen. Kein bisschen Ruhe gönnte er mir und ständig dieser Kampf ums Überleben.

Das Wispern wurde lauter.

In meiner Verzweiflung versuchte ich, das Tempo noch zu erhöhen. Panisch flog ich durch den Wald und wagte es nicht, einen Blick über die Schulter zu werfen.

Zweige packten erneut nach meinen langen Haaren und zogen schmerzhaft daran. Wurzeln schlugen mir gegen die nackten Beine und rissen meine Haut auf.

Verzweifelt sprintete ich weiter, aber wohin eigentlich? Wohin rannte man, wenn man sich nicht auskannte?

Kalte Angst machte sich in mir breit. Irgendwo neben mir schrie ein Käuzchen auf. Fledermausschwärme sausten über meinen Kopf hinweg. Ich prallte gegen einen dicken Ast, verlor kurz das Gleichgewicht und rappelte mich benommen wieder auf. Meine Füße schmerzten. Der mit Ästen und Steinen übersäte Waldboden hatte einige Löcher in meine Schuhsohlen gerissen.

Das Wispern kam wie aus dem Nichts. Es kam mir vor, als säße etwas auf meiner Schulter und flüsterte mir ganz leise ins Ohr. Das seltsame Raunen wurde von einem ärgerlichen Wolfsgeheul unterbrochen.

Ich ließ meinen Blick suchend durch die Dunkelheit schweifen, doch es war so sinnvoll, wie Feuer mit Feuer zu bekämpfen.

Meine Angst wurde mit jeder Sekunde stärker. Das Einzige, was mich daran hinderte, nicht laut aufzuschreien und in Tränen auszubrechen, war das Wissen, dass es sich letztlich nur um einen Traum handelte.

... ein Traum ... oder?

Ein Knurren erklang genau neben meinem Kopf. Ich schloss die Augen und hielt mir die Ohren zu. »Das ist nicht echt. Das ist nicht echt ...«, wiederholte ich flüsternd. Die Angst wand sich dabei um meinen bebenden Körper.

Vorsichtig nahm ich die Hände von den Ohren und öffnete die Augen. Ich befand mich auf einer Art Lichtung. Der Mond fand endlich einen Weg durch die dichten Baumkronen und erhellte den Boden zu meinen Füßen. Ich war nicht mehr allein. Ein riesiger Wolf stand genau vor mir. Hechelnd sah er mich an, das Maul leicht geöffnet. Speichel rann über seine rosa Zunge und tropfte auf den dunklen Waldboden. Wütend zogen sich seine Brauen zusammen. Ich wollte schreien, aber kein Laut kam über meine Lippen.

Der Wolf knurrte abermals und sprang mit einem gewaltigen Satz nach vorn. Schützend hielt ich die Hände vor den Kopf, aber die Kreatur warf sich auf mich und baute sich über mir auf, das Maul immer noch bedrohlich weit aufgerissen.

Lange Krallen schabten an meiner Hüfte. Ich schrie auf. Plötzlich wurde das Tier zur Seite gedrängt. Vor ihm stand ein weiterer Wolf.

Es war der, der vor der Palasttür gelegen hatte, als mich die schemenhaften Gestalten in den Keller gebracht hatten.

Die Wölfe knurrten sich gegenseitig an.

Erschrocken sah ich zwischen den beiden hin und her. Auf einmal traten immer mehr dieser Tiere aus der Dunkelheit hervor. Sie umzingelten meinen Verteidiger und mich. Ein besonders großer fixierte mich mit offenem Maul. Nichts regte sich mehr. Es wirkte, als ob die Zeit für einen Moment stillstände. Wie betäubt lag ich da und blickte auf das Szenario, das sich mir bot.

Es dauerte nur einen Wimpernschlag, dann brach die Stille und der Albtraum ging weiter.

Der große Wolf stellte sich auf die Hinterläufe, sprang ab und riss noch im Sprung sein Maul weiter auf, ehe er mit einem dumpfen Geräusch auf mir landete und seine langen Fangzähne in meinem Körper vergrub.

Ich schrie! Und schrie!

Schmerz schoss durch meinen Körper. So musste sich also der Tod anfühlen. Grausam, unbarmherzig und kalt. Dann endlich umhüllte mich gnädige Schwärze.

Zwei starke Hände legten sich um meine Handgelenke und drückten diese hinunter. Erschrocken riss ich die Augen auf. Der Schmerz war verschwunden und ich lebte offensichtlich noch. Verzweifelt japste ich nach Luft, sog gierig Sauerstoff in meine Lungen. Ich schluckte und hustete, schnappte keuchend nach Atem. Die Angst saß noch immer auf meiner Brust und brachte mein Herz dazu, wie wild zu schlagen. Erst nach einer gefühlten Ewigkeit beruhigte sich mein Körper. Endlich hatte ich Zeit, mich umzusehen. Ich befand mich nicht länger im Wald, sondern lag wieder auf dem Bett im Zelt.

Das kleine Feuer in der Mitte brannte still vor sich hin.

Nach Luft ringend starrte ich in die Augen von Farrun, der weiterhin meine Arme an das Bett drückte. Neben ihm standen zwei Männer. Beide trugen ähnliche Bekleidung wie der Prinz selbst. Düster und möglichst unauffällig, einen Umhang um die Schultern, dunkle Hosen und Oberteile, die Füße in schwarzen Stiefeln.

Der eine glich ihm sogar in Größe und Statur. Er besaß ebenfalls schwarzes Haar, aber seine Augen leuchteten dunkelgrün. Der

Mann lächelte zwar nicht und doch wirkte er um einiges freundlicher als der Prinz.

Der andere Kerl im Raum war deutlich jünger und hatte hellblondes, zotteliges Haar und hellgrüne Augen.

»Willkommen unter den Lebenden«, sagte Farrun gelassen. Er schien gelangweilt.

Wütend sah ich ihn an, was ihn dazu veranlasste, meine Hände loszulassen. Blitzschnell kratzte ich ihm durch das Gesicht. Für einen Moment starrte er mich erschrocken an, ehe er anfing, lauthals zu lachen. Ein winziger Kratzer zeichnete sich auf seiner rechten Wange ab. Viel war es nicht, aber für einen Augenblick überkam mich das Gefühl des Triumphes. Auch der Prinz war verwundbar.

»Was sollte das? Was war das? Ich wurde doch gerade von einem Wolf zerfleischt!« Mein Herz pochte noch immer wie wild und meine Hände zitterten.

»Albtraumschach, meine Liebe. Jedoch nur die ungefährliche Variante davon.«

»Was hat das mit Schach zu tun? Das war real! Alles! Ich habe den Wolf über mir gespürt und sogar seinen warmen Atem am Hals«, flüsterte ich mit zitternder Stimme.

»Im Grunde genommen nicht viel. Nur dass man wie beim Brettspiel Figuren hat. Jede steht für eine bestimmte Person und hat somit ihren Wert. Der Gewinner ist der, der den anderen am Ende Schachmatt gesetzt hat. Albtraumschach spielt in der Welt der Visionen, in deinen Träumen.« Er warf einen kurzen Blick zu dem Blonden, welcher gelangweilt an dem Pfosten in der Mitte lehnte. War das hier die Voraussetzung, um im Team des Dunklen mitzuspielen? Gelangweilt aussehen?

»Kann mir das jemand mal genauer erklären? Ich verstehe gar nichts.« Langsam richtete ich mich auf, damit ich besser sah und nicht mehr so klein und hilflos wirkte.

Farrun seufzte und rollte mit den Augen. »Menschenkinder! Zuerst werden die einzelnen Spielfiguren in ihre eigenen Albträume geschickt. Sie müssen versuchen, einen Weg hinaus zu finden, ohne dabei zu sterben. Also nehmen wir an, das vorhin hätte bereits zum Spiel gehört, dann wärst du tatsächlich tot. Es kommt natürlich auch darauf an, was für eine Figur du bist. Ein nutzloser Bauer interessiert niemanden. Beim König sieht das anders aus. Du kennst dich sicher ein wenig mit Schach aus. Ist der König tot, endet das Spiel, Schachmatt. Du musst einen Weg finden, den Gefahren zu entkommen, sozusagen deinen eigenen Albträumen zu entfliehen. Nur dann gewinnst du«, fuhr er fort.

Bei ihm klang das alles so selbstverständlich, als würde er eine Einkaufsliste vorlesen und nicht gerade von einem tödlichen Spiel sprechen.

Schluckend sah ich ihn an. »Wartet. Wieso bin ich tot, wenn ich im Traum sterbe?«

Der Blonde knurrte genervt auf und sah in meine Richtung. »Das ist doch logisch! Wenn man in einem Albtraumschach-Spiel stirbt, ist man darin gefangen. Man erwacht nie wieder«, rief er und rollte mit den Augen.

»Aber das alles hier ist ja doch nur ein blöder Traum!«, gab ich feindselig zurück.

Für einen Moment lieferten der Blonde und ich uns ein stilles Blickduell.

»Eben nicht. Es ist die Realität, auch wenn du das noch immer nicht kapierst. Der Spiegel war ein magisches Tor direkt in diese Welt«, unterbrach uns Farrun.

Der Spiegel? Wie sollte ein solch gewöhnlicher Gegenstand ein Tor zu irgendwas sein?

»Und wer steuert diese Albträume?«, fragte ich nach.

»Du selbst, es sind deine Ängste. Aber wir können das trainieren. Wir haben noch Zeit.«

»Aber wenn ich das heil überstehe, komme ich wieder nach Hause?«

Farrun lief mit hinter dem Rücken verschränkten Armen im Zelt auf und ab. Er schien zu überlegen.

»Wenn wir tatsächlich die weiße Königin besiegen, schon. Wenn nicht, weißt du ja bereits, was dir blüht.« Der dunkle Prinz sah wieder in meine Richtung.

Der Blonde schüttelte nur den Kopf, während der dritte Mann noch immer gelangweilt herumstand.

»Wir verlieren mit der!«, jammerte der Blondschopf und schenkte mir abermals einen abschätzigen Blick.

»Du kannst ja gern ihre Spielzüge auch noch übernehmen, mein lieber Tarif«, blaffte Farrun.

Tarif hieß der Widerling also. Wie alt mochte er sein? Achtzehn? Neunzehn?

Schnell schüttelte dieser den Kopf.

»Das war nur ein Versuch, Taija. Du kannst also beruhigt schlafen. Ach, und der hier ...« Er zeigte auf den dritten Kerl. »... ist Besart, mein Meister, wie du ihn genannt hast. Es wird dich sicherlich freuen, dass auch er heil aus dem Palast herausgekommen ist. Und nun ruh dich aus, morgen früh reisen wir weiter«, sprach er und verließ eilig das Zelt.

Besart folgte ihm. Tarif starrte mich noch eine Weile an, bis meine bösen Blicke ihn schließlich aus dem Zelt jagten.

Ich sank zurück auf das Bett. Das hieß, entweder überstand ich das alles heil und durfte aufwachen oder ich starb in meinen Albträumen und würde meine Tante nie wiedersehen.

Man erzählte sich, dass die weiße Königin vor Zorn einige ihrer armen

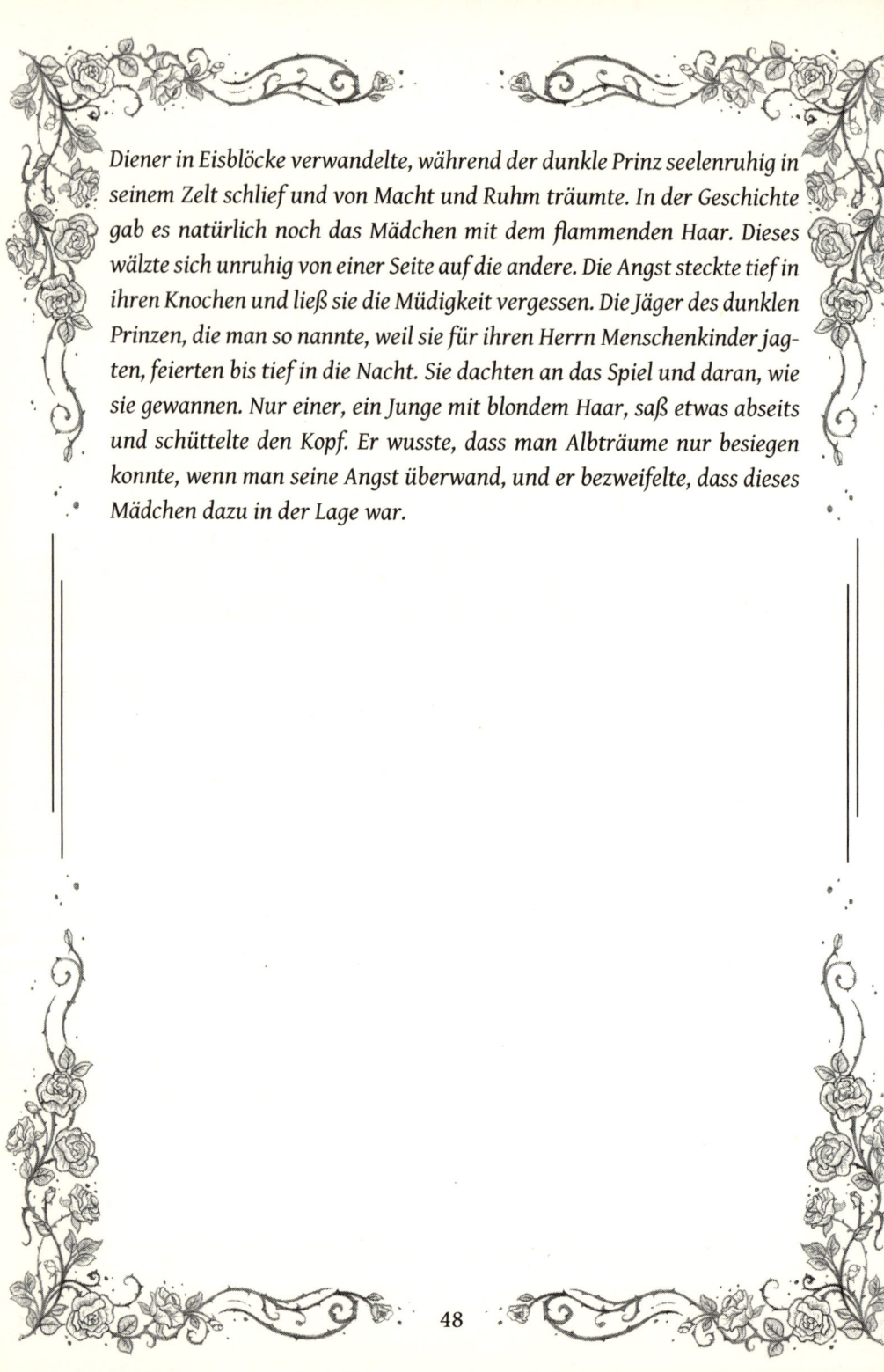

Diener in Eisblöcke verwandelte, während der dunkle Prinz seelenruhig in seinem Zelt schlief und von Macht und Ruhm träumte. In der Geschichte gab es natürlich noch das Mädchen mit dem flammenden Haar. Dieses wälzte sich unruhig von einer Seite auf die andere. Die Angst steckte tief in ihren Knochen und ließ sie die Müdigkeit vergessen. Die Jäger des dunklen Prinzen, die man so nannte, weil sie für ihren Herrn Menschenkinder jagten, feierten bis tief in die Nacht. Sie dachten an das Spiel und daran, wie sie gewannen. Nur einer, ein Junge mit blondem Haar, saß etwas abseits und schüttelte den Kopf. Er wusste, dass man Albträume nur besiegen konnte, wenn man seine Angst überwand, und er bezweifelte, dass dieses Mädchen dazu in der Lage war.

Dicht auf den Fersen

ICH KONNTE NICHT schlafen. Nicht einmal, als meine Augenlider verzweifelt zuklappten, kam mein Kopf zur Ruhe. Auf keinen Fall wollte ich erneut in solch einem Albtraum aufwachen. Selbst jetzt spürte ich noch den warmen Atem des Wolfes im Nacken und die spitzen Zähne, die sich in mein Fleisch gruben. Die Grenzen zwischen Traum und Realität verschwammen immer mehr.

Während ich so dalag und nachdachte, ging vor dem Zelt die Sonne auf. Das Feuer brannte nieder, die Stimmen erstarben und mein Kopf begann, vor lauter Anstrengung zu pochen.

Irgendwann, als die Sonne die Nacht und damit die Dunkelheit vertrieben hatte, betrat Besart das Zelt. Wahrscheinlich kam er, um mich zu wecken, denn er blickte ziemlich überrascht, als er bemerkte, dass ich wach war. Unter meinen Augen befanden sich vermutlich schwarze Krater, zumindest fühlte es sich so an. Erleichtert richtete ich mich auf. Lange hätte ich es nicht mehr ausgehalten.

»Du siehst müde aus«, meinte er.

Ich schüttelte den Kopf. »Geht schon.«

»Es ist nicht leicht, trotzdem solltest du so viel schlafen wie möglich. Dein Körper braucht alle Energie, die er kriegen kann.«

Genervt nickte ich. Er hatte gut reden. Bestimmt schickte der Prinz ihn nicht in solche Albträume.

Besart warf mir noch einen besorgten Blick zu, ehe er eilig aus dem Zelt verschwand. Mühsam kämpfte ich mich hoch. Ich war todmüde. Meine Beine wollten erst beim dritten Versuch in Be-

wegung kommen. Etwas benebelt wankte ich durchs Zelt und trat ins Freie.

Überrascht stieß ich ein Keuchen aus. Die Sonne schien und kaum Wolken waren zu sehen. Augenblicklich wärmte sich mein Körper. Aus dem Wald drang das Zwitschern von Vögeln und ein sanfter Wind wirbelte durch mein Haar. Im Grunde ein wundervoller Anblick, wenn man die schneebedeckten Flächen außer Acht ließ.

Die grüne Wiese von gestern war verschwunden. Über die Hügel und Berge vor mir erstreckte sich eine glitzernde Winterlandschaft. Im Hintergrund türmten sich Berge aus Eis, während neben den Zelten nur feiner Morgentau lag. Auch der Wald leuchtete weiß. Wie war das möglich?

»Die weiße Königin scheint uns dichter auf den Fersen zu sein als gedacht.«

Überrascht drehte ich mich in die Richtung, aus welcher die Stimme kam. Der dunkle Prinz stand direkt hinter mir. Die Arme verschränkt, den Blick nach vorn gerichtet.

»Ich dachte, Ihr seid mächtig genug. Immerhin habt Ihr es allein aus dem Palast geschafft«, war meine einzige Antwort. Ich musterte ihn. Er strahlte irgendetwas Kühles, Dunkles aus. Dieser Mann hatte eine starke Anziehungskraft und doch hielt er die Menschen mit seinem eisigen Blick auf Abstand. Auch wenn er ein leichtes Lächeln andeutete, erreichte die Wärme seine Augen nicht. Zuerst die Königin in ihrem Eispalast und nun dieser Mann mit der hasserfüllten Miene.

»Ich bin mächtig, sehr sogar. Nur bereitet es mir allmählich Sorgen, dass ich nicht gleichzeitig auf dich aufpassen und auf die weiße Königin achten kann.«

Wütend wandte ich mich ab. »Die Gesellschaft der weißen Königin wäre mir um einiges lieber«, murmelte ich. Doch wie erwartet ließ sich Farrun nicht provozieren.

»Wenn du meinst.«

Ich spürte seine Blicke in meinem Rücken, wagte es aber nicht, mich umzudrehen. Mir machte er keine Angst. Er war bloß ein dunkler Prinz. Irgendjemand aus meiner blühenden Fantasie, mehr nicht. Aber er musste mir helfen, einen Weg hinaus zu finden. Davon jedoch schien er weit entfernt zu sein. Bis jetzt wirkte es immerhin, als wäre er nicht daran interessiert, mich zu töten.

»Bereit?«, fragte er.

Ich drehte mich wieder um. Das bekannte spöttische Grinsen erschien auf seinen Zügen. Ich nickte nur ganz leicht.

»Gut.«

Mit schnellen Schritten eilte er an mir vorbei und wandte sich an seine Männer.

Ich sah hinüber zu dem schneebedeckten Wald. Kleine Eiskristalle glitzerten mir entgegen. Ein kalter Schauer jagte mir über den Rücken, ganz vage erinnerte ich mich an den Albtraum von gestern Nacht. Das alles war ein Teil eines alten Märchens.

Während der Prinz weiterhin Befehle erteilte, lief ich ein Stück näher an den Waldrand heran. Nur ein paar Meter, nicht mehr. Die Blätter der Bäume wiegten sich sanft im Wind. Die Stille wirkte erdrückend. Ich konnte froh sein, dass ich mich nicht allein an diesem trostlosen Ort befand.

Schnee rieselte von einem Ast. Überrascht drehte ich den Kopf. Da regte sich doch etwas! Ich kniff die Augen zusammen und fixierte die Tanne vor mir. Eine dunkle Gestalt löste sich vom Stamm. Das Fell war schwarz und zottelig, lange Beine versanken in dem Schnee. Wachsame Augen sahen in meine Richtung. Es war der Wolf aus dem Palast, welcher in meinem Albtraum erschienen war.

»Taija«, rief eine Stimme.

Ich wandte mich um. Besart stand hinter mir, die Augenbrauen fragend erhoben.

»Können wir gehen?«, fragte er zögerlich. Er musste mein Unbehagen bemerkt haben.

»Und die Zelte?« Noch immer verweilten die hellen Zelte an ihren Plätzen, sogar die Feuerstelle war nicht beseitigt worden. Auf einmal zerrte die Kälte an mir und ich verfluchte mich innerlich, dass ich nicht mehr als dieses Kleid trug. Selbst die Sonne vermochte es nicht, mich zu wärmen.

»Dafür haben wir keine Zeit. Die weiße Königin verfolgt uns und da sie unsere Spur zu kennen scheint, spielt es keine Rolle.« Er lächelte mir aufmunternd zu und ging durch den knöchelhohen Schnee zu den anderen zurück. Diese saßen bereits aufbruchsbereit auf ihren Rössern und warteten.

Die Jäger waren höchstens zwanzig Männer und trugen alle die gleiche dunkle Kleidung. Manche schienen in meinem Alter zu sein, während andere deutlich älter wirkten. Es gab Männer mit Bärten, mit Glatzen, wilden Tattoos an ihren Hälsen und solche, die gelangweilt in die Landschaft hinausblickten und sich hinter einem Berg von Haaren versteckten.

Farrun ignorierte mich. Er saß ebenfalls auf dem Rücken eines Pferdes und starrte geradeaus in den dichten Schnee. Seufzend folgte ich Besart. Etwas anderes blieb mir ja nicht übrig. Ich lief an den Jägern vorbei. Auch Tarif entdeckte ich weiter hinten auf einem dunklen Tier. Sein böser Blick schüchterte mich nicht im Geringsten ein. Lächelnd sah ich ihn an, woraufhin er sich abwandte und energisch an den Zügeln zog. Das Tier schnaubte wütend und verdrehte die Augen. Doch den guten Tarif schien das nicht zu stören. Man sollte ihm einmal Zügel umbinden!

»Wo ist mein Pferd?«, fragte ich und sah zu Farrun. Besart war inzwischen auch aufgestiegen und ritt ein kleines Stück voraus.

Der Prinz betrachtete noch immer den Schnee vor sich. »Du reitest mit Tarif. Ich kann mir nicht erlauben, dir eine Fluchtmöglichkeit zu bieten.«

»Aber ...« Ich hielt inne, als sein finsterer Blick mich traf.

»Nichts aber, oder willst du lieber mit mir reiten? Wie du möchtest.«

Ich schluckte und warf einen kurzen Blick zu Tarif, der ebenso begeistert von der Idee wirkte wie ich.

»Ich laufe!«, rief ich und sah dem Dunklen wieder direkt in seine kalten Augen.

»Du läufst?«

»Ja, ich laufe.«

»Bist du so schnell wie ein Pferd?«

»Nein, aber dann wartet Ihr eben auf mich«, erwiderte ich gelassen. Bestimmt würde ich das noch bereuen, aber nichts und niemand brachte mich auf den Rücken dieses Tieres, auf welchem Tarif hockte.

Farrun schüttelte nur den Kopf, schnalzte mit der Zunge und das Pferd trabte augenblicklich los.

Es war eine schlechte Idee gewesen, zu laufen. Die Stiefel bedeckten meine Beine bis knapp unter die Knie, doch den Rest traf die klirrende Kälte mit ganzer Härte. Wenigstens nahm die Schneemenge mit jedem Meter, den wir bewältigten, ab. Jegliches Zeitgefühl hatte ich längst verloren und so konnte nicht einmal sagen, wie lange wir schon liefen.

Nur eines wusste ich: Die hereinbrechende Nacht und die damit verbundene Rast retteten mich davor, erschöpft zusammenzubrechen.

Während unseres Ritts waren wir an unzähligen Landschaften vorbeigekommen. Von Wäldern über Ruinen, Hügel und karge Wiesen hatte ich alles gesehen. Nur anderen Menschen begegneten

wir niemals. Auch durch Dörfer führte keiner unserer Wege, nur gelegentlich passierten wir Überreste von Häusern oder Stallungen.

Der Schnee verschwand, die eisige Kälte jedoch blieb. Farrun stieg ab und der Rest tat es ihm gleich. Sie entzündeten ein Feuer und schlugen im Schutze einer kleinen Felsplatte ein Nachtlager auf. Müde und erschöpft ließ ich mich neben einem großen Stein nieder und schloss für einige Minuten die Augen. Inzwischen war ich so ausgelaugt, dass ich nicht einmal an die Albträume dachte. Selbst Hunger und Durst verbannte ich in den hintersten Winkel meiner Gedanken. Und so kam es, dass ich nach einer Weile in einen tiefen Schlaf fiel.

»Keine Angst vor dem Albtraumschach?«, riss mich eine Stimme aus dem Traumland.

Ich schreckte hoch und schlug mir dabei den Ellbogen am Stein an. Farrun stand mit verschränkten Armen vor mir. Er wirkte kein bisschen müde, obwohl ich ihn heute noch nicht ein Mal hatte ruhen sehen. Die Flammen der Feuerstelle vor mir waren bereits erloschen und zurück blieb nur ein Haufen verkohltes Holz.

»Was willst du?«, fragte ich und sah mich suchend nach den anderen um. Keiner schien mehr da zu sein.

»Sie sind zurückgeritten, um die Späher der weißen Königin zu finden«, beantwortete er die Frage, die ich noch gar nicht gestellt hatte. Als wüsste er, was ich dachte.

Gruselig.

»Ach, und Flammenmädchen, falls du dich doch dazu entscheidest, morgen mit Tarif mit zu reiten, ich halte dich nicht davon ab. Dein Tempo hat uns heute schon lange genug aufgehalten.«

Ich schüttelte fassungslos den Kopf. So etwas Arrogantes wie

er war mir selten untergekommen. Ich stand auf und betrachtete den dunklen Wald, dessen schwarze Silhouette sich am Horizont abzeichnete. Meine Hände ballte ich zu Fäusten.

»Ihr spracht von mehreren Spielfiguren. Wo sind die anderen?«, nahm ich das Gespräch nach einer Weile wieder auf. Die Stille war mir zu unbehaglich.

»Bei mir auf dem Schloss.«

Wind rauschte durch die Blätter und zerzauste mein Haar. Dieses Gefühl beruhigte mich ein wenig. Ich mochte den Wind. Schon als kleines Kind hatte ich gern draußen gesessen, während es stürmte. Die Menschen versuchten heutzutage, alles zu kontrollieren oder zu bändigen. Nur der Wind ließ sich von niemandem etwas vorschreiben. Keiner vermochte ihn zu zähmen oder ihm seine Freiheiten zu rauben.

»Und wie komme ich von hier aus nach Hause? Immerhin bin ich durch einen Spiegel in diese Welt gelangt. Ich kann ja schlecht wieder dadurch zurück, wenn ich nicht einmal weiß, wo er sich befindet«, flüsterte ich mehr zu mir selbst als zu Farrun.

»Ich weiß es nicht.«

»Ihr wisst es nicht? Ihr habt gesagt, ich kann nach Hause, wenn das Spiel vorbei ist!« Wütend drehte ich mich um.

Einen Augenblick zuckte Unsicherheit über seine sonst so ebenmäßigen Züge. Selbst die kalten Augen blitzten überrascht auf. Er schüttelte sich kurz, als ob er etwas abstreifen wollte, und sah mir dann direkt in die Augen. Sein Blick wirkte eiskalt und abweisend. Hatte ich mir diesen Moment bloß eingebildet oder besaß der dunkle Prinz am Ende doch etwas Menschlichkeit?

»Natürlich, du darfst gehen, sobald es vorbei ist. Aber ich habe nicht behauptet, dass ich dich nach Hause bringe.«

»Und wenn ich unter diesen Bedingungen nicht mitspielen will?«

»Dann zwinge ich dich.« Die Augen des Prinzen wanderten un-

ruhig hin und her. Er spannte sich an. Sein Ton allein verriet mir, dass er nicht bluffte und es ihm nicht das Geringste ausmachte, mich dazu zu zwingen. Er würde schon Mittel und Wege finden, da war ich mir sicher.

»Ich werde mich wehren.«

Belustigt hob er eine Augenbraue und kam auf mich zu. Kurz vor mir blieb er stehen. Noch immer umspielte das leicht spöttische Lächeln seine Mundwinkel. Ich musste zu ihm hochsehen, damit ich ihm überhaupt in die Augen blicken konnte. Dies ließ meinen Mut sinken.

Er beugte sich zu meinem linken Ohr. Ich hielt die Luft an, als sein Atem meinen Nacken streifte. Diese Geste erinnerte mich stark an die des Wolfes aus meinem Albtraum.

»Du wirst tun, was ich sage, verstanden?«, flüsterte er.

Ein kalter Schauer kroch meinen Rücken hinab. Er stand so nah, ich müsste nur ganz leicht den Kopf bewegen und wir würden zusammenstoßen. Ich brachte nicht den leisesten Ton heraus. Meine Kehle war trocken und als ein leises »Vergiss es« aus meinem Hals hervorkroch, hatte ich Angst, er könnte es nicht hören.

Ich schloss die Augen und wartete ab. Würde er wütend werden und mich anschreien, schlagen, irgendwo im Wald verscharren?

Doch nichts. Noch immer herrschte Stille. Sollte ich es wagen, die Augen zu öffnen? Vielleicht verblüffte ihn meine Antwort nur.

Ich blinzelte vorsichtig. Er stand nicht mehr vor mir.

»Farrun?«, sprach ich zögerlich.

»Hinter dir ...«

Erschrocken drehte ich mich um.

»Hattest du Angst?«, fragte er.

»Nein!«

Er lachte und schüttelte abermals seinen Kopf. Die dunklen Haare wirbelten durch die Luft. »Solange du tust, was ich verlange, passe ich auf dich auf.«

Noch immer lag sein wachsamer Blick auf mir.

»Du solltest jetzt weiterschlafen.«

Erschrocken sah ich ihn an. Schlafen? Niemals! Ich hatte genug geschlafen.

»Und was, wenn du mich wieder in eines deiner netten Albtraumschach-Spiele zauberst?«

Er schüttelte nur den Kopf. »Nein, das können wir morgen üben. Du brauchst wirklich Schlaf, kleines Feuer.«

Was war das nur mit diesem Kerl?

»Schlaf jetzt, Taija. Die anderen kommen bald«, flüsterte er und fuhr mir über die Stirn. Nur ganz leicht, sodass seine Finger ein sanftes Kribbeln auf meiner Haut hinterließen. Doch meine Lider schlossen sich genau in dem Moment, als seine Berührung wieder verschwand. Mein Körper fiel und ich glitt in einen schönen Traum. Um mich herum wurde alles dunkel und still. Von ganz weit weg vernahm ich Stimmen. Wer sprach da? Besart?

Dichter Nebel umhüllte mich und ließ mich alle Fragen vergessen. Fragen, auf die ich wohl niemals eine Antwort erhalten würde.

Der Dunkle schien zufrieden. Sie waren weiter weg von der weißen Königin als gedacht. Ihre Späher hatten die Spur der Jäger verloren und waren umgekehrt. Spätestens morgen würden er und seine Männer mit dem Mädchen ankommen und dann wäre er endlich wieder in seinem Palast. Die Weiße traute sich niemals ohne Einladung dorthin. Und eine solche würde er ihr erst kurz vor Spielbeginn zusenden. Die Königin war selbst schuld, dass er ihr das flammende Mädchen geraubt hatte. Warum auch wollte sie ihm unbedingt ihre kostbare Trophäe vorführen.

Der Schnee zog sich langsam zurück. Die Macht der Weißen verschwand. Und das Mädchen? Was würde er mit ihr anstellen? Sie kannte

noch lange nicht die ganze Wahrheit. Aber es reichte, wenn er ihr das kurz vor ihrem Tod sagte. Er ließ sich gern Zeit. Zeit war Macht und Macht hatte er genug

Erwachen in einer sternenlosen Nacht

ES WAR RUHIG um mich herum, zumindest für einen Augenblick. Während meine Gedanken gefangen in einem Land aus Träumen, Erinnerungen und längst vergangenen Zeiten festhingen, brach bereits ein neuer Tag an. Mit der Dunkelheit verzog sich auch die Ruhe und die Vögel sangen in der frühen Morgenstunde. Diese lieblichen Töne ließen mich schließlich erwachen.

Müde öffnete ich die Augenlider und wurde sogleich vom Licht der Sonne geblendet, welches durch ein rundes Fenster schien. Zum ersten Mal seit Langem fühlte ich mich ausgeruht. Die ganze Erschöpfung und Müdigkeit waren wie weggeblasen.

Etwas zaghaft richtete ich mich auf und streckte mich ausgiebig, bevor ich anfing, nach Hinweisen zu meinem Aufenthaltsort zu suchen. Zu Hause war ich nicht, so viel stand fest.

Ich lag auf einem breiten Bett, umgeben von dunklen Kissen. Auch die Decke, die über meinen Beinen lag, war tiefschwarz.

Verwundert schüttelte ich den Kopf. Erst jetzt fiel mir auf, dass ich fror. Die Härchen auf meinen Armen hatten sich aufgestellt. Zitternd schlang ich die einfache Decke aus längst verblichenem Stoff um mich. Diese überraschende Kälte brachte meine Erinnerungen zurück. Tante Kaisslin, der Spiegel auf dem Dachboden, Farrun, die Jäger, die weiße Königin.

Seufzend erhob ich mich aus dem Bett. Der schwarze Stoff fiel dabei auf den Holzboden.

Am Ende des quadratischen Raumes gab es eine breite Tür. Auf der linken Seite meiner Schlafstätte, auf welcher ich bis vor

Kurzem noch gelegen hatte, direkt unter dem Fenster, befand sich ein altes Bücherregal. Nur mit Mühe konnte man die verbliebenen Buchstaben unter der dicken Staubschicht entziffern. Neben Regal, Bett und einem Schreibtisch mit passendem Stuhl gab es noch einen großen Spiegel.

Nein, das hier war definitiv nicht mein Zuhause. Alles in dem Zimmer war rabenschwarz. Jedes Möbelstück, jeder Stofffetzen war in diesen Farbton getaucht. Einzig und allein das winzige Fenster, durch das mit Mühe und Not mein Kopf gepasst hätte, beleuchtete den Raum und verhinderte, dass nicht alles in Dunkelheit versank.

Neben der Kälte plagten mich leichte Kopfschmerzen. Es fühlte sich an wie ein Pochen, das zwar ganz leise und trotzdem nervenaufreibend war. Mühsam presste ich die Hände an die Stirn, aber auch das besserte die Situation nicht.

Während ich dasaß und meinen Blick durch das Zimmer schweifen ließ, stellten sich mir immer mehr Fragen. Warum war ich hier? Wo war ich überhaupt und wo der Prinz?

Weiterhin trug ich das atemberaubende Kleid, entdeckte aber auf dem Stuhl dunkle Bekleidung, welche komischerweise perfekt zu der farblosen Innenausstattung passte.

Trübsal blasen half nichts. Ich musste nach Hinweisen suchen. Neugierig stand ich auf und lief hinüber zu den Kleidern. Es handelte sich um einfache schwarze Hosen und ein Oberteil mit langen Ärmeln. Diese Sachen waren wirklich schlicht und schienen auch schon älter zu sein. Die Farbe war an manchen Stellen ausgeblichen und ab und an entdeckte man Nähte, womöglich um Löcher zu verbergen. Die Hose war etwas zu lang, der Pullover dafür an den Ärmeln ein wenig zu kurz, aber das störte mich nicht. Ich war einfach nur froh, nicht mehr mit dem Kleid durch die Gegend rennen zu müssen. Daneben stand das Paar brauner Stiefel.

Nachdem ich die Sachen angezogen hatte, inspizierte ich die schwere Tür. Ich legte den Kopf an das kühle Holz und lauschte.

Nichts ...

Von draußen drang kein Ton zu mir herein. Es wirkte beinahe, als ob das Gebäude ausgestorben wäre.

Meine Hände umschlossen die runde Türklinke aus Messing. Bevor ich aber den Raum verließ, holte ich noch einmal tief Luft. Egal, was dort draußen passierte, es war alles nur ein Traum. Zumindest hoffte ich das. So langsam konnte ich nicht mehr leugnen, dass es sehr real wirkte.

Ich verdrängte auch diesen lästigen Gedanken, öffnete die Tür und trat auf einen langen Flur. Dieser wurde durch vereinzelte Fackeln schwach beleuchtet. Ein roter Teppich bedeckte den Boden und überall standen Vasen in dunklen Farbtönen. Auch Gemälde gab es. Die meisten nur Bilder von Landschaften, welche in unheimlichen Nebel getaucht waren. Bis auf die Fackeln gab es hier kein Licht, nicht einmal Fenster existierten.

Mit leisen Schritten huschte ich über den Teppichboden. Ein ums andere Mal hielt ich inne und lauschte. Doch nichts änderte sich. Kein Laut war zu hören. Man hätte in dieser Stille eine Stecknadel fallen gehört.

Der Gang erwies sich länger als gedacht. Ich lief bereits seit einiger Zeit. Immer wieder kam ich an Türen vorbei. Rabenschwarze, welche schon beim Hinsehen ein unheimliches Gefühl auf meiner Haut hinterließen. Irgendetwas stimmte hier nicht. Wenigstens wurde mir dank der Bewegung langsam warm. Irgendwann blickte ich nur noch geradeaus und ließ mich von all den Gemälden und düsteren Türen nicht mehr beeinflussen.

Wenn man die Angst zuließ, fing sie an, den eigenen Körper zu kontrollieren. Man musste stark bleiben und sich niemals von seinen Gefühlen besiegen lassen.

Ich schloss für einen Moment die Augen und dachte an genau jene Worte. Irgendwo hatte ich sie einmal gelesen und seitdem waren sie fest verankert in meinen Gedanken.

Mit der Angst war es wie mit der Kälte oder der Wärme, wie mit dem Schmerz oder der Trauer. Man durfte sie nicht gewinnen lassen.

Als ich meine Augen wieder öffnete, stand ich vor einer breiten Wendeltreppe, welche steil nach unten führte. Zögerlich sah ich zurück. Noch immer flackerten die wenigen Fackeln im Gang. Wo war ich nun schon wieder? Und wo waren die anderen?

Ich hielt mich an dem metallenen Geländer der Treppe fest und lief Schritt für Schritt hinunter in die Dunkelheit, welche sich vor mir auftat. Kein Licht erleuchtete die Stufen und so musste ich mich nach einiger Zeit vorsichtig vorantasten. Zum Glück erreichte ich den Gang am Fuße der Treppe bald. Dieser war ebenfalls spärlich mit Fackeln beleuchtet.

Auch hier gab es roten Teppich, Vasen und Gemälde. Hier lag der Schwerpunkt jedoch nicht auf Landschaftsbildern, sondern Bildern von Raben. Irritiert blieb ich stehen. Jedes der Gemälde war anders und doch befand sich auf jedem eine Zeichnung der anmutigen Tiere.

Geschwind lief ich den Gang entlang und ließ meine Ängste verschwinden. Zumindest so gut es ging, das Ungewissen nagte noch immer an mir. Es war nicht die nahende Dunkelheit, welche mich in diesen Zustand versetzte, sondern die vielen offenen Fragen und diese Stille. Niemals hätte ich gedacht, dass Stille so erdrückend sein konnte.

Der Gang wurde ein wenig schmaler und eine weitere Wendeltreppe tat sich vor mir auf. Mit schnellen Schritten huschte ich hinauf und gelangte erneut in einen Gang. Auch hier mangelte es nicht an Dekorationsgegenständen und Malereien. Dieses Mal stellten die Bilder alte Burgen dar. Das Spiel wiederholte sich noch fünf Mal, bis endlich am Ende des Gangs statt einer Wendeltreppe ein großes Tor in Sicht kam.

Erleichtert lächelte ich. Langsam war ich wirklich verzweifelt.

Diese Behausung erwies sich als das reinste Labyrinth.

Außerdem kam ich mir allmählich vor wie in einem Gruselfilm, in dem die Hauptperson allein auf Entdeckungstour geht und schlussendlich irgendwo in ein tiefes Loch fällt oder von einem Geist verfolgt wird.

Ein Knacken erklang hinter mir. Überrascht schrie ich auf und drückte mich gegen das schwere Tor.

»Verzeihung«, meinte Besart, der sich langsam aus der Dunkelheit löste.

»Wieso schleichst du dich an?«, fuhr ich ihn wütend an. Mein Herz pochte wie wild.

»Du schleichst hier durch die Gänge, nicht ich«, gab er zurück. Er wirkte müde und ein seltsamer Schatten lag über seinem Gesicht. War etwas passiert? Kopfschüttelnd sah ich ihn an. Er würde es mir wohl kaum erzählen, selbst wenn ich danach fragte.

»Wo sind wir?«, versuchte ich es stattdessen.

»Im Schloss des Dunklen.«

»Sehr lebhaft hier«, kam es von mir. Ich musste ein leises Lachen unterdrücken. Das hier war also nicht nur ein Haus, sondern ein ganzes Schloss. Obwohl, das hätte ich mir bei diesen langen Gängen wohl auch denken können.

»Wart ab«, murmelte Besart und öffnete das breite Tor, welches sich direkt vor uns befand. »Der Dunkle hat dich bereits erwartet.«

Verwundert wandte ich den Blick von Besart ab und starrte geradeaus. Vor mir erschien eine riesige Halle. Die Decke war so hoch, dass ich mich wunderte, wer die gläsernen Kronleuchter dort oben befestigt hatte. An den mit Blumen verzierten Wänden hingen ebenfalls Bilder. Jedoch wirkten diese um einiges lebhafter und farbenfroher. Statuen von Pferden, Türmen oder Menschen standen in einem gleichmäßigen Abstand an den Mauern.

Schachfiguren!

Ich zuckte zusammen.

Neben all diesen prachtvollen Gegenständen gab es noch min-
destens zwei Dutzend reichlich gedeckte Tische in der Mitte der
Halle. Ihr Anblick ließ meinen Magen knurren und erinnerte mich
daran, dass ich schon länger nichts mehr gegessen hatte. An jedem
Tisch saßen Leute und tranken, lachten oder sangen. Ein paar liefen durch die Halle oder lagen bereits betrunken auf dem Boden.
Es wimmelte nur so von festlich gekleideten Menschen.

Erst jetzt fiel mir auf, wie laut es hier war. Wie hatte mir das
entgehen können? Vermochte eine einzige Tür wirklich, all diese
Geräusche zurückzuhalten? Bevor ich mir noch weitere Gedanken
dazu machen konnte, zog mich etwas anderes in den Bann.

Am Ende des Tisches hockte Farrun, die Füße lässig hochgelegt,
ein Weinglas erhoben. Er nickte mir grinsend zu. Auch er trug wie
die übrigen festliche Kleidung. Man sah ihm nicht mehr an, dass
er einige Tage durch Wind und Wetter geritten war. Das dunkle
Haar lag ordentlich zurückgekämmt um seinen Kopf, der Schmutz
in seinem Gesicht fehlte und selbst der leichte Bartschatten wirkte
nun passend gepflegt und nicht mehr so wild.

Seufzend betrat ich die Halle und wich den Blicken der Leute so
gut wie möglich aus. Alle schienen innezuhalten und nur auf mich
zu starren. Einige der Damen trugen eng anliegende Korsetts und
hohe Turmfrisuren, welche bei jeder Bewegung drohten, zusammenzubrechen.

Mit schnellen Schritten lief ich zu Farrun. Besart verschwand
inzwischen wieder irgendwo in den Gängen. Ganz hinten in einer
Ecke entdeckte ich Tarif, welcher mich missmutig musterte. Was
war nur sein Problem?

»Auch schon wach?«, raunte Farrun mir zu, das Weinglas noch
immer erhoben. Ein Teil der roten Flüssigkeit schwappte über das
kelchartige Glas und verteilte sich neben ihm auf dem Boden.

»Nette Feier, Prinz«, sprach ich und versuchte, mich gelassen
vor ihn zu stellen. Die Blicke der anderen blendete ich aus.

Er lachte nur. »Das ist noch gar nichts.«

Ich seufzte.

Ein älterer Herr kam schwankend heran. Dichter grauer Bart umrahmte sein Gesicht. Das gleichfarbige Haar auf seinem Kopf bedeckte nur noch die Hälfte seiner Kopfhaut. Er trug ein rotes Gewand, dessen Nähte sich über seinem Bauch spannten.

Der Herr verbeugte sich vor Farrun und zeigte dann auf mich. Farrun fing an zu lachen und schüttelte den Kopf. Der Herr schien verärgert zu sein. Wütend ballte er die Fäuste und torkelte wieder in die Mitte des Saales.

»Was wollte er?«, flüsterte ich dem Prinzen zu.

»Dich kaufen«, antwortete er lächelnd und nahm noch einen Schluck.

»Mich kaufen? Lieben dank auch, dass Ihr so gütig wart, mich nicht zu verkaufen!«, zischte ich zurück.

Farrun packte mich mit einer raschen Bewegung am Arm und zog mich zu sich. »Das nächste Mal verkaufe ich dich!«, drohte er so laut, dass es sicher jeder im Saal hörte. Seufzend ließ er mich wieder los. Eilig brachte ich einige Schritte zwischen uns. Er rollte mit den Augen und erhob sich vom Stuhl. Das Weinglas noch immer in der Hand, zeigte er zu einer kleinen Tür am Ende des Saales. »Wenn du erlaubst«, sprach er und zwinkerte mir zu.

Neugierde überkam mich und meine Wut verflog augenblicklich. Was wollte er mir zeigen? Ich folgte ihm quer durch den ganzen Saal. Inzwischen schienen sich die anderen Gäste kaum noch um mich zu kümmern. Keiner schenkte mir Beachtung. Viele von ihnen grüßten den Prinzen beim Vorbeigehen. Selbst die Damen knicksten höflich oder verbargen ihre hellen Gesichter hinter Fächern.

Vor der Tür blieb er stehen. »Hast du Lust, ein Spiel zu spielen, Taija?«

Fragend sah ich ihn an. »Was für eines?«

Wieder lachte er. Er lachte häufig und irgendwie beruhigte mich das kein bisschen. »Komm«, raunte er und öffnete die Tür.

Verwundert spähte ich in das Innere des Raumes.

»Wie außergewöhnlich«, antwortete ich und betrat die große Halle vor mir. Wo war ich jetzt wieder gelandet?

Der Prinz feierte ausgelassen, während die Weiße vor Wut kochte. Immerhin hatte er ihre Figur gestohlen. Das Mädchen mit den roten Haaren, das aus einem verwunschenen Spiegel kam. Der Spiegel selbst – zerstört, zerbrochen in tausend Scherben. Doch das war den beiden Streithähnen egal. Immerhin ging es sie nichts an, wie das Mädchen zurück nach Hause gelangte. Wenigstens feierte der Dunkle nicht allein, ein Teil des weißen Hofes versteckte sich unter den Gästen.

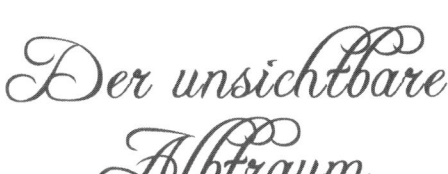

Der unsichtbare Albtraum

ALS ICH JÜNGER war, hatte ich mir immer meine Träume notiert. Jeden Abend lag ein kleines Notizbuch mit himmelblauem Einband neben dem Kopfende meines Bettes. Es wartete nur darauf, dass ich aus einem Traum hochschreckte und mit zitternden Fingern die letzten Bruchstücke des Erlebten aufschrieb. Manchmal waren es schöne Träume, an die ich mich gern erinnerte. Oft hielt es Fetzen, Erinnerungen an meine Vergangenheit oder aber Dinge fest, die ich mir sehnlichst wünschte. Es gab aber auch die sogenannten Albträume, an welche ich ungern zurückdachte. Schattenhafte Bilder, unschöne Begegnungen oder Erinnerungen an früher, an Momente, die ich lieber vergessen wollte.

Diese Träume markierte ich stets am Rande mit einem schwarzen Punkt. Warum ich genau das Symbol gewählt hatte, wusste ich nicht mehr. Ich mied diese Einträge im Buch und las meist nur noch die übrigen. Irgendwie wurde dies ein fester Bestandteil meines Lebens. Denn auch später, lange nachdem ich das himmelblaue Notizbuch in einen alten Wandschrank verbannte, erinnerte ich mich lieber an die schönen Momente. Doch wer tat das nicht? Dabei hatte ich irgendwo einmal gelesen, dass man seine Albträume beachten sollte. Immerhin teilte unser Unterbewusstsein uns damit etwas mit. Nur hatten wir oft zu sehr Angst und verbargen unsere Augen lieber hinter dem Schatten einer Lüge.

»Und was habt Ihr nun vor?«, hakte ich misstrauisch nach und betrachtete den Raum, welchen wir betreten hatten, etwas genauer.

Die riesige Halle erstrahlte komplett in Schwarz und erinnerte mich ein wenig an das Zimmer von vorhin. Nur die Größe und die spärlichere Einrichtung unterschieden die Räume. Alles hier war kahl. Es gab keine Gemälde, keine Figuren oder Dekorationsgegenstände. Einzig ein dunkler Kronleuchter sorgte für Licht. In der Mitte der Halle war ein heller Kreis aufgezeichnet. Etwas misstrauisch musterte ich das seltsame runde Ding. Welchem Zweck diente er?

»Also, meine Teure«, begann der Prinz ruhig. Sein Blick ruhte auf mir und in den dunklen Augen lag eine Kälte, die mir das Blut in den Adern gefrieren ließ. Es war kein Wunder, dass man ihm diesen Beinamen verpasst hatte. Der dunkle Prinz. Ja, das passte. Ihn selbst, ebenso wie das gesamte Schloss, umgab eine undurchdringliche Finsternis.

»Was passiert nun?,« fragte ich so gelassen wie möglich. Noch immer wirkte alles so surreal. Ich war in einer Art Wunderland gelandet. In einem Märchen, welches man kleinen Kinder erzählte, denen man Angst machen wollte. Ein Märchen, bei dem ein dunkler Prinz und eine weiße Königin sich gegenseitig bekämpften. Wenn ich mich wenigstens an das Ende erinnern würde. Die Geschichte war schon so alt, dass ich nicht mehr alle Details haargenau kannte. Irgendetwas Wichtiges geschah am Ende, nur was? Hätte ich doch besser aufgepasst! Immerhin könnte mir jeder Hinweis von Nutzen sein.

»Wir spielen jetzt ein Spiel.« Er schloss die Tür hinter sich. Das Gemurmel der Gäste verstummte augenblicklich. Da war sie wieder, diese eigenartige Stille.

»Ehrlich gesagt möchte ich lieber zurück aufs Fest.«
Der Kreis auf dem Boden beunruhigte mich zutiefst.

»Die Tür ist zu. Leider habe ich vergessen, wo der Schlüssel steckt«, sprach er unbeeindruckt. Sein Grinsen wurde breiter. Jeglicher Funken Menschlichkeit wich aus seinem Blick. Er betrachtete mich wie ein wildes Tier seine Beute.

»Von mir aus.« Ich lief an ihm vorbei zur Tür. Langsam hatte ich diese Spielchen satt. Ich griff mit beiden Händen nach der Klinke und zerrte daran. Vergeblich. »Ist das Euer Ernst? Ihr entführt mich in einen dunklen Raum, um Eure kranken Spiele mit mir zu treiben?« Wütend rüttelte ich erneut an der Klinke. Natürlich brachte das nicht mehr als zuvor.

Er seufzte und stieß sich von der Wand ab. »Ich entführe dich nicht. Und meine Spiele sind nicht krank.« Er klang mit einem Mal herrisch und das freche Grinsen war vollständig aus seinem Gesicht gewichen. »Komm her.« Er hielt mir auffordernd die Hand hin.

Ich schüttelte den Kopf und lehnte mich mit dem Rücken gegen die Tür. Einen Moment lang regte sich keiner von uns. Der Dunkle und ich lieferten uns ein stummes Blickduell. Beinahe vermochte ich das Ticken der großen Wanduhr von Tante Kaisslin zu hören. Dieses gleichmäßige Geräusch, welches einem mitteilte, dass die Zeit ablief. Zeit, das wohl kostbarste Gut auf Erden, und doch spielten wir alle damit, als ob wir einen endlosen Vorrat davon besäßen.

Auf einmal geschah etwas Sonderbares. Mein Körper schien sich zu bewegen, ein seltsam bedrückendes Gefühl wanderte meine Knochen entlang. Überall kribbelte es und obwohl ich mich mit jeder noch so kleinen Faser dagegen wehrte, lief ich tatsächlich zu ihm; gegen meinen Willen. Er nahm meine Hand und mit der anderen fasste er mir an die Stirn.

»Hör mir gut zu. Du musst versuchen, deiner Fantasie freien Lauf zu lassen. Entkomme deinen Ängsten und finde einen Weg hinaus. Du kannst nicht sterben, noch nicht!«, flüsterte er.

Ich wollte etwas erwidern, mich aus seinem Griff befreien, aber ich schaffte es nicht. Die Halle um mich herum wurde dunkler und meine Augen schlossen sich ruckartig.

Ich wachte auf. Müde und irritiert sah ich um mich. Ich lag mitten auf einem dunklen Holzboden. Stimmen, wirre Wortfetzen erreichten mich allmählich. Um mich herum bewegten sich viele Menschen, zu viele. Sie lachten und tanzten, sie schrien und klatschten.

Vorsichtig richtete ich mich auf. Ich befand mich wieder im großen Saal des Prinzen. Genau wie vorhin feierten seine Gäste vergnügt und ausgelassen. Auch er selbst hockte noch in seinem Sessel, das Weinglas in der Hand. Doch obwohl alles gleich schien, wusste ich sofort, dass hier irgendetwas nicht stimmte. Das ergab keinen Sinn. Warum sollte ich noch einmal genau denselben Moment erleben? Es sei denn ... Albtraumschach!

Verzweifelt versuchte ich aufzuwachen. Ich kniff mir in den Arm, trat fest auf den Boden, riss an meinen Kleidern und schrie. Ich schrie durch den ganzen Saal. Wie eine Irre stand ich da, aber niemand beachtete mich. Sie tanzten weiter, teilweise auch direkt durch mich hindurch, ohne mich eines Blickes zu würdigen. Für sie war ich unsichtbar. Eine kalte Angst überkam mich. Ich war unsichtbar! Niemand sah mich!

Ich rannte zu Farrun, doch auch er schien mich nicht wahrzunehmen. Die Beine noch immer auf dem Tisch, unterhielt er sich mit einer blonden Frau. Sie lachten über irgendetwas Belangloses, das ich nicht verstand. Ich stellte mich neben den Stuhl des Prinzen und fuchtelte mit meinen Händen vor seinem Gesicht herum.

»Farrun?!«, rief ich verzweifelt. Ich schnitt Grimassen, schrie und versuchte, ihn auf mich aufmerksam zu machen. Einmal, als seine dunklen Augen mich kurz streiften, regte sich die Hoffnung in mir, dass er mich endlich bemerkte. Doch er wandte sich einfach wieder zu der Frau und lächelte sie an. Mich nahm er überhaupt nicht wahr.

Da lief ich los. Rannte durch die ganze Halle. Die Gäste tanzten ausgelassen weiter und verzogen keine Miene. Ich kauerte mich verzweifelt auf den kalten Boden. Das durfte doch nicht wahr sein! In einem Märchen gefangen zu sein, war schlimm genug, aber von niemandem gesehen zu werden, war der blanke Horror.

Da entdeckte ich Besart. Er stand etwas abseits an der Wand und unterhielt sich angeregt mit einem dunkelhaarigen Mann. Beide waren, wie vorhin der Prinz und die Dame, in ein ziemlich angeregtes Gespräch vertieft. Besart nickte immer wieder nachdenklich, hob ab und an überrascht die Augenbrauen.

Auch bei ihm versuchte ich es und gab alles. Ich schnitt die schlimmsten Grimassen, führte die komischsten Tänze auf, zupfte an seinen Ärmeln, doch er bemerkte mich nicht. Niemand bemerkte mich. Seufzend hob ich die Schultern und ballte wütend die Hände zu Fäusten. Ich war kurz davor, in Tränen auszubrechen. Panik überkam mich. Was, wenn ich für immer unsichtbar blieb? Ja, was dann? Würde mich jemand vermissen?

Ein Geräusch in meiner Nähe ließ mich aufhorchen. Ein Schaben, ganz leise und doch gerade laut genug, um meine Ohren zu erreichen, ohne in der Menge unterzugehen. Mein Blick fiel auf die dunkle Tür am Ende der Halle. Sie wurde einen Spaltbreit geöffnet. Zuerst sah man nur eine schwarze Nase, dann eine fellige Pranke und schließlich streckte ein riesiges Tier den Kopf durch die Tür. Es war der große Wolfshund, welcher schon in meinem ersten Albtraumschach erschienen war und mich vor den Wölfen verteidigt hatte. Seine treuen dunklen Augen musterten mich neugierig und folgten jeder meiner Bewegungen. Er sah mich! Eine kleine Freude überkam mich. Er konnte mich sehen! Ganz langsam, einen Fuß vor den anderen, lief ich auf ihn zu. Er duckte sich ein wenig und betrachtete mich misstrauisch.

»Kannst du mir helfen?«, fragte ich ihn. Noch immer starrte er mich einfach an. »Ich muss hier raus. Ich muss aufwachen,

bitte hilf mir!«, murmelte ich. Natürlich nahm ich nicht an, dass er mich verstand oder mir antworten würde, jedoch war ich hier schließlich in einem Märchen gefangen. Warum sollten also Tiere nicht mit mir sprechen, wenn es hier sogar eine Eiskönigin mit Magie gab?

Die dunklen Augen des Tieres schlossen sich kurz, ehe der Wolf zu einem der großen Tische lief. Seine Schnauze berührte einen silbernen Gegenstand. Überrascht folgte ich ihm und betrachtete dieses Etwas genauer.

Ein Messer.

Erwartungsvoll sah er mich an.

»Ein Messer?«

Er hob und senkte den Kopf ganz leicht, als ob er nickte. Verwirrt sah ich ihn an. Neben ihm standen einige Gäste. Eine ältere Dame mit einem Schlapphut beugte sich gerade über den silbernen Teller mit Kuchenstücken. Ihr Begleiter, ein hochgewachsener spindeldürrer Mann mit abstehenden Ohren, verdrehte dabei nur die Augen. Zwischen den beiden befand sich ein Mädchen mit schwarzen kinnlangen Haaren. Irgendetwas an ihr war anders. Sie passte mit ihrer schlichten Kleidung und dem gelangweilten Blick irgendwie nicht ins Gesamtbild. Sie trug keine Schminke und auch sonst schien es ihr wichtig zu sein, nicht aufzufallen. Ich musterte sie gedankenversunken. Auf einmal drehte sie den Kopf in meine Richtung. Ihre Augen streiften mich kurz, ehe sie hastig woanders hinsah.

»He, du!«, rief ich.

Sie zuckte zusammen, tat aber gleich wieder, als hätte sie nichts gehört.

»Du hörst mich!«, rief ich ihr zu und rüttelte an ihrer Schulter.

»Lass mich los«, keuchte sie und drückte mich weg, ohne mir in die Augen zu sehen.

»Wieso siehst du mich?«

Der Wolfshund heulte. Überrascht sah ich ihn an. Noch immer

richtete er den Blick auf das Messer. Ich wollte mich erneut zu dem Mädchen umdrehen, aber es war bereits in der dichten Menschenmenge verschwunden. Na klasse ...

Ich nahm das silberne Besteckteil in die Hand. Kalt und starr lag die Klinge darin.

»Und jetzt?«, murmelte ich vor mich hin. Die Augen des Tieres richteten sich auf mein Herz. Ein eisiger Schauer jagte über meinen Rücken. »Du meinst, ich soll mich töten?«, fragte ich schockiert. Wieder folgte diese nickende Geste. Ein kleines Lachen entfuhr mir. »Das ist nicht dein Ernst, oder?« Diesmal blieb er mir die Antwort schuldig.

Ich schloss die Augen. Das erste Mal hatte er mir auch geholfen. Und Farrun sagte schließlich selbst, dass ich nicht sterben konnte. Zumindest noch nicht jetzt.

Meine Hände zitterten leicht, ehe ich sie samt dem Messer an meine Brust führte. Ich hatte Angst, große Angst. Jedoch schien es der einzige Weg hinaus zu sein.

Es dauerte etwas, bis ich den Mut aufbrachte, dieses Ding in mein Herz zu rammen. Mit aller Kraft stach ich zu. Obwohl ich mit dem Schlimmsten gerechnet hatte, verspürte ich nur ein leichtes Ziehen, als mich die Dunkelheit einsaugte. Ich fiel und das Messer landete mit einem Scheppern auf dem Boden. Etwas klirrte und zerriss die unglaubliche Stille der Finsternis. Unsanft schlug ich auf den Holzdielen auf. Und dann war ich weg. Um mich herum das pure Nichts. Nebel, welcher sich durch meine Gedanken zog und alle Bilder und Worte trüb werden ließ.

Irgendwer zerrte an meinen Armen, umklammerte meinen Körper und zwang mich, wieder aufzuwachen. Der Nebel um mich herum

verblasste allmählich und zurück blieb dieses leichte Ziehen in der Brust, wo kurz zuvor noch das Messer gesteckt hatte.

»Kannst du mir verraten, was das sollte?«, schrie eine Stimme mich an.

Ich öffnete zaghaft die Augenlider und blickte direkt in Farruns zorniges Gesicht. »Was ist passiert?«, fragte ich und richtete mich auf, nur um mir sogleich die Hände gegen die Schläfen zu pressen. Schon wieder diese Kopfschmerzen.

Farrun starrte mich weiterhin wütend an. Er versuchte nicht einmal, mir aufzuhelfen. »Was passiert ist?«, zischte er. »Du wolltest deinem Leben ein Ende setzen!« Seine Stimme überschlug sich beinahe.

Ich beachtete ihn erst gar nicht. Meine Beine fühlten sich an wie Wackelpudding, aber schon allein weil Farrun neben mir stand, wollte ich nicht zeigen, wie schlecht es mir ging. Diese Genugtuung verdiente er nicht.

»Wenn du das noch einmal tust!«, sprach er aufgebracht.

»Was dann? Tötet Ihr mich?«, fragte ich so ruhig wie möglich und fixierte die dunklen Augen. Vor lauter Schwarz ließen sich Pupille und Iris kaum unterscheiden und irgendwie erinnerten mich diese Augen an Abgründe, in welchen man sich lieber nicht verlor.

Er seufzte und schüttelte den Kopf. »Du darfst das Spiel nicht unterschätzen. Geh in dein Zimmer, dort findest du, was du brauchst. Gleich gegenüber liegt ein Badezimmer. Die Gäste sind bereits gegangen. Stärk dich und ruh dich aus.«

»Gegangen? Wie lange war ich weg?«

Er lief zu der großen Tür und öffnete diese. Mit zitternden Schritten folgte ich ihm. »Ich weiß es nicht. Vielleicht sechs Stunden, vielleicht einen Tag oder ein ganzes Jahr. Zeit spielt hier keine Rolle.«

Seine Worte ängstigten mich. Am liebsten wäre ich in den Albtraum zurückgekehrt. Lieber unsichtbar sein, als sich mit einem

Prinzen aufzuhalten, welcher nur sein eigenes Wohl im Kopf hatte.

Der Saal war tatsächlich leer. Nur noch die Tische und die angerichteten Speisen deuteten darauf hin, dass man hier vor Kurzem noch gefeiert hatte. Besart lehnte im Türrahmen und musterte den Dunklen besorgt. Doch nicht er erhielt meine volle Aufmerksamkeit, sondern die Person, welche direkt neben ihm stand. Ein Mädchen. Genauer gesagt das Mädchen mit den schwarzen kinnlangen Haaren. Als sie mich erkannte, schien sie ebenfalls ziemlich schockiert zu sein.

»Du!«, rief ich und wollte mich wütend auf sie stürzen, doch Farrun schlang seinen linken Arm um meine Hüfte und zog mich unsanft von ihr weg.

»Was soll das?«, zischte er mir ins Ohr, doch ich starrte nur auf den Boden und schluckte die Wut hinunter.

Das Mädchen weinte bittere Tränen aus Angst. Angst davor, für immer in dieser Welt gefangen zu sein. Allein mit dem Dunklen, ohne Antworten auf all ihre Fragen. Der Prinz saß ebenfalls in seinem Zimmer, starrte die Wände an und fuhr sich nachdenklich durchs Haar. Umso mehr dieses Mädchen durch seine Gedanken geisterte, umso mehr machte er sich Sorgen um sie. Das letzte Stückchen Menschlichkeit in ihm erwachte und kämpfte sich an die Oberfläche. Wütend schmetterte er die Gegenstände auf dem Tisch zur Seite. Ein Glas zerbrach, Scherben schlitterten über den Boden und doch schaffte er es nicht, sie aus seinem Geist zu verbannen. Die weiße Königin stattdessen hockte gähnend auf ihrem silbernen Thron und arbeitete still und heimlich an einem Plan. Sie wollte ihre Trophäe zurück, komme, was wolle. Und wenn sie dafür über Leichen gehen musste.

Der Weg hinaus

DEN RESTLICHEN TAG hockte ich in dem düsteren Zimmer und dachte nach.

Was sollte ich bloß machen? Es war ausweglos. Ich war gefangen in diesem Schloss. Erst wenn einem die Freiheit genommen wurde, lernte man sie zu schätzen.

Meine Augen huschten durch den Raum. Alles schwarz, so unendlich schwarz. Wenn ich nicht bald eine andere Farbe zu Gesicht bekäme, würde ich noch verrückt werden. Selbst der Spiegel war dunkel.

Es dauerte einen Moment, bis mir eine Idee kam. Der Spiegel! Natürlich!

Auf einmal keimte Hoffnung in mir auf. Vielleicht war das des Rätsels Lösung. Rasch stand ich auf und eilte in die Ecke. Eine leichte Staubschicht lag auf dem Spiegel. Behutsam fuhr ich über das Glas. Es wirkte dunkel, als ob jemand es mit einer hauchdünnen Folie überzogen hätte. Noch nie im Leben hatte ich solch einen Spiegel gesehen. In den gleichfarbigen Rand waren kleine Schnitzereien eingearbeitet. Dieses Ding musste bereits einige Jahre auf dem Buckel haben. Es wirkte, als stammte es aus einer längst vergangenen Zeit.

Der alte Spiegel auf dem Dachboden von Tante Kaisslin war auf den Boden gefallen und ich bin aus Versehen hindurch geglitten. Es könnte also durchaus sein, dass mir das Gleiche mit diesem Exemplar hier passierte. Es musste einfach.

Vage erinnerte ich mich an den Moment auf dem Dachboden.

Wenn ich alles noch einmal genau wie an dem Tag machte, konnte doch nichts schiefgehen.

Ich kniete mich vor den Spiegel und zog daran. Ganz langsam kippte er nach hinten. Gespannt hielt ich den Atem an und wartete einen Moment. Die Stille wurde jedoch bald von Scherbensplittern unterbrochen. Es klirrte laut und Glas verteilte sich auf dem Boden. Seufzend betrachtete ich mein Werk. Mehr als einen Scherbenhaufen hatte es mir nicht gebracht. Mit diesem Chaos wichen auch die Hoffnung und meine positiven Gedanken.

Schritte eilten über den Gang. Und was jetzt? Ich konnte die Scherben schlecht aus dem Fenster werfen.

Obwohl ...

Ohne darauf zu achten, ob ich mir die Hände zerschnitt, raffte ich die Überbleibsel zusammen und schmiss sie in hohem Bogen aus dem Fenster. Einige Teile kehrte ich mit den Stiefeln unters Bett. Keinen Moment zu spät, wie sich herausstellte, denn die Tür wurde aufgerissen und Farrun stand vor mir. Zwar lagen noch immer einige Scherbenreste auf dem Boden, aber das größte Übel war beseitigt.

»Kannst du mir mal verraten, was du hier treibst?«, fragte er und lehnte sich lässig gegen den Türrahmen.

Mit verschränkten Händen saß ich auf dem Bett und spielte die Unwissende. »Was meint Ihr?«

»Es poltert die ganze Zeit hier oben. Es klang beinahe so, als ob du alle Möbel einzeln zerlegst«, antwortete er mir und sah sich suchend im Raum um. Hoffentlich bemerkte er nicht, dass der Spiegel fehlte.

»Dieses Schloss besitzt so viele Zimmer und Stockwerke, wie wollt Ihr wissen, aus welchem Raum die Geräusche kamen?«

»Aus dem einfachen Grund, dass alle anderen Zimmer unbewohnt sind.« Er stieß sich von der Wand ab und kam näher. Die Arme vor der Brust verschränkt, die Augenbrauen misstrauisch

zusammengekniffen. »Also willst du mir jetzt freiwillig verraten, wieso du den Spiegel aus dem Fenster geworfen hast ?« Farrun baute sich bedrohlich vor mir auf.

»Ich habe nichts aus dem Fenster geschmissen«, antwortete ich gelassen und schaute auf die dunkle Wand hinter ihm. Sie war natürlich nicht wirklich interessant, aber so konnte ich wenigstens den kalten Augen ausweichen.

»Es sind also aus dem Nichts Scherben auf der Wiese unter deinem Fenster aufgetaucht?« Sein Tonfall war ruhig und trotzdem mahnend.

»Warum wisst Ihr das alles?« Nun konnte nicht anders und schaute ihn direkt an.

Ein leichtes Lächeln erschien auf seinen Zügen. »Das ist mein Schloss. Ich weiß alles, schon bevor es geschieht. Darum lasse ich dich auch nicht anketten. Ich weiß ohnehin, wo du dich befindest.«

Genervt rollte ich mit den Augen. »Gut, ich habe es verstanden, Ihr seid der Boss. Nur wenn Ihr mich nicht in Ketten legt, wieso sperrt Ihr mich in diesem Zimmer ein?«

Ich stand auf und verschränkte meine Arme nun ebenfalls. Dabei achtete ich jedoch darauf, dass meine Hände nicht allzu sehr auflagen, denn die offenen Handflächen schmerzten noch immer von den spitzen Glasscherben.

»Du kannst hingehen, wo du willst. Meinetwegen kannst du auch nach draußen auf den Hof oder in die verlassene Stadt, die am Ende des kleinen Kiesweges vor dem Schloss liegt. Nur den Wald darfst du nicht betreten. Dieser Ort ist absolut tabu.«

Sein Blick streifte meine Hände. Vorsichtig nahm er meine linke Hand in seine und fuhr mit der Handfläche darüber. Es kribbelte leicht, dann hüllte mich eine seltsame Wärme ein. Das Gleiche wiederholte er mit der anderen Hand. Verwundert starrte ich auf meine Finger. Von den Schnitten und den Schmerzen fehlte jede Spur.

»Ich verlange nur von dir, dass du dich an meine Regeln hältst.

Außerhalb des Schlosses kann ich dich nicht wirklich kontrollieren, aber eine Flucht würde dir nichts nützen. Im Wald lauern Gefahren und dahinter liegt das Schloss der Königin. Mehr gibt es in der Nähe nicht, außer ausgestorbene Städte und Dörfer. Sei vor Sonnenuntergang zurück.«

Damit ließ er mich einfach stehen und verschwand ziemlich eilig aus dem dunklen Zimmer.

Ich wusste ehrlich gesagt nicht, ob ich glücklich sein sollte, dass ich hinausdurfte, oder wütend, weil er es immer wieder schaffte, mich aus der Fassung zu bringen.

Seufzend wartete ich noch einige Minuten, bis ich mir wirklich sicher sein konnte, dass er verschwunden war, ehe ich mich auf den Weg nach unten machte. Wie beim letzten Mal war es totenstill auf den Gängen. Kein Leben, kein Laut, rein gar nichts kämpfte gegen diese bedrückende Dunkelheit an. Dieses Mal jedoch ließ ich mich nicht beängstigen und brachte die verschiedenen Stockwerke und all ihre Treppen im Eiltempo hinter mich, bis ich endlich am Ausgang anlangte. Auch hier unten traf ich auf keine Menschenseele und so langsam wunderte ich mich wirklich. Solch ein großes Schloss brauchte doch Bedienstete? Doch laut Farrun standen die anderen Zimmer leer. Irgendetwas ging hier definitiv nicht mit rechten Dingen zu.

Vor mir lag der sperrangelweit geöffnete Eingang zur Festhalle. Die Halle war leer, die Tische abgeräumt und es wirkte, als hätte hier seit Langem kein Fest mehr stattgefunden.

Vorsichtig betrat ich den Raum. Auch heute standen die Figuren und Gemälde an ihrem Platz. Einer der Kronleuchter hing etwas schief, Schmutz klebte auf dem Glas. Es roch leicht muffig, wie die alten Kleider, welche Tante Kaisslin aufbewahrte. »Erbstücke«, hatte sie stets gesagt, als ich naserümpfend davorstand. Auf den verschlossenen Fenstern lag ein dünner Staubfilm. Kopfschüttelnd wandte ich mich ab. Was war hier los?

Ich lief zurück zu dem großen Eingangstor und ließ damit diesen unheimlichen Raum hinter mir, als es sich wie von Geisterhand öffnete, damit ich problemlos hinaus in die Sonne treten konnte. Teilnahmslos nahm ich es hin. Mich wunderte inzwischen gar nichts mehr.

Draußen war es angenehm warm und schnell schwitzte ich in den Kleidern, was mich aber nicht wirklich störte. Hitze war mir lieber als Kälte. Besonders wenn ich an das Schloss der weißen Königin dachte. Zufrieden streckte ich mich und blinzelte den Sonnenstrahlen entgegen. Es war einfach herrlich, für einen Augenblick dieser trostlosen Finsternis im Schloss zu entkommen. Hier draußen fühlte man sich gleich viel lebendiger.

Die Luft um mich herum war warm und roch nach frischem Gras, nach Frühling und Gewitter. Vögel zwitscherten unbeschwert ihre Lieder und ein leichter Wind blies durch meine Haare. Alles in allem ein perfekter Moment, wenn man das kleine unbedeutende Detail ausließ, dass ich gefangen in einem Märchen war. Noch dazu in einem, in dem ich die Spielfigur eines dunklen Prinzen war, der die weiße Königin besiegen wollte.

Nach wie vor versuchte ich, mich an die Geschichte zu erinnern. Leider bisher ohne großen Erfolg. Sobald ich an das Ende der Geschichte dachte, tauchte nur eine Nebelwand in meinen Gedanken auf. Die Erinnerung daran war verschwunden.

Während ich die Wiese entlanglief, zeigte sich mir immer mehr von der Umgebung. Das Schloss befand sich hinter mir, rechts davon lag ein Wald mit dunklen Tannen. Schon aus der Ferne wirkte dieser Ort unheimlich und trostlos, das perfekte Setting für einen Gruselroman. Vor mir thronte ein großes Gebäude, welches an eine Art Stall erinnerte, gleich daneben entdeckte ich besagten Kiesweg.

Ich lief näher an das Steingebäude heran. Wie sich herausstellte, handelte es sich sogar um einen richtigen Stall. Kleine

Fenster spendeten Licht und rundherum war ein Zaun aufgebaut worden. Auf der benachbarten Wiese grasten drei Pferde. Allesamt braun, mit wallender heller Mähne und um einiges größer als die Pferde, die ich von zu Hause kannte. Die Außenwände des Gebäudes bestanden aus Stein, das Dach aus Stroh. Was taten die Leute, wenn es einmal anfing, zu regnen?

Ich betrat den Stall und fand mich gleich inmitten von Pferdeboxen wieder. Links und rechts von mir hatte man eine Vielzahl von Pferden untergebracht und auch der typische Pferdegeruch schlug mir entgegen. Früher war ich oft ausgeritten. In der Nähe von Tante Kaisslins Haus gab es eine kleine Farm. Auf dieser durfte man die Pferde des Besitzers gratis reiten, wenn man dafür Brot oder Äpfel für die Tiere mitbrachte. Obwohl die Tiere hier um einiges größer und edler daherkamen als die Ponys auf der Farm, fühlte sich doch alles für einen kurzen Moment so vertraut an.

Neugierig schlenderte ich den langen Gang entlang. Ich blickte in jede der Boxen und wurde immer neugieriger. Wieso brauchte jemand so viele Pferde?

Jedes Tier war einzigartig, keines glich einem anderen. Manche hatten ausgefallene Blessen oder Mähnen in mehreren Farben. Es gab Pferde mit weißen Nüstern und solche mit schwarzen. Trotz all der Vielfalt stach eines besonders hervor. Es war schwarz wie die Nacht. Ein riesiges Ungetüm mit raspelkurzer Mähne, welches mich schon beim Vorbeigehen mit blutroten Augen anfunkelte. Eine helle Narbe zeichnete sich um das linke Auge des Tieres ab.

Verwundert blieb ich stehen und streckte ihm meine flache Hand entgegen.

»Sag mal, geht es dir noch gut!?«, rief eine aufgebrachte Stimme hinter mir. Unsanft wurde ich von der Box weggedrängt. Überrascht und erschrocken zugleich von dem plötzlichen Auftauchen der Person, stolperte ich über meine eigenen Füße und fiel nicht gerade sanft auf den mit Stroh und Schmutz bedeckten Boden.

Das Mädchen mit den kurzen schwarzen Haaren hatte sich über mich gebeugt, die Hände wütend in die Hüfte gestemmt.

»Das Pferd gehört dem Dunklen. Es würde dich eher bei lebendigem Leib verschlingen, als sich von dir streicheln zu lassen.« Ihre Stimme bebte vor Wut.

»Ich ...«, stammelte ich.

»Ich ...«, äffte sie mich nach. Noch immer richtete sie ihre Augen wütend auf mich. War Unfreundlichkeit hier etwa die Grundbedingung für das Zusammenleben auf dem dunklen Hof?

»Was ist hier los?«, erklang eine Stimme hinter uns. Wie aus dem Nichts tauchte Besart auf und blieb in unserer Nähe stehen. Etwas hilflos blickte ich von ihm zu dem Mädchen und wieder zurück.

»Die Neue wollte Randur streicheln«, petzte die Schwarzhaarige sogleich los.

Besart seufzte laut auf und fuhr sich mit beiden Händen über das Gesicht. Auch hier im Sonnenlicht wirkte er immer noch ein wenig niedergeschlagen und wie bereits bei unserer letzten Begegnung lag dieser sonderbare Schatten auf seinen Zügen. »Du solltest dich besser nicht hier aufhalten«, kam es etwas abgehackt von ihm. Er streckte mir seine Rechte entgegen. Dankbar nahm ich sie und ließ mich von ihm hochziehen. »Und du, Rascha, geh wieder an deine Arbeit.« Sein Blick wanderte kurz zu dem seltsamen Mädchen. Dieses nickte nur und lief eilig davon.

Da stand das Mädchen mit dem feuerroten Haar, ganz einsam und verlassen bei den Pferden. Und der einzige Mensch, der ihr vielleicht hätte helfen können, die Antworten auf ihre Fragen zu finden, lief so schnell es ging davon.

Besart, der treue Freund unseres Prinzen, lehnte sich für einen Moment gegen die Stallwände. Er schloss die Augen und dachte nach. Auch er suchte nach einer Lösung und versuchte dabei verzweifelt, seine eigenen Gedanken nicht zu vergessen. Denn in diesem Spiel, so sagte man, konnte man weit mehr als nur seinen Kopf verlieren.

Währenddessen arbeitete der Dunkle an einem Plan, wie er die Weiße endgültig besiegen konnte. Diese Hexe war ihm schon lange ein Dorn im Auge und während er in seinem Zimmer saß und sich Notizen machte, musste auch er sich eingestehen, dass er nicht einmal mehr wusste, warum sie dieses Spiel spielten. Zu lange war es her, seitdem der Wettstreit begonnen hatte.

Für immer und ewig

ICH WARTE NOCH einen Moment, lauschte dem Schnauben der Pferde und versuchte, mich zu beruhigen. Immer wieder huschten meine Blicke zu dem Tier des Dunklen. Was musste man einem Lebewesen antun, damit es so wurde? Vage erinnerte ich mich an eines der älteren Ponys. Man konnte es kaum reiten und bei jeder noch so kleinen Berührung zuckte es zusammen. Der Vorbesitzer hatte es geschlagen und in einen engen Raum ohne Fenster gesperrt. Seitdem war es verängstigt. Zwar durfte es seinen Lebensabend an einem besseren Ort verbringen und doch verschwand diese Angst nie ganz. Sie nistete in den Tiefen der Gedanken und ließ einen nicht entkommen. Ich würde nie verstehen, warum manche Menschen zu so etwas fähig waren.

Nachdenklich nagte ich an meiner Unterlippe. Auf manche Fragen bekam man wohl niemals eine Antwort.

Inzwischen wirkte der Stall verlassen, trotz der vielen Pferde. Und da ich so oder so nicht viel machen konnte, verließ ich das Gebäude wieder.

Draußen herrschte immer noch helllichter Tag und trotzdem traf ich auf keine Menschenseele. Im Gegensatz zum Eispalast der weißen Königin wirkte hier alles so verlassen. Fröstelnd erinnerte ich mich an den mit Schnee und Eis bedeckten Boden. Wie konnte man sich an solch einem Ort nur wohlfühlen? Obwohl ... Dieses düstere Schloss war keinen Deut besser.

Meine Füße trugen mich immer weiter fort, bis ich irgendwann

an dem Kiesweg anlangte. Immerhin genehmigte der Prinz einen Aufenthalt in der Stadt, also warum nicht?

Zufrieden lächelte ich vor mich hin und folgte dem schmalen Pfad.

»Bist du jetzt echt total bescheuert!?«, rief mir eine bekannte Stimme nach.

Unbeschwert setzte ich meinen Weg fort und ließ mich von der Person hinter mir davon nicht abhalten. Einige Meter weit kam ich, bevor ich ziemlich unsanft am Saum meines Oberteils gepackt wurde. Genervt drehte ich mich zu dem Angreifer um und befreite mich aus dem eisernen Griff. Rascha stand hinter mir und funkelte mich wütend an.

»Lass mich!«, zischte ich und stieß sie weg, als sie erneut nach meinem Pullover fasste. Ich hatte gehofft, dass sie mich endlich in Ruhe ließ, aber die leisen Schritte hinter mir bewiesen mir das Gegenteil.

»Du darfst nicht einfach von dem Schloss weg.« Diesmal klang ihre Stimme einen Tick freundlicher.

»Ach? Farrun hat gesagt, dass ich darf.« Ich drehte mich zu ihr um. Ihre kalten Augen schienen mich zu durchbohren. Die Hände presste sie so fest zusammen, dass ihre Fingerknöchel weiß hervortraten. Mit einem unbehaglichen Gefühl wandte ich mich ab und beschleunigte meine Schritte.

»Es ist gefährlich hier. Ich denke nicht, dass er dir das erlaubt hat.«

»Er hat es mir erlaubt.«

Sie schwieg, aber noch immer hörte ich ihre penetranten Schritte hinter mir. Ich lief weiter, verbannte die leise Stimme in meinen Gedanken in den hintersten Winkel. Was, wenn sie recht hatte? Und doch konnten sie mir nicht alles verbieten. Langsam reichte es mir, dass jeder hier meinte, über mich bestimmen zu dürfen.

»Wieso bist du in meinem Albtraum aufgetaucht?«, fragte ich nach einer Weile.

Ein leichtes Schnauben war zu hören. »Ich bitte dich! Wenn du von mir träumst, ist das nicht mein Problem.«

Ich seufzte und schüttelte nur den Kopf. Freunde würden wir wohl niemals werden.

Je länger wir hintereinanderher liefen, desto unangenehmer wurde mir die Stille zwischen uns. Vergeblich grübelte ich nach irgendwelchen Dingen, die ich sie fragen konnte. Irgendwas musste es doch geben?

»Warum hat Farruns Pferd eine Narbe am Auge?«

»Es war das Pferd seines Vaters, bevor es in seinen Besitz kam«, sagte sie. Viel half mir diese Antwort nicht, aber bevor ich es schaffte, nachzuhaken, fragte Rascha auf einmal: »Wieso ist Besart so nett zu dir?«, und unterbrach damit das bedrückende Schweigen.

Verwundert hielt ich an. Sie knallte gegen meinen Rücken und schrie überrascht auf.

»Geht's noch?«, fauchte sie wütend und rieb sich die Nase. In ihrem Gesicht bildeten sich kleine rote Flecken. Womöglich hatte ich damit das Fass zum Überlaufen gebracht.

»Nett?« Ich entschuldigte mich erst gar nicht für den unsanften Zusammenprall.

»Ja, er nimmt dich andauernd in Schutz vor Farrun und den anderen.« Ihre Stimme zitterte leicht.

Verwundert hob ich die linke Augenbraue. »Echt? Was sagt Farrun denn über mich?« Nun war ich neugierig.

Rascha starrte auf den Boden, holte tief Luft und fuhr dann fort: »Dass du noch ein kleines Kind bist.«

Ein kleines Kind?

»Na lieben Dank auch!«, entgegnete ich. »Und wahrscheinlich denken du und die anderen genau dasselbe über mich. Bin ich

froh, dass wenigstens Besart nett zu mir ist.« Hastig stürmte ich davon. Jetzt war ich diejenige, die ihre Hände wütend zu Fäusten ballte.

»Du solltest echt umkehren«, rief Rascha mir mahnend nach. Anscheinend rannte sie mir nicht länger hinterher.

»Warum?« Ich wollte gerade meinen Mund öffnen und ihr die Meinung geigen, als ich ihren todernsten Blick bemerkte. Sie war vorhin wütend gewesen, aber inzwischen waren diese hektischen Flecken auf ihrem Gesicht verschwunden. Nun starrte sie mich einfach nur an.

»Du läufst direkt in den Wald. Ich weiß ja nicht, ob du die Geschichten kennst, aber der Wald ist verzaubert.«

Wald? Farruns Worte tauchten in meinen Gedanken auf.

»Du kannst hingehen, wo du willst. Meinetwegen kannst du auch nach draußen auf den Hof oder in die verlassene Stadt, die am Ende des kleinen Kiesweges vor dem Schloss liegt. Nur den Wald darfst du nicht betreten. Dieser Ort ist absolut tabu.«

»Das weiß ich«, murmelte ich verlegen, blieb stehen.

»Aha«, machte sie nur.

Sie glaubte mir nicht, aber das konnte ich ihr nicht verdenken. Ich log wirklich schlecht. Meine Augen huschten dann immer unruhig von einem Ort zum anderen und meine Hände verkrampften sich. Schon vom Zusehen erkannte man, wann ich log.

»Also?«, fügte sie nach einer Weile hinzu. Der Wind wurde auf einmal kräftiger und die Bäume ächzten bedrohlich. Erst jetzt fiel mir auf, dass wir tatsächlich von Waldgebiet umgeben waren. Ich musste durch Raschas Worte abgelenkt gewesen sein, anders konnte ich mir das nicht erklären. Schließlich hatte ich doch den Kiesweg betreten.

Aber nicht das Rauschen des Waldes oder das Knarren der ächzenden Bäume versetzte mich in Angstzustände, sondern die Tatsache, dass es auf einmal stockdunkel wurde.

»Gut gemacht«, zischte Rascha. Sie packte mich am Arm und zog mich mit sich.

Seufzend ließ ich die Prozedur über mich ergehen und folgte ihr den Weg zurück. Ich wehrte mich erst gar nicht gegen ihren starken Griff. Dieses Mädchen war stur und unfreundlich, aber sie hatte vorhin die Wahrheit gesagt.

Langsam klang das Rauschen immer weniger nach Blättern, sondern vielmehr wie ein Flüstern.

»Wieso darf ich nicht in den Wald?«

»Dort verlaufen die Grenzen. Farrun hat hier keine Macht mehr. Wenn dich irgendjemand hier sieht, nimmt er dich mit.«

»Und was ist mit dir?«, fragte ich. Immerhin war sie mir gefolgt. Galten für sie dieselben Regeln?

»Ich kann dir nicht einmal sagen, wer ich bin«, rief sie nach hinten und wandte ihren Kopf wieder ruckartig ab.

»Also bist du ein Teil des Ganzen?«, hakte ich neugierig nach. Meine Stimme klang immer leiser zwischen all den Geräuschen des Waldes und für einen Moment befürchtete ich, dass Rascha mich gar nicht hörte.

»Könnte durchaus sein, aber wenn du längere Zeit hier verbringst, vergisst du alles. Selbst deinen Namen vergisst du irgendwann und sobald das geschieht, bist du für immer und ewig hier gefangen.«

»Sobald ich meinen Namen vergesse, komme ich nie wieder weg? Warum?« Ein Schauer überkam mich und dieses Mal lag es nicht an dem unheimlichen Flüstern in meinen Ohren.

»Namen sind Macht.« Ihre Stimme wurde immer leiser. Es war zwar nur ein Satz gewesen und doch erkannte ich in ihm die tiefe Bedeutung.

Wir hielten an. Das Rascheln des Waldes hörte auf, selbst das Flüstern verschwand. Das feine Gras strich um meine Knie, während die Kälte mir beinahe den Atem raubte. Zitternd umklammerte ich meine Arme.

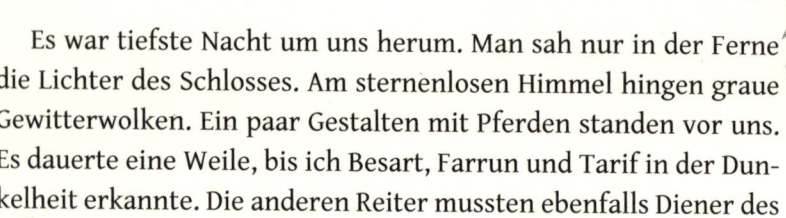

Es war tiefste Nacht um uns herum. Man sah nur in der Ferne die Lichter des Schlosses. Am sternenlosen Himmel hingen graue Gewitterwolken. Ein paar Gestalten mit Pferden standen vor uns. Es dauerte eine Weile, bis ich Besart, Farrun und Tarif in der Dunkelheit erkannte. Die anderen Reiter mussten ebenfalls Diener des Prinzen sein.

»Wessen Idee war das?«, fragte Besart. Der sonst so nette Mann blickte zuerst mahnend zu mir, dann zu Rascha, welche noch immer meine Hand umklammerte. Sie zitterte leicht.

»Meine«, sprach sie nach einer Ewigkeit. Überrascht sah ich sie von der Seite an. Noch immer umhüllte uns die Dunkelheit und lieferte uns dieser kräftezehrenden Kälte aus.

Farrun seufzte und stieg von seinem Ross. Es war sein Pferd, das dunkle aus den Ställen. Auch durch die Finsternis wollten die roten Augen des Tieres mich durchbohren. Für einen Moment hielt ich die Luft an, so sehr war ich gebannt von diesem einen Moment. Die Welt schien stillzustehen, selbst das Zittern von Raschas Hand hörte auf. Mein Herz klopfte, während aus der Ferne ein eigenartiger Nebel heranrollte. Nun verschwanden sogar die Lichter des Schlosses in dem dichten Wabern. Farrun ließ sich davon nicht beirren und lief weiterhin auf uns zu.

»Was ist so schlimm an dem Wald?«, rief ich ihm entgegen.

Niemand antwortete mir.

»Du solltest schlafen«, sprach der Dunkle.

Ich ahnte, was nun folgen würde. Womöglich bestrafte er mich mit alledem. Dieser Mensch wusste, wie man anderen Leuten Angst einjagte.

»Oh nein!«, rief ich und wollte davonrennen. Ich wollte abhauen, einfach fort von hier, hinein in diesen unheimlichen Wald mit den flüsternden Bäumen. Am liebsten zu Tante Kaisslin, zurück in mein vertrautes Zimmer. Weg von Farrun, weg von all dem hier. Aber er packte mich bereits am Arm und zog mich zu sich. Noch immer hielt Rascha meine Hand umklammert und sie ließ sie auch nicht los, als der Dunkle kurz mit seinen Fingern meine Stirn antippte.

Ich fiel. Ich fiel wieder hinab in dieses bodenlose Loch, in die Tiefen der allzu bekannten Finsternis, welche sich vor mir auftat. Sie raubte mir den Atem und erstickte jeden Schrei mit ihren langen Klauen. Nun befand ich mich wieder auf dem direkten Weg in das Land der Träume. Nur dass dieser Weg kein schöner war. Ich hatte nur noch mich. Konnte mich nirgends festklammern. Alles rauschte an mir vorbei. Kein Gedanke ließ sich fassen. Niemand war da. Alles schien verzaubert zu sein. Eine Welt voller Gefahren und Ängste, und mittendrin befand ich mich. Verloren und gefangen in meinen eigenen Albträumen.

Das arme Mädchen lag bei dem dunklen Prinzen. Der aber kam nicht zur Ruhe, schon wieder raubte ihm seine Menschlichkeit den Schlaf. Das schlechte Gewissen drängte an die Oberfläche und klopfte ganz leise an. Was sollte er nun machen? Immerhin wurde er gefürchtet. Er konnte kein Mitleid mit diesem kleinen Ding haben. Diesem Mädchen mit dem feuerroten Haar. Genau dieses wimmerte gerade im Traum, schattenhafte Schleier glichen ihren Gedanken. Niemand half ihr. Obwohl ... Da war noch ein anderes Mädchen. Ein Mädchen mit kinnlangem Haar und braunen Augen. Wütend kniete sie im hohen Gras und weinte bitter. Wie schrecklich musste es doch sein, wenn man seinen eigenen Namen vergaß. Kannte sie wirklich den Weg hinaus? Keiner wusste es und die weiße Königin war bald da. Im Gepäck weit mehr als nur leere Worte. Wer konnte unsere Heldin retten? Vielleicht Besart, der treue Freund des Prinzen? Doch auch der sperrte sich in seine Kammer ein. Trank einige Gläser Wein und erstickte damit das Gefühl der Machtlosigkeit. Nur einer, der stand

an seinem Fenster und blickte hinab in den Hof. In seiner Hand ein altes weißes Buch, vollgeschrieben mit Notizen zu dem Spiel. Diesmal würde er nicht einfach tatenlos zusehen, er würde helfen und endlich für ein Ende sorgen. Ein Ende, mit welchem er hoffentlich all das zurückbekam, was ihm diese Welt geraubt hatte.

Der nächste Albtraum

DAS HIER WAR nicht die Realität, wieder einmal. Woran ich das erkannte? Es wirkte, als ob die Zeit stehen geblieben wäre. Um mich herum war alles ruhig, zu ruhig. Mein Atem ging gleichmäßig, mein Herz schlug im Takt. Da war er wieder, dieser schleierhafte Nebel, welcher meinen Blick trübte.

Ich befand mich erneut in dem dunklen Zimmer und lag ausgestreckt auf dem weichen Bett. Ich erhob mich von der Schlafstätte, behielt dabei aber die Umgebung im Auge. Irgendetwas würde bald passieren, das war sicher.

Als meine Augen über das kleine Fenster huschten, erkannte ich, dass es bereits tiefste Nacht war. Das schwache Licht des Mondes erreichte den Boden zu meinen Füßen nicht einmal, so dunkel war es. Und trotzdem gewöhnten sich meine Augen daran und ich erkannte ohne Probleme die verschiedenen Gegenstände im Raum.

Suchend sah ich mich um. Der Spiegel, welchen ich kurz zuvor zerbrochen hatte, stand wieder an seinem angestammten Platz. Kein einziger Kratzer zierte die glatte Oberfläche und umso länger ich auf das Glas starrte, umso weniger konnte ich glauben, dass ich ihn vor nicht allzu langer Zeit zerstört hatte.

»Hallo?«, rief ich so laut wie möglich. Ich lauschte, hielt den Atem für einen Moment an und ignorierte das wilde Pochen meines Herzens.

Auf einmal veränderte sich etwas. Die Ruhe war mit einem Mal vorbei und anstelle der Stille trat ein Geräusch, welches mir das Blut in den Adern gefrieren ließ. Zuerst nahm ich es kaum wahr, so

leise war es. Doch mit der Zeit wurde es immer lauter. Ein Schaben an der Tür ließ mich zusammenzucken. Als ob lange Fingernägel den Türrahmen entlang strichen.

Meine Augen suchten verzweifelt einen Ausweg – doch es gab keinen. Nur das Fenster und die Tür führten hinaus und selbst wenn ich es schaffte, mich durch das Fenster zu quetschen, wäre die Höhe mein nächstes Problem. Es lag einige Meter über dem Boden und es gab nichts, woran man sich festhalten konnte. Ich brauchte also einen anderen Plan.

Im ersten Albtraum war es darum gegangen, dass ich Angst hatte, dass niemand mich sehen konnte, und dort hatte ich mich umgebracht. Nur warum? Warum hatte mich das wieder aufgeweckt?

Die Tür schwang langsam auf. Das leise Knarren der Türangeln drang an mein Ohr. Verzweifelt raufte ich mir die Haare. Mein Herz klopfte immer schneller. *Denk nach, Taija, denk nach.* Warum musste ich mich töten?

Mein Puls raste und obwohl es nur ein Traum war, fühlte ich regelrecht, wie der Angstschweiß meinen Rücken hinabbrann.

Ich hatte Angst davor, zu verschwinden. Angst davor, dass mich niemand sehen konnte. Aber wieso tötete ich mich dann? Damit erreichte ich ja genau das Gegenteil. So blieb ich doch erst recht verschwunden.

Die Tür knallte gegen den Balken. Rote Augen spähten suchend durch die Dunkelheit. Eine monsterähnliche Fratze grinste mir entgegen und schien den gesamten Raum einzunehmen. Nun war ich nicht mehr allein.

Ich hielt den Atem an. Starr stand ich in dem dunklen Zimmer und blickte diesem seltsamen Wesen genau in die unheimlichen Augen.

Das Etwas hatte Tatzen, beinahe so groß wie die eines ausgewachsenen Bären. Der Kopf glich hingegen eher einem Löwen.

Auch das Fell erinnerte stark an den König der Tiere, wären da diese blutroten Augen nicht.

Das Wesen bahnte sich einen Weg durch den Raum.

Erschrocken schrie ich auf und drückte mich gegen die kalte Fensterwand. Ein Stuhl kippte um, als sich die Kreatur durch den Raum quetschte. Jedes Mal, wenn eine seiner Pranken auf dem Boden aufkam, erzitterte alles in dem Raum. Das war nicht nur ein Albtraum, sondern der blanke Horror.

Das Wesen kam immer näher. Die roten Augen auf mich gerichtet, das Maul mit den vielen spitzen Zähnen weit geöffnet. Schützend hielt ich die Hände vors Gesicht. Würde es mich jetzt samt Haut und Haaren verspeisen?

»Taija«!, rief jemand aus dem schmalen Gang hinter dem Geschöpf.

Überrascht spähte ich in die Dunkelheit. Der Löwe riss ebenfalls den Kopf herum.

»Taija!«, erklang es noch mal.

Das Wesen ließ sich erneut ablenken und richtete seine volle Konzentration auf die andere Person. Ich nutzte den Moment und drückte mich an der Wand entlang an dem Tier vorbei, darauf bedacht, es in keinster Weise zu berühren.

Und dann rannte ich. Ich sprintete einfach blindlings los, in den düsteren Gang hinein. Die Haare wirbelten mir durchs Gesicht und versperrten mir zeitweise die Sicht. Für einen Moment verflog meine Panik, jedoch änderte sich das bald wieder. Hinter mir drangen bereits das Schnauben des Löwen und das Schlittern seiner Krallen auf dem dunklen Marmorboden durch den Gang.

Auf einmal packte mich jemand am Arm und zog mich in die Dunkelheit. »Schhh«, flüsterte die Person. Irgendetwas Felliges strich um meine Beine. Verwirrt sah ich hinunter. Inzwischen gewöhnten sich meine Augen erstaunlich schnell an die schwachen Lichtverhältnisse.

»Der Wolf?«, wunderte ich mich und betrachtete die Umrisse des Tieres genauer.

Es erklang ein kurzes Schnipsen und die Beleuchtung flackerte auf. Rascha stand direkt vor mir und zu meinen Füßen lag tatsächlich der Wolf aus dem Palast der weißen Königin.

»Danke. Was ist hier los?« Erleichtert schenkte ich ihr ein Lächeln.

Diese ignorierte meine Geste vollkommen und verzog keine Miene. Sie schüttelte nur den Kopf und zeigte nach hinten in den Gang.

Langsam drehte ich mich um. Noch immer stand der Löwe dort. Die roten Augen fixierten mich weiterhin. Der Körper war angespannt, als ob er gleich losspringen wollte. Ein beängstigendes Knurren entwich seiner Kehle.

»Denk nach! Ich kann dir nicht helfen!«, zischte Rascha. Ihre Blicke huschten unruhig zwischen mir und dem bedrohlichen Tier hin und her.

Etwas wütend sah ich sie an. Wie sollte ich in dieser Situation nachdenken? Unmöglich.

»Ich kann das nicht!«, schrie ich.

Abermals schüttelte sie nur den Kopf und blickte hoch zur Decke. Sie dachte nach, suchte nach Möglichkeiten.

»Dieses Spiel hat nur ein einziges Ziel. Welches?«, hakte sie nach und sah mir wieder in die Augen.

»Einen Sieger zu bestimmen?«

»Andere Ideen?« Ungeduldig zuckte sie mit dem linken Bein. Auch ihre Finger waren ständig in Bewegung und vergruben sich ab und zu in ihren Oberarmen. »Wie gewinnst du dieses Spiel?«, versuchte sie es erneut.

»Indem ich meine Ängste besiege?«, flüsterte ich.

»Na endlich.« Erleichtert seufzte sie und fuhr sich durch das dunkle Haar. »Endlich«, wiederholte sie noch einmal leise.

Ich schwieg und dachte nach. Sollte ich ihr echt erklären, dass mir ihr Hinweis nicht viel half? Für einen Moment ignorierte ich den Wolf zu meinen Füßen, Rascha und die bedrohlichen Augen des Löwen.

In meinem ersten Spiel hatte ich Angst davor gehabt, zu verschwinden, und dann hatte ich mich mit dem Messer umgebracht, damit ich endgültig verschwand. Im Grunde musste ich also genau das tun, wovor ich mich am meisten fürchtete.

Der Löwe! Aber klar doch!

Zu meinem dreizehnten Geburtstag besuchten wir damals einen Zoo. Dort gab es alles, von Pinguinen, Giraffen, Bären bis hin zu den Antilopen. Am Ende der Führung gelangten wir zu einem großen Gehege. Meine Neugier war so stark, dass ich mich vordrängte und mit beiden Händen die runden Gitterstäbe umfasste. Auf einmal stand dieses Ungetüm vor mir und brüllte, was das Zeug hielt.

Ich hatte Angst, gefressen zu werden. Ich musste also nur noch meine Angst besiegen.

»In Ordnung.«

Ich atmete tief durch und lief dem Löwen entgegen. Dieser stand noch immer am selben Ort, den Körper nach wie vor angespannt, bereit zum Sprung, bereit, sein Maul aufzureißen und mich zu verschlingen. Als ich mich noch einmal umdrehte, waren Rascha und der Wolf verschwunden.

Bevor meine Angst mich überwältigen konnte, rannte ich auf das Wesen mit den glühenden Augen zu. Der Löwe brüllte wütend, öffnete sein Maul so weit wie möglich und zeigte mir die scharfen Zähne. Der Gestank von Fäulnis schlug mir daraus entgegen. Würgend hielt ich mir die Hände vor den Mund.

Ein Sprung. Direkt in das geöffnete Maul des Löwen. Natürlich mit zusammengekniffenen Augen.

Ich spürte, wie sich das Maul um mich schloss. Dunkelheit umhüllte mich und ein kleiner, zäher Schmerz riss an meinem

Verstand. Ich schrie und fiel. Fiel in ein albtraumhaftes tiefes Loch voller Schatten, welche lachend nach mir griffen.

Nur mühsam schaffte ich es, die Augen zu öffnen. Eine Art Gewicht drückte auf meine Brust und erst da fiel mir auf, dass ich den Atem angehalten hatte. Gierig schnappte ich nach Luft. Zu viel Luft. Hustend und röchelnd versuchte ich, mich aufzusetzen. Ich konnte nicht viel sehen, mein Blickfeld verschwamm durch das bekannte Pochen in meinem Kopf.

»Guten Abend«, drang es von weit weg.

Ich drehte mich langsam in die Richtung, aus der ich die Stimme vermutete. »Wo bin ich?«, fragte ich.

Der Prinz saß auf einem Stuhl. Ein Glas Wein in der Hand, die Beine überkreuzt. Lässig blickte er mich an. Die dunklen Augen musterten mich. »In meinem Zimmer.«

Ich lag auf einem Bett mit roten Decken. Unfähig, mich zu bewegen, sah ich ihn an.

»Du warst länger weg als geplant, meine Liebe«, sprach er weiter und fixierte dabei das Weinglas, als ob es das Interessanteste auf der Welt wäre.

»Wo ist Rascha?«

»Nicht hier.«

»Das sehe ich. Wieso sperrt Ihr mich in diese Albträume?«, knurrte ich.

Er sah kurz auf. »Zur Übung. Es soll dir dabei helfen, sicherer im Umgang mit dem Spiel zu werden. Später, im richtigen Albtraumschach, wird es deutlich schwerer, zu siegen, also sieh das als kleines Training.«

Er nippte an dem Wein und lächelte zufrieden. All das, die

ruhige und gleichzeitig provozierende Art und seine gelassene Stimme, machten mich wütend.

»Wo ist Besart?«, wollte ich wissen. Meine Stimme zitterte vor Anstrengung. Dieses Spiel schaffte mich mehr, als ich jemals zugeben würde.

Ich verdrängte die Wut und ließ mich nicht beirren. Damit ich hier herauskam, musste ich nachdenken, und das ging schlecht, wenn man wegen eines Kloßes im Hals zu ersticken drohte.

Er lächelte. »Unten, er spricht gerade mit Rascha.«

»Gut, ich werde jetzt schlafen, und zwar richtig, weil ich müde bin. Wagt es nicht, mich noch mal in einen dieser Albträume zu schicken«, murmelte ich leise und legte mich mit dem Rücken zu ihm.

Ein kurzes Schnauben war das Letzte, was ich hörte, ehe ich mich im Land der Träume verlor. Und diesmal träumte ich endlich etwas Schönes.

Als ich aufwachte, streckte ich mich erst einmal ausgiebig und öffnete langsam die Augen. Es dauerte eine Weile, bis ich mich an die Helligkeit gewöhnte. Es war Tag und das Licht der Sonne bahnte sich einen Weg durch die Fenster. Diese waren deutlich größer als in meinem Zimmer, dennoch wirkte der Raum noch düsterer. Überall standen Möbel in Weinrot und Schwarz herum. Auf dem eckigen Schreibtisch befand sich neben dem benutzten Weinglas eine Vase aus Porzellan mit einer blutroten Rose. Einige der Blütenblätter hatten bereits ihren Weg auf den Boden gefunden und doch strahlte diese Blume weiterhin eine atemberaubende Schönheit aus. Die Farbe war von solch kräftigem Ton, dass ich befürchtete, es wäre tatsächlich Blut.

Vage erinnerte ich mich an die Geschichte von Alice im Wunderland, als die Diener der Königin alle Rosen rot anmalen mussten, da sie aus Versehen einen weißen Rosenstrauch gepflanzt hatten und die Herzdame nur rote Rosen wollte.

Ich war so in meine Gedanken vertieft, dass ich erst später bemerkte, dass ich nicht allein in dem Zimmer war. Auf dem Sessel neben der Tür saß eine Person, aber es war nicht der dunkle Prinz.

»Rascha«, murmelte ich.

»Tut mir leid, der Prinz hat mir befohlen, auf dich aufzupassen.«

»Wie nett von ihm«, knurrte ich und richtete mich auf. Die rote Decke rutschte vom Bett. Hatte er mich zugedeckt? Wohl kaum. »Und wo ist er selbst?«

»Auf der Jagd.«

Ich seufzte und blickte auf den dunklen Boden. Musste hier alles so dunkel und trostlos eingerichtet sein?

Vermutlich wollte ich lieber nicht wissen, von was für einer Jagd sie sprach.

»Hast du gut geschlafen?« Ihr Blick ruhte wachsam auf mir.

»Nach diesem Albtraum? Ja. Ach, und danke für deine Hilfe.«

Überrascht sah sie mich an. »Wovon redest du?«

»Du weißt schon, dank dir bin ich auf die Lösung des Problems gekommen.« Ich sah sie an.

Ihr Blick war unsicher. Schnell schüttelte sie den Kopf und behielt die Tür genau im Auge. »Du solltest dieses Spiel nicht hier erwähnen.«

»Wieso? Was will er tun? Mich töten?« Ich schnaubte.

Ein leichtes Lachen kam ihr über die Lippen. »Es gibt weit Schlimmeres als den Tod, Taija.«

»Da bin ich mir sicher. Trotzdem will ich endlich, dass mir jemand sagt, was hier vor sich geht. Ich will wissen, wer die anderen Figuren sind und wieso Namen hier so wichtig sind. Warum hast

du deinen vergessen? Und ich will endlich wissen, ob es einen Weg zurück gibt oder ob das einfach nur leere Versprechungen sind.«

Sie öffnete den Mund, als ob sie etwas sagen wollte, klappte ihn aber eilig wieder zu. Ihre Augen wanderten erneut zur Tür. Nach einiger Zeit formte sie mit den Lippen ein Wort. Sie wiederholte es so lange, bis ich endlich verstand.

»Bibliothek?«, vergewisserte ich mich.

Sie seufzte und schlug sich mit der flachen Hand gegen die Stirn. »Schrei doch nicht so!«, zischte sie.

»Also noch einmal: Ich muss in die Bibliothek? Welche Bibliothek?«, fragte ich erneut, diesmal ein wenig leiser.

Ihre Augen wurden zu schmalen Schlitzen. »Es ist verboten, dort hinzugehen, aber dort findest du alle Antworten auf deine Fragen. Sag ja nicht, dass du das von mir weißt. Besart erwürgt mich.«

»Du magst ihn, oder?«

Sie packte eines der Bücher, die aufgeschlagen auf dem Schreibtisch vor ihr lagen, und warf es nach mir. Lachend duckte ich mich, aber irgendetwas schlug trotzdem gegen meinen Kopf. Schmerzverzerrt rieb ich mir die Stirn.

»Aua!«

Ein Schlüssel. Behutsam hob ich ihn auf. Er war golden und etwas größer als ein gewöhnlicher Hausschlüssel. Er besaß ein langes Mittelteil mit winzigen Verzierungen und endete in der Form eines Herzens. Ganz klein stand darauf geschrieben: *Glaube und deine Wünsche werden wahr.* Er musste in dem offenen Buch gelegen haben.

»Du kannst ihn ruhig behalten. Der Prinz hat Tausende von denen, aber keiner führt irgendwo hin. Sie dienen ihm einfach als Lesezeichen. Aber er liest ohnehin jeden Tag ein anderes Buch und bemerkt darum nicht, dass einer fehlt.«

Mein Blick fiel wieder auf das kleine Ding in meinen Händen. Es

war so zierlich, dass ich fürchtete, es würde zerbrechen, sobald ich nur fester zudrückte.

»Woher hat er denn diese vielen Schlüssel? Zu irgendeinem Schloss müssen sie ja gehören.«

»Er braucht keine Schlösser. Die Türen öffnen und schließen sich so, wie er es will. Sie stammen von Leuten, die für immer in den eigenen Albträumen verschwunden sind. Niemand weiß, wofür, und keiner fragt danach. Na ja, außer dir.« Demonstrativ verschränkte sie die Arme vor der Brust.

»So viele Menschen?«

Sie seufzte und verdrehte genervt die Augen. »Du weißt ja nicht einmal, wie lange der Prinz und die Königin sich schon bekämpfen. Die Leute, welche sich nicht in ihren Albträumen verlieren, vergessen, wer sie waren. Darum schreib dir deinen Namen am besten irgendwo auf.«

»Und du kannst dich an gar nichts mehr erinnern? Also wer du bist oder von wo du kommst?«

»Keine Chance. Höchstens an kleine bruchstückhafte Erinnerungsfetzen, aber mehr nicht.« Sie schüttelte traurig den Kopf.

»Aber warum heißt du Rascha?«

Einen Moment lang sah sie aus dem Fenster.

»Rascha bedeutet *tausend Geschichten, tausend Teile.* Es ist wie eine Erzählung, die niemals endet. Wie diese tausend Bücher, die offen daliegen. Ich kann mir alles merken, was der Prinz mir sagt, jedes Wort, jede Silbe. Ich weiß alles über jeden hier, nur nicht ihre Namen. Ich bin ein kleiner Teil des Ganzen. Der Anfang einer Geschichte aber nicht das Ende.«

Ihre Stimme brach ab und verstohlen wischte sie sich mit dem Handrücken über die Augen.

»Es gibt immer ein Ende, und wenn es kein Ende gibt, dann zumindest einen neuen Anfang.«

Lächelnd sah ich sie an. Jetzt musste ich zuerst einmal der

Wahrheit auf den Grund gehen und in die Bibliothek. Ich steckte den Schlüssel in meinen linken Stiefel.

Für jeden Schlüssel gab es ein passendes Schloss.

Rote Rosen wie bei Alice im Wunderland. Wie eine Geschichte doch der anderen glich. Da konnte das Mädchen nur hoffen, dass ihr niemand den Kopf abschlug. Doch zuerst musste sie den Weg zur Bibliothek finden. Denn dort befanden sich womöglich Antworten auf all ihre Fragen. Wie viele Tage ihr noch blieben, bevor die weiße Königin mit ihren Figuren eintraf? Wie viele Stunden hatte sie noch, ehe auch sie ihren Namen vergaß? Und wie viele Minuten blieben ihr, bevor der dunkle Prinz erfuhr, was sie hinter seinem Rücken trieb? Wo blieb der weiße Hase mit der Stoppuhr, der dem flammenden Mädchen erklärte, dass sie bereits zu spät war?

Das Buch der Antworten

DAS DING DA ist eine Bibliothek?«, fragte ich und drehte mich zu Rascha um. Wie immer bekam ich von ihr nur einen wütenden Blick.

»Was hast du erwartet?«, schnaubte sie und drängte sich an mir vorbei in den dunklen Raum.

»Ich weiß nicht. Mehr Regale, mehr Bücher. Aber hier sind nur Türen.«

Enttäuscht sah ich mich in dem kleinen Zimmer um. Überall in der runden Kammer befanden sich Türen in jeglichen Farben. Es sah aus wie ein Regenbogenparadies.

»Du kannst sagen, was du willst. Das ist keine Bibliothek«, murmelte ich und fuhr mit meiner linken Hand die glatte Steinwand entlang.

Rascha knurrte hinter mir wütend auf. »Du möchtest eine Bibliothek sehen? Bitte!«, schnaubte sie, überholte mich und riss die hellgrüne Tür vor mir auf. Beinahe wäre sie mir gegen die Stirn geknallt, wenn ich mich nicht im letzten Moment mit einem Sprung zur Seite gerettet hätte.

Das zierliche Mädchen mit den kurzen schwarzen Haaren verschwand hinter der Tür. Schnell folgte ich ihr.

»Und? Ist das Bibliothek genug?«, fragte sie leicht spöttisch, als ich neben ihr stehen blieb.

Meine Augen weiteten sich. Wir quetschten uns auf eine kleine Plattform, auf der wir nur mit Müh und Not nebeneinander Platz fanden. Einige Schritte weiter vor uns führte eine Wendeltreppe in

eine riesige Bibliothek voller Regale und Bücher. Selbst wenn ich mich ein wenig über die Balustrade beugte und die Augen zusammenkniff, war kein Ende zu erkennen.

Mit schnellen Schritten sprang ich die Treppe hinunter, immer zwei Stufen auf einmal. Rascha folgte mir. Neugierig zog ich einige der Exemplare heraus und las die Titel, öffnete die Bücher und betrachtete die Seiten. Diese waren alle schon alt und verstaubt. Manche Textstellen konnte man gar nicht mehr entziffern, andere waren in mir unbekannten Sprachen verfasst.

»Dieses Buch, ich kenne es!«, schrie ich plötzlich und wedelte damit vor Raschas Gesicht, die schützend die Arme hochnahm. »Das ist Dornröschen!«, rief ich begeistert und fuhr behutsam über den Einband. Das Buch war braun und hatte einen leichten goldenen Schimmer. Früher hatte meine Mutter mir immer dieses Buch vorgelesen. Es war eines meiner liebsten Werke, zusammen mit *Robin Hood*, *Der Herr der Ringe*, *Schneewittchen*, *Rotkäppchen* und *Alice im Wunderland*.

»Ich will dir wirklich nicht die Freude nehmen, aber wir haben nicht mehr viel Zeit, ehe der Prinz wieder auftaucht. Also leg dieses Dornröschenzeug bitte wieder an seinen gewohnten Platz.« Unruhig sah sie zu der großen grünen Tür hoch.

»Gut. Nach was suchen wir?«

»Das Buch ist weiß, schneeweiß, wie der Boden im Palast der weißen Hexe, aber du wirst es nicht hier vorn bei den Märchen finden. Komm.« Sie winkte auffordernd mit der rechten Hand und eilte los.

Schnell folgte ich ihr. Wir liefen quer durch die Bibliothek, bis wir neben einem roten Regal stehen blieben. Irgendjemand hatte es mit schwarzen Rosen bemalt. Früher musste es wohl wahrlich ein Kunstwerk gewesen sein, heute wirkte es, als ob die Blumen nach und nach verblassen würden. Ein einziges Buch lehnte darin. Es sah genauso aus, wie Rascha es beschrieben hatte. Schneeweiß,

mit einem dicken Einband, auf dem sich merkwürdige Zeichen befanden. Das Innere selbst enthielt jedoch nur wenige Seiten.

»Hier.« Rascha zog es aus dem Regal und hielt es mir vor die Nase. »Lies, was du lesen musst, und stell es wieder zurück an seinen Platz.«

Ich nickte, nahm das Buch, welches trotz der wenigen Blätter erstaunlich schwer in meiner Hand lag, und blätterte mich durch die ersten Seiten.

Albtraumschach

Die sechzehn Figuren jeder Partei bestehen bei einer herkömmlichen Schachpartie aus dem König, der Dame, zwei Türmen, zwei Läufern, zwei Springern und acht Bauern. Diese Zusammensetzung ist ein Sinnbild von Hofstaat und Heer traditioneller Königreiche.

Beim Albtraumschach hingegen gibt es pro Mannschaft sechs Personen. Dabei wird auch kein wirkliches Schach gespielt, der Name hat lediglich eine symbolische Funktion. Jeder Spieler bekommt eine Schachfigur zugeordnet und erhält dafür spezielle Eigenschaften.

***König:** Verliert der König ein Spiel, ist sein Team schachmatt und der Gegner gewinnt, egal ob noch Figuren im Spiel sind oder nicht.*

***Dame:** Die Dame ist eine der wichtigsten Figuren. Sie kann in die Albträume ihrer Mitstreiter eintauchen und so den Spielern helfen.*

***Turm:** Der Turm dient zum Schutz und kann eine Person aus dem Gegnerteam blockieren, indem er sich vor diese stellt und verhindert, dass sie das Spiel verlässt. Diese Blockade hält zwei Spielrunden lang.*

***Springer:** Der Springer kann aus den Albträumen springen,*

respektive flüchten. Dies ist ihm jedoch nur zwei Mal pro Partie möglich.

*   **Läufer:** Zeit im eigenen Albtraum beschleunigen oder verlangsamen.*

*   **Bauer:** Der Bauer beginnt mit dem ersten Spiel. Er kann sein Leben auch opfern und dafür eine Figur zurückholen, welche zuvor ausgeschieden ist.*

Wer welche Figur übernimmt, entscheiden der dunkle Prinz und die weiße Königin kurz vor Beginn der Partie.

*   Während des Spieles werden die Spielfiguren in ihre eigenen Albträume geschickt. Sie müssen versuchen, zu überleben, um eine Runde weiter zu gelangen. Verlieren sie, bleiben sie bis zum Ende des Spieles oder, bei Niederlage der eigenen Mannschaft, für immer in ihren Albträumen gefangen.*

*   Das Ziel des Gegners ist es, zu überleben und die anderen Spieler auszuschalten. Er entscheidet, welche Figur als Nächstes antreten muss. Das Spiel endet mit dem Tod des Königs. Mit Ende der Partie erwachen alle Figuren des Siegerteams wieder. Ihnen und den überlebenden Gegnern steht es frei, zu gehen, die übrigen bleiben in ihren Albträumen gefangen.*

Überrascht sah ich auf. So also funktionierte das! Neugierig blätterte ich weiter. Die nächste Seite war etwas eingerissen, als ob jemand wütend diese Kapitel übersprungen hätte.

Die Geschichte der Königin

Tarasa, die Stadt aus ewigem Eis. An diesem Ort lebt die weiße Königin. Eine bildhübsche Frau mit langem hellen Haar und stechenden blauen Augen. Durch ihre Adern fließt die Kälte und mithilfe von Magie kann sie alles um sich herum in Eis oder Schnee verwandeln. Ihr Alter kennt niemand, schon zu lange regiert sie hoch oben in ihrem Palast. Einige Quellen erzählen, dass sie in jungen Jahren von den Eltern verstoßen wurde. Man setzte sie an einem Wintertag im Schnee aus, wegen ihrer hellen Haut und ihrer hellen Haaren. Manche befürchteten, sie käme direkt aus der Hölle. Irgendetwas stimmte mit diesem Kind nicht und niemand wollte etwas mit ihm zu tun haben. So lag das junge Ding ohne Namen kurz vor dem Waldrand, gebettet in Schnee und Kälte. Tage vergingen und das Kleine fing an, zu schreien. Eine ältere Dame, welche kaum Geld für sich selbst besaß, hatte schließlich Erbarmen und rettete das schreiende Kind. Sie wusste, wie es war, wenn man für seine Andersartigkeit verstoßen wurde, denn auch sie stieß bei den anderen Bewohnern nur auf Ablehnung. So kam es, dass diese Dame dem kleinen Wesen ein Zuhause bot und es aufzog, bis es allein für sich sorgen konnte. Als der Tag endlich kam, da verschwand die alte Dame und nahm ein Geheimnis mit in ihr Grab. Das Geheimnis über die Besonderheit des Mädchens. Als Baby hatte es einige Tage ohne Nahrung in dieser Kälte ausgehalten und nicht einmal ihre Lippen waren blau angelaufen.

Je älter das Kind jedoch wurde, desto grausamer wurden seine Gedanken. In ihr schürte sich der Hass auf die Menschen und auf die, welche sie verstoßen hatten. Sie sprach mit dem Wind, mit dem Eis und dem Schnee, sie versprach, für sie als Gefäß zu dienen, wenn sie ihr im Gegenzug etwas von ihrer Kraft gaben. Die Elemente willigten ein und von da an fühlte sie sich nicht mehr allein. Sie ließ eine Lawine auf das Dorf rollen und begrub all das Leben unter sich. Über ihrem Elternhaus schuf sie einen meterhohen Schneehügel und errichtete auf dessen Spitze ihr Schloss.

Von da an lebte sie dort als weiße Königin. Viele Geschichten

ranken sich um die böse Eiskönigin, die alles in Eis und Schnee verzaubern kann. Man sagt, dass sie für ihre Spiele Menschen- kinder sammelt. Sobald man die Grenzen der Ländereien über- tritt, gelangt man in das schneebedeckte Land. Dort lebt sie bis heute und jeder, der ihr Gebiet durchforstet, ist dazu verdammt, ihr zu dienen. Ihr mächtiger Palast und die Türen und Zimmer darin ändern stets ihren Standort, sodass niemand sie finden kann.

Manche erzählen sich von einem Saal aus Spiegeln, mit deren Hilfe man in die Menschenwelt gelangt, aber bis jetzt konnte das niemand überprüfen. Der Legende nach befindet er sich im untersten Bereich des Schlosses, verborgen vor den Blicken von Neugierigen.

Freudig sah ich auf. »Das ist es!«, jubelte ich.

Rascha blickte nur genervt zurück. »Was?«

»Hier steht, dass ein Saal mit Spiegeln im Eispalast existiert. Was, wenn ich durch einen davon wieder in meine Welt gelange?« Lächelnd sah ich sie an.

»Deine Fantasie ist tatsächlich unbegrenzt. Als ob das ginge.« Sie seufzte lautstark. »Und selbst wenn, wie willst du unbemerkt in den Palast der Königin gelangen?«

Ich beachtete sie gar nicht weiter, sondern blätterte schnell um. Diesen winzigen Funken Hoffnung ließ ich mir nicht von ihr nehmen.

Der dunkle Prinz und sein Reich Sendar

Der dunkle Prinz, sagt man, ist ein Gestaltenwandler. Manch- mal erscheint er als alter Mann, dann wieder als kleines Kind, Rabe oder was auch immer ihm beliebt. Seine Augen und Ohren sind überall in seinem Reich. Wie die weiße Kö- nigin liebt er das Spielen um Macht, darum tobt seit ihrem

Auftauchen ein erbitterter Kampf zwischen den beiden. Sein Reich ist dunkel und düster. Einzig ein paar farbenfrohe rote Rosen blühen in seinem Garten. Ein Zeichen des Trotzes gegen die weiße Königin, denn diese liebt die weißen Rosen.

Wer sich einmal zu ihm verirrt, der findet keinen Weg zurück. Die einzige Möglichkeit ...

Ich schrak vom Buch auf, als eine Tür ins Schloss fiel. Rascha zuckte zusammen.

»Und jetzt?«, flüsterte ich.

»Verstecken! Und sobald du die Möglichkeit hast, gehst du zurück!«, wisperte sie. Augenblicklich verschwand sie zwischen den Bücherregalen.

Ich duckte mich und presste das weiße Buch an meine Brust. Ein paar Türen öffneten und schlossen sich. Nach einer Weile stieß jemand die Bibliothekstür auf. Doch weder Besart noch Farrun betrat den Raum, sondern Tarif!

Der Junge mit dem hellen Haar sah sich suchend um. Unsicher wanderte sein Blick zurück zum Eingang. Was wollte er?

Versteckt zwischen alten Büchern, gestohlenen Schätzen und rostigen Schlössern. Eingepfercht und umgeben von all diesen Regalen, da hockte es, das Mädchen mit dem flammenden Haar. Dicht an sich gepresst hielt sie das Buch mit all den Antworten. Es war weiß wie Schnee, so rein wie die Wahrheit. Aber wer versteckte solch einen kostbaren Schatz in diesem verfluchten Schloss? Hatte der Prinz am Ende vielleicht doch Mitleid? Oder versuchte einer der Diener, das Mädchen in die falsche Richtung zu lenken? Niemand im Raum kannte die Antwort, nicht einmal der Junge mit dem blonden Haar. Auch er vergaß und suchte verzweifelt nach den

Erinnerungen, welche ihm mit der Zeit verloren gegangen waren. Womöglich sollte ihm jemand erklären, dass er nur ein einfaches Kapitel in dem Buch dieser Geschichte darstellte. Passte er nicht auf, würde man womöglich bald seine Seiten herausreißen.

Flucht aus der Bibliothek

TARIF LIEF EILIG die Treppe hinunter. Erneut huschten seine Augen im Raum umher. Er schien nervös zu sein. Immer wieder fuhr er sich durchs Haar oder spähte um die Ecken. Suchte er nach etwas Bestimmtem?

Langsam schlich ich näher an eines der Regale, um mich dort zu verstecken. Ich duckte mich und presste das weiße Buch gegen meine Brust. Ängstlich hielt ich den Atem immer wieder an und wartete auf verdächtige Geräusche, wie das Näherkommen von Schritten. Dabei ließ ich den seltsamen Jungen nicht aus den Augen. Irgendwann verschwand er hinter einer Ecke und ich musste mir fluchend eingestehen, dass man sich zwar zwischen Bücherregalen problemlos verstecken konnte, jedoch eine leichte Beute blieb, da man seinen Feind schnell aus dem Blick verlor.

Vorsichtig drückte ich mich gegen das Regal. Schritte kamen näher. Ich begann, um das Bücherboard herumzuschleichen. Fast hätte ich es geschafft, wäre ich nicht im letzten Moment an einem der Bücher hängen geblieben. Mit einem ohrenbetäubenden Knall landete es auf dem Boden und ihm folgten einige weitere.

Tarifs Schritte stoppten. Ich kniff die Augen zusammen und hielt die Luft an. Jetzt wusste er, dass sich noch irgendjemand hier aufhielt.

Es dauerte einige Sekunden, die wohl längsten in meinem Leben, ehe weiter weg ebenfalls Bücher zu Boden purzelten.

Rascha!

»Ist da wer?«, rief Tarif. Seine Stimme zitterte und offenbarte

seine Unsicherheit. Wahrscheinlich würde mir auch die kalte Angst den Nacken hochkriechen, wenn ich mich in einer Bibliothek befände, in welcher Bücher auf mysteriöse Art und Weise aus dem Regal fielen.

Tarif stand nicht weit entfernt von mir. Noch einmal hörte ich das Aufschlagen von Büchern. Für einen Moment herrschte Stille, ehe er mit schnellen Schritten einen Gang neben mir vorbeirannte. Ich schaffte es gerade noch, mich tiefer zu ducken, bevor er womöglich meine ziemlich auffälligen Haare zwischen den Regalen erkannte. Eilig lief ich weiter, näherte mich der Treppe. Ich warf immer wieder Blicke zurück, um mich zu vergewissern, dass Tarif nicht umkehrte.

»Du?«, hörte ich seine Stimme von weit weg.

»Sachen gibt's«, antwortet Rascha.

Gut, sie lenkte ihn ab. Schnell rannte ich die Stufen hinauf und öffnete die Tür, um sie dann so leise wie möglich hinter mir zu schließen. Hoffentlich hatte er nichts gesehen oder gehört. Ansonsten bedeutete das womöglich ziemlichen Ärger. Das weiße Buch noch immer eng an meine Brust gepresst, hörte ich sogar durch den Einband das laute Pochen meines Herzens.

Es dauerte einen Moment, bis ich mich wieder daran erinnerte, wo ich war. Zu sehr hingen meine Gedanken noch bei der Sache mit dem Spiegelsaal.

Kopfschüttelnd verdrängte ich sie. Zuerst einmal musste ich einen Weg hinaus finden, danach blieb noch genügend Zeit, mir darüber den Kopf zu zerbrechen.

Vor mir lagen wieder die vielen bunten Türen. Ich hatte jetzt nur ein kleines Problem. Durch welche war ich gekommen? Jeder der Ein- und Ausgänge erstrahlte in einer anderen Farbe, aber ich erinnerte mich beim besten Willen nicht daran, welchen Rascha und ich benutzt hatten.

Und jetzt? Ich ärgerte mich über meine Unachtsamkeit. Farrun,

Besart oder einer der Jäger könnte jederzeit durch eine der Türen gelangen und mich entdecken. Und wie sollte ich ihnen das erklären? Das weiße Buch stach sofort ins Auge. Es leuchtete beinahe. Aber ich behielt es ja nicht lange. Ich lieh es nur kurz aus. Rascha hatte selbst gesagt, Farrun vergaß, welche Bücher er besaß.

Es polterte und Schritte kamen näher. Unruhig sah ich hin und her. Mir blieb keine andere Möglichkeit. Ich musste raten. Eilig lief ich auf die nächstbeste Tür zu. Sie schimmerte honiggelb mit einem passend goldenen Griff. Eine Zahl war mit brauner Farbe eingeritzt. *Fünf.*

Wofür auch immer das stehen mochte, mir blieb keine Zeit, mich damit zu befassen. Die Schritte wurden lauter und trotzdem vermochte ich nicht, einzuordnen, von wo sie kamen.

Mit zitternden Händen riss ich die Tür auf und schlüpfte hindurch. Wenn ich nur wüsste, aus welcher Richtung Farrun kam.

Rabenschwarze Dunkelheit hüllte mich ein. Es roch leicht modrig in dem Raum, oder was auch immer es sein mochte, und von oben tropfte etwas Nasses auf meine Stirn.

Naserümpfend trat ich einen Schritt zur Seite.

Schlagartig wurde es wieder hell, als ob jemand einen Lichtschalter angeknipst hätte.

Ich befand mich in Farruns Zimmer. Noch immer stand die dunkelrote Rose auf dem Schreibtisch. Inzwischen waren die meisten Blütenblätter abgefallen und von Weitem wirkten sie wie eine kleine Lache aus Blut. Schaudernd blickte ich mich um. Alles schien verschwommen.

Der Prinz selbst saß auf einem Stuhl an der Tür. Neben ihm lief Besart unruhig auf und ab. Erschrocken hielt ich das Buch vor mein Gesicht. Mit Glück konnte ich behaupten, ich wäre schon die ganze Zeit hier gewesen und sie hätten mich einfach nicht entdeckt. Ich linste ein wenig aus meinem provisorischen Versteck hervor.

Farrun sah müde aus. Dunkle Ringe zeichneten sich unter sei-

nen Augen ab. Sein Blick wirkte glasig und leer, irgendwie fiebrig. Seine Finger vergruben sich in dem weichen Leder der Armlehnen. Allgemein schien er seltsam angespannt. Trotz allem tat dies seiner Schönheit keinen Abbruch und er zog mich auf diese seltsame Art noch immer in seinen Bann. Es war nicht, wie er mit mir sprach oder mich behandelte, sondern vielmehr diese Momente, in denen die dunklen Flächen aus seinen Augen verschwanden und der Menschlichkeit wichen. Denn genau dann, wenn er für einen Augenblick dieses sinnlose Spiel vergaß, konnte man erahnen, was für ein Mensch er wirklich war.

»Auf alle Fälle ist das nicht dein Problem«, murmelte Besart und fuhr sich nachdenklich durchs Gesicht.

»Nicht mein Problem?« Farrun lachte auf. »Natürlich ist sie das, verstanden? Immerhin interessiert sich die weiße Königin sehr für sie und ich glaube, ich brauche sie auch, um das Spiel gewinnen. Sie scheint mir clever zu sein, und was bringt mir mehr als clevere Figuren?«

Ich brauchte nicht lange zu überlegen, um zu wissen, dass die beiden von mir sprachen. Wütend schnaubte ich und schmiss das Buch auf den Boden. Es landete auf der Seite und einige Blätter knickten.

»Ihr könnt auch mit mir reden statt über mich!«, warf ich den beiden an den Kopf.

»Gut, dann finde eine Möglichkeit, ihr Vertrauen zu gewinnen. Es dauert nicht mehr lange, bis das Spiel beginnt«, forderte Besart und verließ das Zimmer, nicht ohne die Tür kräftig hinter sich zuzuziehen.

Farrun stand auf, lief zum Schreibtisch und schlug ruckartig die Vase mit der Rose herunter. Es klirrte und das Glas zerbrach. Die Rosenblätter fegte er ebenfalls hinab und zurück blieb nur diese angespannte Stille, die einen beinahe zerriss.

Ich zuckte zusammen.

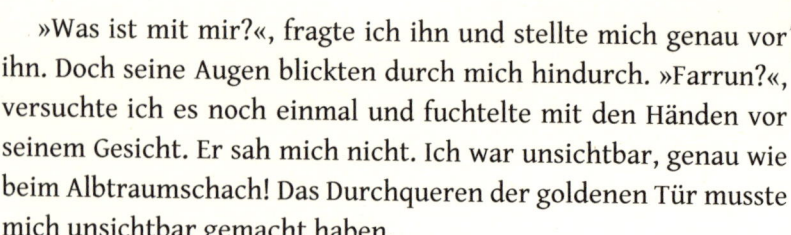

»Was ist mit mir?«, fragte ich ihn und stellte mich genau vor ihn. Doch seine Augen blickten durch mich hindurch. »Farrun?«, versuchte ich es noch einmal und fuchtelte mit den Händen vor seinem Gesicht. Er sah mich nicht. Ich war unsichtbar, genau wie beim Albtraumschach! Das Durchqueren der goldenen Tür musste mich unsichtbar gemacht haben.

Eine erneute Welle aus Angst überkam mich.

Plötzlich wurde die Zimmertür aufgestoßen und Rascha betrat das Zimmer.

Farrun blickte kurz auf. »Was willst du?«, fragte er genervt.

»Ihr müsst unbedingt in die Bibliothek!«, rief sie aufgebracht.

Wie von einer Tarantel gestochen sprang er auf. »Was? Warum?«, verlangte er zu wissen. Mysteriöserweise schien es, als ob er Angst hätte. Nur vor was?

Mit schnellen Schritten lief er an Rascha vorbei in den Gang, ohne ihre Antwort auf seine Frage abzuwarten. Sie hingegen betrat den Raum und sah sich suchend um.

»Falls du hier bist: Du hast die falsche Tür genommen. Es ist die schwarze Tür. Schließ einfach deine Augen und denk an die schwarze Tür, so kommst du wieder zurück.«

Mit diesen Worten verließ sie den Raum.

Fragend sah ich ihr nach. Endete dieser Albtraum nie?

Da mir aber ohnehin nichts anderes übrig blieb, schloss ich die Augen und dachte an die schwarze Tür; und siehe da, sobald ich sie wieder öffnete, roch es erneut modrig und alt. Zuerst landete ich abermals in dem dunklen Raum ohne Licht, bevor sich meine Sicht noch einmal trübte und ich schließlich die vielen farbigen Türen vor Augen hatte.

Schnell eilte ich zur schwarzen, als plötzlich genau diese geöffnet wurde und Farrun vor mir stand. Was hätte ich in diesem Moment nicht alles gegeben, um wieder unsichtbar zu sein.

»Taija, sieh an«, knurrte er und funkelte mich zornig an.

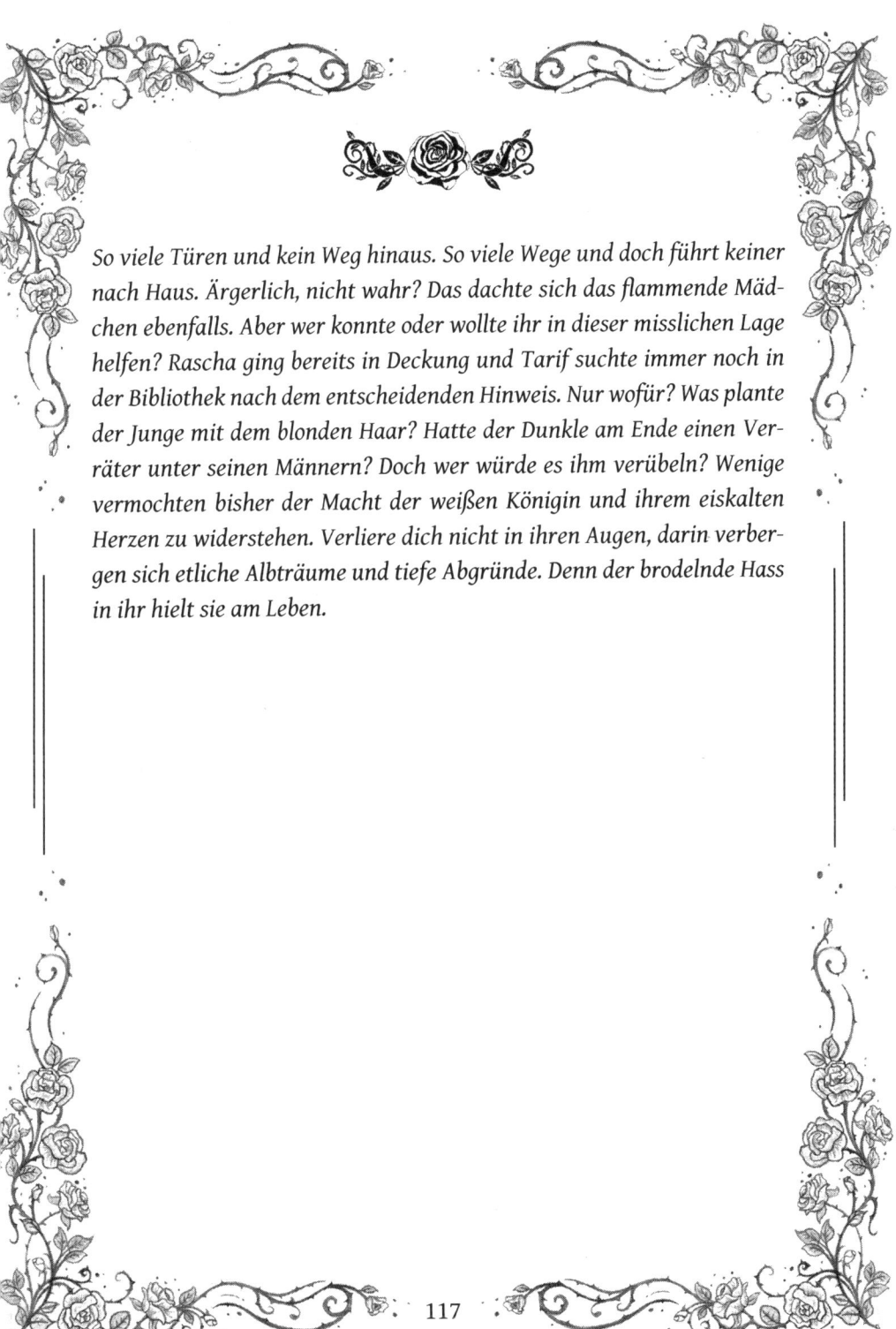

So viele Türen und kein Weg hinaus. So viele Wege und doch führt keiner nach Haus. Ärgerlich, nicht wahr? Das dachte sich das flammende Mädchen ebenfalls. Aber wer konnte oder wollte ihr in dieser misslichen Lage helfen? Rascha ging bereits in Deckung und Tarif suchte immer noch in der Bibliothek nach dem entscheidenden Hinweis. Nur wofür? Was plante der Junge mit dem blonden Haar? Hatte der Dunkle am Ende einen Verräter unter seinen Männern? Doch wer würde es ihm verübeln? Wenige vermochten bisher der Macht der weißen Königin und ihrem eiskalten Herzen zu widerstehen. Verliere dich nicht in ihren Augen, darin verbergen sich etliche Albträume und tiefe Abgründe. Denn der brodelnde Hass in ihr hielt sie am Leben.

Das Versteckspiel geht weiter

»Farrun, ich ...«

Stotternd sah ich ihn an. Mit vor der Brust verschränkten Armen sah er auf mich herab. In seinen Augen spiegelte sich einerseits Verwunderung, andererseits Ärger. Und wie erklärte ich das jetzt?

»Was suchst du hier?«

»Ich wollte in mein Zimmer. Bin wohl falsch abgebogen.«

Meine Stimme bebte, aber ich hoffte, dass er es nicht bemerkte.

Er schüttelte nur den Kopf und starrte einen Moment lang an die Decke, ehe er seinen Blick wieder auf mich richtete. »Weißt du, für was diese Türen stehen?«, fragte er ruhig.

Ich verneinte schnell.

»Die grüne Tür führt zur Bibliothek. Sie zeigt dir das Wissen und das Unentdeckte. Jeden Tag fügen sich neue Bücher hinzu.

Die weiße zum Palast der Königin. Sie offenbart dir deine Gefahren.

Die rote in ein Albtraumschach. Sie steht für den Kampfgeist, das ewige Aufstehen und Weitermachen.

Die gelbe an den Ort im Schloss, an den du denkst. Jedoch ist man unsichtbar, wenn man die Tür betritt. Sie symbolisiert das Vertraute.

Die letzte Tür, die blaue, führt in den Wald. Sie zeigt dir das Neue.«

Langsam nickte ich. Zum Glück hatte ich mich für die gelbe Tür entschieden. Im Wald hätte ich mich verirrt, im Albtraumschwach

wäre ich verzweifelt und zur weißen Königin konnte ich nicht ohne Plan.

»Warum erklärt Ihr mir all das?«, fragte ich neugierig.

»Weil es bestimmte Dinge im Schloss gibt, über die du Bescheid wissen solltest. Die Türen sind ein Teil davon. Immerhin hast du sie entdeckt und bevor du weiter kopflos durch die Gegend rennst, erkläre ich dir lieber ein paar Sachen. Im Übrigen kann man durch diese Tore nur zu den Orten gelangen, doch es gibt keine zurück ins Schloss.«

Erneut nickte ich. Irgendwie fiel mir dazu keine passende Erwiderung ein.

»Trotzdem darfst du hier nicht einfach herumirren. Einige der Räume und Orte sind für dich verboten«, fuhr er fort.

»Ich weiß, es tut mir leid.«

»Dieses Schloss birgt Gefahren.«

»Ich bin mir dessen bewusst. Nur sagt mir, Prinz: Wenn ich nicht hier sterben werde, dann wohl in einem Eurer Spiele, oder?«

Für einige Sekunden schwieg er. Er wandte den Blick ab und starrte direkt an mir vorbei zu einer der Türen.

»Zu gern würde ich das bestätigen.« Er ließ seinen Blick aus dem Fenster schweifen. »Nur dreht sich nicht immer alles um dieses Spiel. Ich mache mir auch, na ja, sagen wir, Gedanken um dich.«

»Ihr müsst Euch nicht um mich sorgen. Ich bin alt genug. Und verteidigen kann ich mich ebenfalls. Mein Onkel fuhr früher immer mit mir zum Waffenplatz, um zu üben. Also wenn Ihr mir eine Waffe gebt, werde ich mich bestens wehren können.«

Er sah endlich wieder zu mir. In seinem Blick lag Verwirrung. »Du bist mit deinem Onkel zu einem Waffenplatz gegangen?«

»Bei uns gibt es verschiedene Sachen, die man besuchen kann. Schießen, Tanzen, Kampfsport, Schwimmen und noch viel mehr.«

»Schwimmen? Ihr müsst Sachen besuchen, um schwimmen zu können? In all den Jahren habe ich so viel über die Menschenwelt

erfahren, gelesen und auch Dinge entdeckt, die äußerst nützlich zu wissen sind, aber das?«

Fragend hob er die linke Augenbraue. Inzwischen lockerte sich seine angespannte Haltung und er wirkte wie ein kleiner Junge, dem man eben erklärt hatte, dass der Weihnachtsmann nicht existierte. Wahrscheinlich wusste er nicht einmal von Weihnachten.

Ich schüttelte seufzend den Kopf. »Könntet Ihr denn einfach schwimmen, ohne es davor geübt zu haben?«, hakte ich nach.

»Ich muss es nicht können«, gab er zurück.

»Und was, wenn Ihr einmal in einem Fluss baden geht und darin ertrinkt, weil Ihr es nicht könnt?«

»Wieso sollte ich ...« Er seufzte und winkte mit der Hand ab. Er wandte sich gerade zum Gehen, als ich ihn am rechten Arm packte. Erstaunt drehte er sich um.

»Danke«, sprach ich ehrlich.

»Für was?«

»Dass Ihr Euch um mich sorgt«, kam es ganz leise von mir. Wenn ich etwas von Tante Kaisslin gelernt hatte, dann, dass jeder Mensch eine eigene Geschichte besaß. Sie mochten noch so böse und verständnislos handeln, kannte man nicht ihre gesamte Geschichte, durfte man nicht darüber urteilen. Wir werden alle unschuldig geboren, aber das Leben formt uns zu den Wesen, welche wir am Ende verkörpern.

Er lachte und die spitzen Zähne blitzten auf. »Du bist ebenso Teil des Spiels wie ich und irgendwie gelingt es mir noch nicht, einzuordnen, was das für mich bedeutet. Zu verwirrend sind all die Gedanken«, sprach er und fuhr mir kurz durchs Haar. Dann eilte er zur schwarzen Tür hinaus.

Einen Moment blieb ich stehen und sah ihm nach. Ich wartete etwas, ehe ich denselben Weg nahm. Seltsamerweise gewöhnte ich mich langsam an diese verrückten Vorkommnisse. Ich arrangierte mich damit, dass Gäste aus dem Nichts auftauchten und wieder

verschwanden, dass man eigenartige Spiele spielte, Türen magische Kräfte besaßen und jeder gern in Rätseln sprach. Unerklärliche Dinge passten zu diesem Ort wie die Faust aufs Auge.

Es wurde Zeit, dass ich begann, meine Flucht zu planen. Ich musste dieses Spiel gewinnen und in den Palast der Königin, um den Saal der Spiegel zu finden. Nur so bestand eine kleine Chance, zurückzufinden. Tante Kaisslin machte sich bestimmt schon Sorgen. Nervös kaute ich an meinen Fingernägeln.

Hinter mir öffnete sich auf einmal die grüne Tür und Tarif kam zum Vorschein. »Ist Farrun hier?«, fragte er beiläufig und sah sich unsicher um. Ich verneinte.

Endlich ergab sich die Gelegenheit, diesen seltsamen Jungen genauer zu betrachten. Seine blonden Haare erinnerten mich irgendwie an Stroh. Sie standen in alle Richtungen ab, wirkten zerzaust und wirr, als ob er ständig darin herumwühlen würde. Die grünen Augen wirkten wie Blätter im Frühling und seine Nase hatte einen leicht verdrehten Winkel, als ob sie nach einem Bruch wieder zusammengeheilt wäre. Vielleicht hatte er sich einmal geprügelt und sich dabei die Nase gebrochen oder er war aus Unachtsamkeit gegen eine Tür gerannt.

Tarif bemerkte meine Blicke und räusperte sich. »Gut, danke«, sagte er hastig und verschwand mit den Händen in den Hosentaschen um die Ecke. Was er wohl suchte?

Kopfschüttelnd sah ich ihm nach. Ich musste Rascha finden und ihr von meinem Plan erzählen. Vielleicht fand ich noch etwas heraus, wenn ich das Buch fertig las.

Das Buch?

Na toll, es war mir in Farruns Zimmer aus der Hand gefallen. Na ja, eigentlich hatte ich es mit ziemlicher Überzeugung auf den Boden geschmettert.

Mit schnellen Schritten rannte ich den langen Gang entlang, bis ich endlich am Schlafgemach des dunklen Prinzen anlangte. Ich

lauschte aufmerksam an der verschlossenen Tür, in der Hoffnung, niemand befände sich darin. Zu meinem Glück hörte ich nichts.

Der Prinz schien noch unterwegs zu sein. Falls er mich entdeckte, würde ich mir einfach eine ziemlich glaubwürdige Ausrede einfallen lassen.

Ich klopfte zuerst und wartete einige Sekunden, ehe ich den Raum betrat. Tatsächlich lag das Zimmer menschenleer vor mir. Eilig huschte ich um das große Pult herum und suchte auf dem Boden nach dem Buch. Wo war es nur? Angestrengt überlegte ich.

Ich kroch unter das Pult, tastete mit den Händen darunter, öffnete einige der Schubladen, aber nach einer Weile sah ich es ein und gab auf. Es blieb verschwunden. Möglicherweise war es nie hier erschienen? Immerhin war ich ja vorhin ebenfalls unsichtbar gewesen.

»Suchst du das hier?«, fragte eine spöttische Stimme.

Verwundert drehte ich mich zur Tür. Tarif stand dort, lässig in den Rahmen gelehnt, das weiße Buch in der linken ausgestreckten Hand. Er warf es auf den Boden und beförderte es mit einem geschickten Tritt zu mir. Es schlitterte eine Weile, ehe es vor dem Schreibtisch haltmachte.

»Wieso?«, fragte ich.

»Wenn du es liest, wirst du es so oder so nicht verstehen«, meinte er gelassen.

Wütend kniff ich die Augen zusammen. »Was weißt du schon?«, zischte ich.

»Mehr, als du denkst. Ich spiele dieses Spiel bereits etwas länger. Es gibt einiges, was du noch nicht weißt oder besser gesagt nicht begriffen hast.« Und damit zog er die Tür hinter sich zu.

Es dauerte nicht lange, da öffnete sie sich abermals.

»Was noch?«, rief ich wütend.

»Was?«, fragte Farrun erstaunt und sah mich verwirrt an.

Erst jetzt fiel mir auf, dass das weiße Buch weiterhin zu meinen Füßen lag.

»Was suchst du hier?«, bohrte er weiter, nachdem ich auf seine erste Frage nicht geantwortet hatte.

»Euch.«

»Und warum?«

»Ich weiß es nicht mehr«, murmelte ich und stellte mich langsam vor das Buch, um es vor seinen Blicken zu schützen. Allerdings half das wenig, da meine Beine nicht an die Breite eines ausgewachsenen Elefantenfußes heranreichten.

»Wenn du meinst. Ich erwarte dich heute Abend unten im Saal. Ach, und Taija?«

»Ja?«

»Falls du zufällig ein weißes Buch findest, sei so lieb und bring es mir. Ich vermisse es in meiner Bibliothek.« Damit verschwand er wieder.

Er wusste Bescheid. So viel war klar. Seufzend hob ich es auf. Das Spiel ging weiter.

Während ich das Buch in meinen Händen betrachtete, fielen mir Raschas Worte ein. Sie hatte ihren Namen vergessen. Damit ich hier wegkam, durfte mir das nicht passieren.

Nach einigem Grübeln kam mir eine Idee, wie ich genau das verhindern konnte. Dann versteckte ich das Buch unter dem Bett des Prinzen. Immerhin würde er es am wenigsten in seiner Nähe vermuten.

Alice Liddell wäre beinahe in ihren eigenen Tränen ertrunken, als sie aus Verzweiflung weinte. Doch was würde Taija tun? Immerhin steckte auch sie in einer Art Wunderland. Aber begannen so nicht unsere sehn-

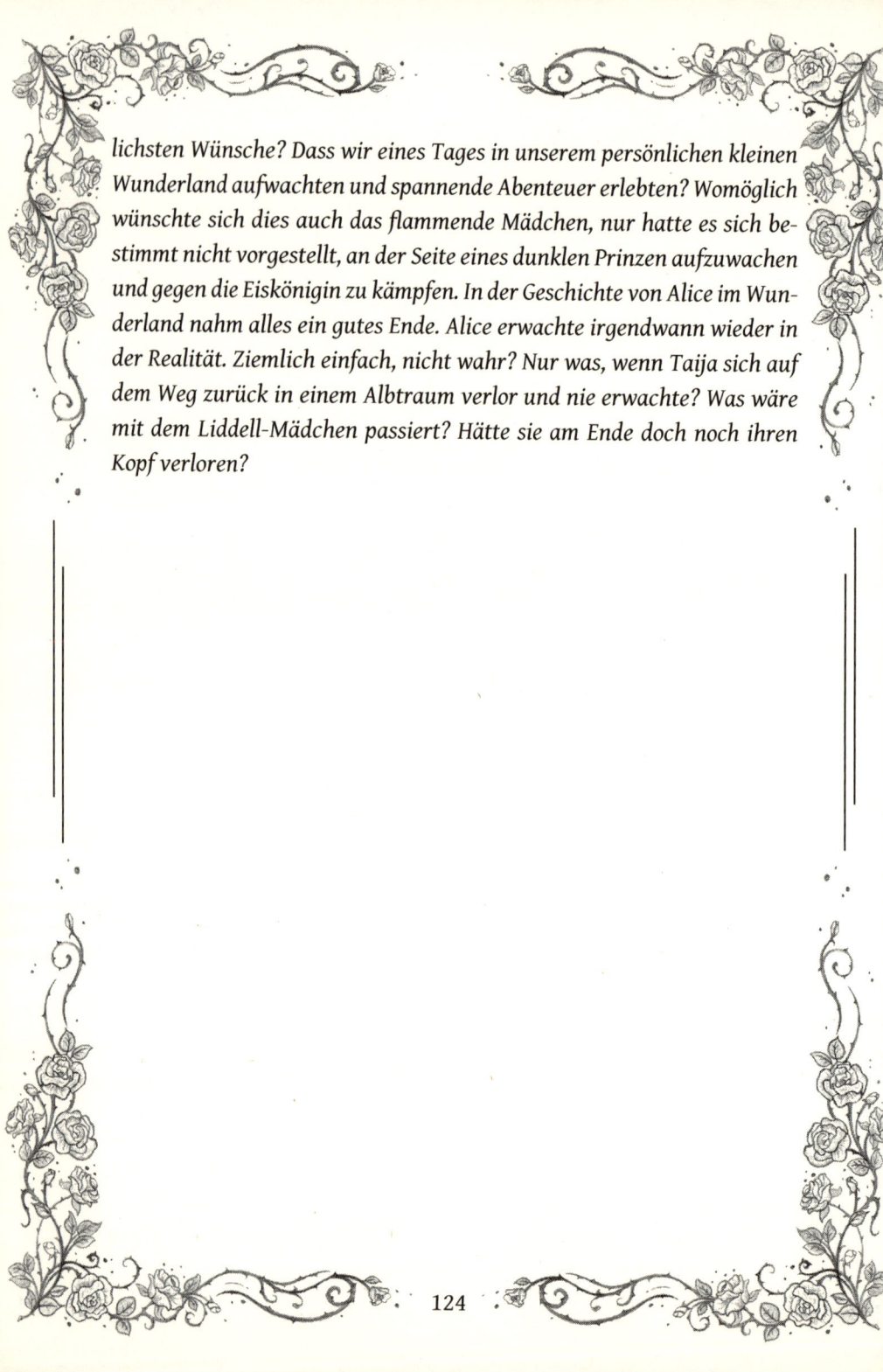

lichsten Wünsche? Dass wir eines Tages in unserem persönlichen kleinen Wunderland aufwachten und spannende Abenteuer erlebten? Womöglich wünschte sich dies auch das flammende Mädchen, nur hatte es sich bestimmt nicht vorgestellt, an der Seite eines dunklen Prinzen aufzuwachen und gegen die Eiskönigin zu kämpfen. In der Geschichte von Alice im Wunderland nahm alles ein gutes Ende. Alice erwachte irgendwann wieder in der Realität. Ziemlich einfach, nicht wahr? Nur was, wenn Taija sich auf dem Weg zurück in einem Albtraum verlor und nie erwachte? Was wäre mit dem Liddell-Mädchen passiert? Hätte sie am Ende doch noch ihren Kopf verloren?

Der Maskenball

ALS ICH MICH im Spiegel betrachtete, hob ich überrascht die Augenbrauen. Seit Kurzem wusste ich nicht mehr, ob diese gläsernen Oberflächen meine Freunde oder Feinde waren. Entsprach das, was ich sah, der Wahrheit oder täuschte mich doch nur ein weiteres Trugbild? Immerhin verspürte unser Gehirn manchmal den Drang, bestimmte Dinge so zu verändern, dass alles passte.

Das Mädchen, welches mir entgegenblickte, sah hübsch aus. Sie wirkte älter und auch ein wenig reifer. Ihr rotes hochgestecktes Haar umgaben winzige Perlen, die im schwachen Schein der Kerze glitzerten. Sie trug ein elegantes dunkles Kleid. Filigrane Rosenstickereien verzierten den bauschigen Rock, welcher bis zu ihren Füßen reichte. Diese wiederum steckten in hohen Absatzschuhen. Ab der Taille besaß das Kleid gestärkten Stoff und lag etwas enger an.

Eine Prinzessin aus einem Märchen blickte mir entgegen und doch war es keine Prinzessin. Der Spiegel zeigte mein eigenes Abbild. Ich trug dieses herrliche Kleid, welches sich anfühlte, als ob es aus kostbaren Materialien bestünde. Sogar die Augen schminkte man mir und rote Lippen bekam ich ebenso.

Ich blickte noch einmal auf das Spiegelglas. Leichte, feine Kratzer durchzogen es, als ob jemand mit Gewalt dagegen geschlagen hätte. Mir zu Füßen knieten zwei Frauen ungefähr in meinem Alter. Sorgfältig steckten sie das Kleid ein wenig hoch und fixierten da und dort ein paar der silbernen Perlen, wie sie sich auch in meinen Haaren fanden. Seufzend fuhr ich mit der Hand über den

feinen Stoff. Den Schlüssel hatte ich aus den Stiefeln genommen und heimlich in einem der Bücher in meinem Zimmer versteckt. Sobald ich wieder diese Schuhe trug, würde er erneut dort hineinwandern. Ich wusste ja nicht, für was ich ihn noch brauchte.

Farrun bestand darauf, dass ich solch ein Kleid anzog. Scheinbar fand heute ein besonderer Anlass statt. Mehr verriet er mir darüber aber wie immer nicht.

Nach einer Weile standen die beiden Frauen auf und gingen. Ich blieb zurück mit diesem herrlichen Traum aus schwarzem Stoff. Lächelnd drehte ich mich ein paarmal im Kreis, ehe ich abrupt stoppte. Ich wollte nicht, dass die Dienstboten Ärger bekamen, weil das Kleid nicht mehr so angegossen saß, wie beabsichtigt.

Da ich nicht wirklich wusste, auf was ich warten sollte oder was als Nächstes kam, lief ich aus dem Zimmer. Rascha konnte mir bestimmt etwas darüber erzählen. Ich brauchte das Mädchen mit den kurzen schwarzen Haaren nur noch finden.

Zügig durchquerte ich den langen Gang. Heute jedoch wirkte er nicht mehr so leer und ausgestorben wie sonst. Schon auf halbem Weg kamen mir einige Menschen entgegen. Alle trugen festliche Kleidung. Sie tuschelten miteinander und lachten über irgendwelche Dinge, die ich nicht verstand. Für einen Moment bewunderte ich ihre Aufmachung, ehe mir etwas anderes auffiel. Sie verbargen ihre Gesichter hinter Masken. Masken in allen Variationen mit Steinen, Mustern, bunten Farben oder sogar Federn. Jede von ihnen war anders, einzigartig. Wer auch immer diese Verkleidung herstellte, dieser Jemand besaß wahrlich Talent.

Verwundert blieb ich stehen. War es ein Maskenball? Eine meiner Haarsträhnen löste sich und fiel mir auf die Stirn. Seufzend pustete ich sie aus dem Gesicht. Diese Frisur hielt wohl nicht mehr lange.

Die Menschen in den Gängen liefen an mir vorbei. Sie beachteten mich kaum. Bis vor Kurzem dachte ich noch, mit diesem herr-

lichen Kleid stach ich aus der Menge heraus. Nun aber, inmitten von all den festlichen Leuten, strich ich den Gedanken wieder. Ich fiel nicht auf, ich passte mich an. Fehlte nur die Maske.

Es dauerte nicht lange, da erschien ein Mädchen mit schwarzem Haar auf dem Gang. Sie lächelte, während sie auf mich zulief.

»Rascha!«, rief ich erfreut. Beinahe hätte ich sie nicht erkannt. Sie trug ebenfalls ein dunkles Kleid, doch die Stickereien fehlten und es war kürzer als meins. An den Armen baumelten Kettchen in jeglichen Farben. Auch sie war geschminkt, jedoch etwas mehr, dennoch genau dem Anlass angemessen. Sie sah wirklich wunderschön aus.

»Was brüllst du denn wie eine Irre durch den Gang?«, erwiderte sie mit ausdrucksloser Miene. Und damit wich der schöne Schein auch schon von ihr.

»Ich brauche deine Hilfe.« Suchend sah ich mich um. »Aber zuerst einmal: Ist das hier ein Albtraumschach?«, flüsterte ich.

Rascha begann zu lachen. »Sind wir bereits so weit, dass du nicht mal mehr Traum von Realität unterscheiden kannst?«

»Was ist es dann? Alle laufen so ...« Ich hielt inne, als sie eine dunkle Maske mit Federn hochhielt.

»Maskiert?«, fragte sie und ich nickte. »Wir haben hohen Besuch, darum das Ganze. Du solltest dir auch eine Maske holen, das ist Pflicht. Ach, und vielleicht könntest du damit Farrun beeindrucken. Im Übrigen nennt man das Stockholm-Syndrom, sich in seinen Entführer zu vergucken.«

Den letzten Satz sprach sie so leise, dass ich nicht sicher wusste, ob ich sie richtig verstand, aber ihr schelmisches Grinsen entging mir ganz und gar nicht.

»Wenn das die einzigen nützlichen Dinge sind, die du aus deiner Vergangenheit noch weißt, gratuliere ich dir. Hilfst du mir jetzt oder nicht?«

»Bei was?«

»Also, ich habe das weiße Buch gelesen und darin stand etwas von einem Spiegelzimmer. Ich muss ...«

»Ja, den Teil kenne ich«, unterbrach sie mich.

»Ich muss diesen Ort finden. Das heißt, ich muss die Spiele gewinnen und du kannst mir helfen«, fuhr ich trotz der Unterbrechung fort.

Rascha schien einen Augenblick lang zu überlegen. »Du weißt, dass du, sobald du nur ansatzweise gewinnst, irgendwann deinen Namen vergisst und dann immer mehr und mehr. Du wirst vergessen, was du wolltest.«

»Das weiß ich, aber ich habe vorausgedacht. Das Buch ist in Farruns Zimmer versteckt und auf der letzten Seite steht jetzt mein Name geschrieben.«

»Also, Taija, hör mir gut zu.« Sie räusperte sich kurz. »Ich helfe dir, deinen kleinen Hintern hier rauszubringen, wenn du mir meinen Namen besorgst.«

»Und wo finde ich den?«

»Ich weiß es nicht. Find es heraus, damit ich auch von hier wegkomme.«

Ich nickte und streckte ihr die Hand entgegen.

»Was?«, fragte sie verwundert.

»Schlag ein. Das macht man bei uns so.«

Nach langem Zögern schlug sie tatsächlich ein. Wer sagte eigentlich, dass zwischen uns nicht eine wunderbare Freundschaft entstehen konnte?

»Das heißt, du hast gewonnen und bist geblieben, weil du deinen Namen nicht mehr kennst?«, fragte ich neugierig.

»Ja, gewonnen habe ich, aber ich bin zuerst aus einem anderen Grund nicht gegangen.« Leichte Röte überzog ihre Wangen.

Jetzt war ich diejenige, die schelmisch grinste. »Verstanden. Also dann besorge ich mir wohl oder übel eine Maske.«

Sie nickte und lief den Gang entlang. »Komm.«

Mit schnellen Schritten folgte ich ihr. Sie führte mich die Treppe hoch in ein kleines Zimmer, welches meinem sehr ähnelte. Den einzigen Unterschied machten die grünen Punkte, die sich über die ganzen Wände verteilten.

»Bist du in einen Farbtopf gefallen?« Fragend sah ich sie an.

»Nein, aber ich bin kein Freund von Dunkelheit. So bringe ich etwas Farbe ins Spiel.« Zwinkernd schüttelte sie die vielen farbigen Bänder an ihrem Handgelenk. Gleich darauf nahm sie eine dunkle Maske mit einer roten Feder am rechten Rand vom Bett und reichte sie mir. »Setz sie auf. Sie ist schlichter als die anderen. So fällst du nicht sonderlich auf.«

Ich tat, was sie verlangte, und blickte in den Spiegel vor mir. Die Maske passte perfekt und dank der purpurnen Feder wirkte mein Gesamtbild nicht gar so düster.

»Also, Taija, die wichtigsten Grundregeln eines Balls.« Mahnend hob sie den Zeigefinger. »Sei immer höflich und grüße die Leute, frage sie aber nie nach Namen oder Herkunft.«

Ich nickte, auch wenn mir dieser Punkt sonderbar vorkam. Wie sollte ich Menschen grüßen, ohne ihre Identität zu kennen?

»Iss nur kleine Portionen und egal wie groß dein Hunger ist, verhalte dich, als ob du gerade eine riesige Mahlzeit verdrückt hättest und nur noch etwas zum Verdauen bräuchtest. Sprich nicht mit den Jägern des Prinzen, erwähne nicht das Spiel, setze niemals deine Maske ab, tanz zur Musik und zeig Freude, selbst wenn du keine verspürst. Trink keinen Tee, der ist viel zu bitter, trink keinen Wein, der benebelt deine Sinne. Unterhalte dich über das Wetter, doch nie über Farrun oder die weiße Königin. Ach, und am besten gehst du Ersterem aus dem Weg. Verlasse niemals das Schloss um diese Zeit. Du darfst nie allein sein, niemand kennt die Gäste wirklich.«

Ich nickte erneut. Wer sollte sich all das bitte merken? Schon jetzt hatte ich mehr als die Hälfte vergessen. »Warum gehe ich Farrun aus dem Weg?«

»Wenn er mit dir reden will, redet er. Wenn nicht, hält er Abstand.«

Kopfschüttelnd betrachtete ich die grün gefleckten Wände. Verrückt passte wohl am besten für diese Situation.

Rascha verließ das Zimmer und ich folgte ihr mit schnellen Schritten. Erneut kamen uns ein paar verhüllte Gestalten entgegen. Sie lachten und sprachen laut. Es schien gute Stimmung zu herrschen. Ich ließ mich von der Heiterkeit anstecken und lächelte.

Wir liefen die Treppen immer weiter hinunter, bis wir den großen Saal erreichten. Rascha und ich mussten uns wortwörtlich durch eine Horde Menschen quetschen, um einzutreten. Die Gäste standen herum, tanzten, lachten, aßen und tranken. Niemanden erkannte man. Sosehr ich mich auch auf Zehenspitzen stellte und Farrun suchte, ich fand ihn nicht. Von Besart oder Tarif fehlte ebenfalls jede Spur.

Rascha zog mich mit sich. Meine Füße schmerzten bei jedem Schritt. Solche hohen Schuhe war ich einfach nicht gewohnt. Schmerzverzerrt folgte ich ihr.

Die Leute, denen wir begegneten, hatten die seltsamsten Masken auf. Tatsächlich glich keine der anderen, und das bei so vielen Gästen.

»Wartest du kurz?«, rief mir Rascha nach einer Weile über den Lärm hinweg zu. Ohne meine Antwort abzuwarten, lief sie zu irgendeinem Kerl mit einer blaugelben Vogelmaske und unterhielt sich fröhlich. Seufzend sah ich ihr hinterher, bis die Menschenmenge mir den Blick verstellte.

Nichts gegen einen Maskenball, aber hier waren echt zu viele Leute. Diese Menschenmenge engte mich ein und rief ein beunruhigendes Gefühl in mir hervor. Außerdem lag eine eigenartige Kühle über dem Saal. Fröstelnd betrachtete ich meine Arme, auf denen sich bereits die Härchen aufstellten.

Eine Hand berührte ganz beiläufig meine Schulter. Überrascht drehte ich mich um. Die dunkle Maske, die einem Raben ähnelte, verdeckte mir die Sicht auf das Gesicht. Neugierig duckte ich mich ein wenig und versuchte, untendurch zu spähen. Schwarze Augen blickten mir höhnisch entgegen. *Schwarz wie eine sternenlose Nacht.*

»Ihr könnt mich wieder loslassen, Prinz«, meinte ich gelassen und legte meine Hände auf seine.

»Und wenn ich mit dir tanzen will?«, fragte er in demselben spöttischen Tonfall wie immer.

»Dann muss ich Euch enttäuschen. Ich tanze nicht«, erwiderte ich so höflich wie möglich.

Der Prinz schwieg und schaute an mir vorbei zu den anderen Gästen.

»Wieso ist es so kalt hier drinnen?«, fragte ich, als das Schweigen unangenehm wurde.

»Das liegt an unseren Besuchern.«

Ich nahm meine Hände von seinen und verschränkte sie ineinander, weil ich nicht wusste, wohin mit ihnen. Ich konnte sie leider nicht lässig in den nicht vorhandenen Hosentaschen verschwinden lassen.

Farrun beugte sich zu meinem linken Ohr und flüsterte: »Komm mit.« Er nahm meine Hand und führte mich in die Mitte des Saales. Auch wenn ich seine Nähe anziehend fand, war es mir etwas unangenehm. Es fühlte sich an, als stünde ich unter einer Art Bann, der wie ein berauschendes Gefühl meinen Körper übernahm und vollständig kontrollierte.

Und dann tanzten wir. Besser gesagt er tanzte und ich versuchte, seine Bewegungen nachzuahmen. Seine Nähe und der Trubel um uns herum verwirrten meine Gedanken.

Irgendwann gab ich auf, schloss meine Augen und gab mich der Musik hin. Das hier war ein Märchen, ein Traum, nicht die Realität. Ich würde bald aufwachen. Solange ich das nicht vergaß, war ich

nicht ganz verloren. Es gab weder ein Albtraumschach noch einen dunklen Prinzen oder eine weiße Königin. All das bildete ich mir nur ein.

»Über was denkst du nach?«, fragte Farrun.

Ich hielt die Augen weiterhin geschlossen. »Wie surreal das alles scheint. Es ist ein Märchen, weiter nichts.«

Er lachte.

Verwundert blickte ich auf und sah direkt in seine dunklen Augen. Auf einmal verschlimmerte sich die Kälte um mich herum. Das Atmen fiel mir schwerer und selbst das Zittern konnte ich nicht mehr unterdrücken.

Verwirrt sah ich mich um. Nicht weit von mir entfernt stand eine Person. Sie trug ebenfalls ein schwarzes langes Kleid und eine ebenso dunkle Halbmaske. Die Arme verschränkt, musterten mich helle, fast durchsichtige Augen unter der Maske.

Mit offenem Mund starrte ich sie an. Ihr Haar war schneeweiß. Kleine Eiskristalle zierten ihre Haut. Auf einmal kam mir wieder die Geschichte der weißen Königin in den Sinn. Wie man sie ausgesetzt hatte, weil sie anders aussah.

Verzweifelt griff ich nach Farruns Hand. »Die weiße Königin!«, flüsterte ich und starrte noch immer auf die Person nicht weit von uns entfernt. Ein Lächeln huschte über ihre Züge und die Augen funkelten boshaft. Und dann, dann war sie verschwunden, einfach so, als ob ich mir diesen Moment nur eingebildet hätte.

»Was ist los?«, fragte er. Er nahm meine Hand und zog mich mit sich.

»Die weiße Königin ist hier«, gab ich zurück, während ich mich versicherte, dass sie nicht plötzlich wieder neben uns auftauchte.

Er nickte nur leicht. War er nicht erstaunt darüber?

»Wohin bringt Ihr mich?«

»Ich zeige dir etwas, Taija.« Seine Stimme duldete keinen Widerspruch.

Hoffentlich ging es nicht um das Buch. Was würde passieren, wenn er es fand?

»Welches Buch?«, riss er mich aus den Gedanken.

Verwundert blieb ich stehen. »Was?«

»Ich fragte: Welches Buch?«

»Könnt Ihr Gedanken lesen?«

Er schüttelte den Kopf. »Nur wenn du es zulässt.«

Ich schnappte nach Luft.

Sonderbare Erscheinungen befanden sich unter den Gästen des Prinzen. Doch die Masken verbargen ihre wahre Gestalt. Alle hielten sich an die Regeln und spielten brav ihr Stück. Jeder spielte artig seine Rolle, seinen Part in diesem Spiel, und dank dieser Rollen vergaßen sie, wer sie wirklich waren. Ab hier nahm die Geschichte ihren Lauf und selbst unser Mädchen mit dem roten Haar vermochte nichts mehr daran zu ändern. Längst war sie zu einer weiteren Figur in diesem Märchen geworden.

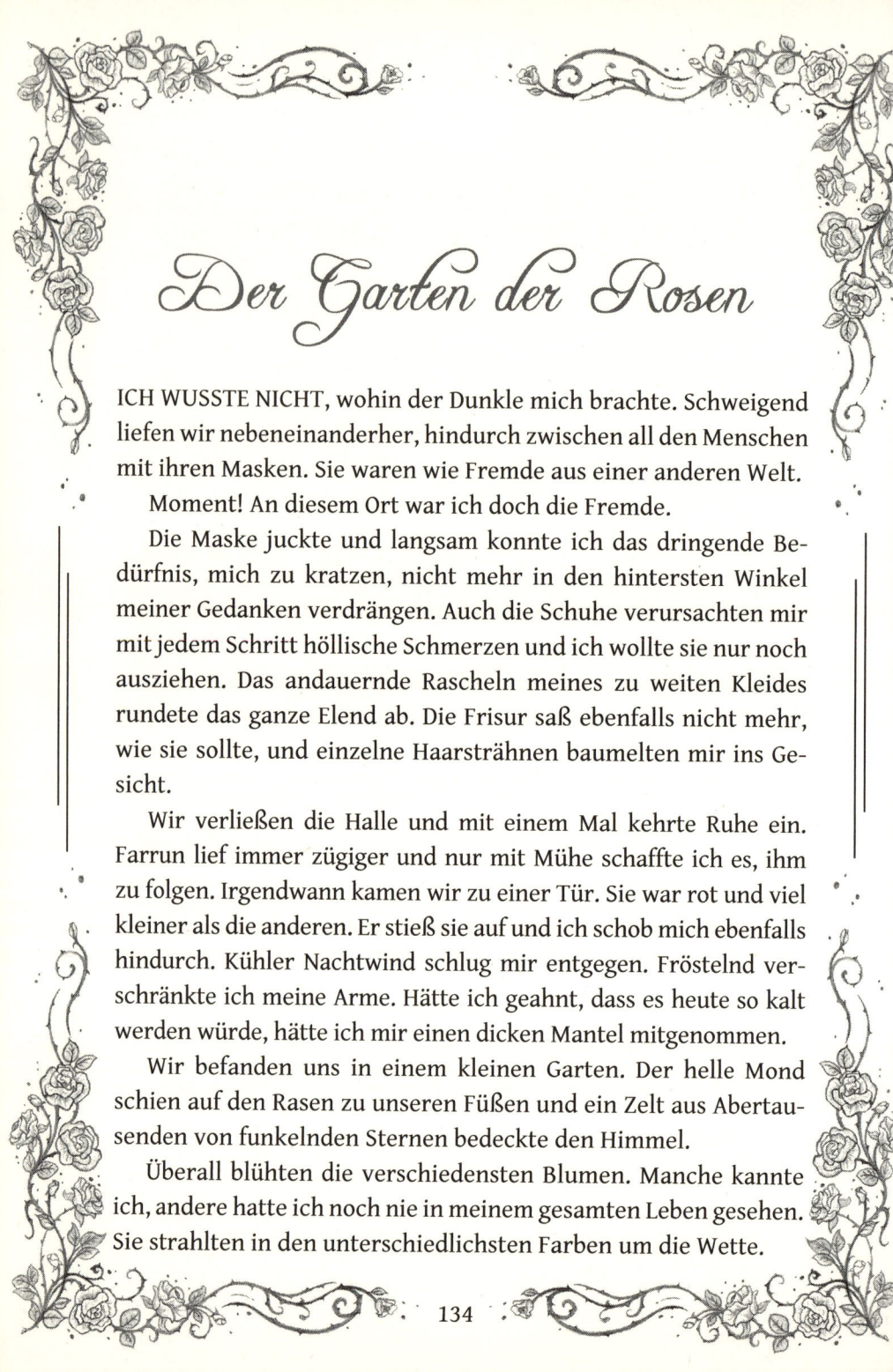

Der Garten der Rosen

ICH WUSSTE NICHT, wohin der Dunkle mich brachte. Schweigend liefen wir nebeneinanderher, hindurch zwischen all den Menschen mit ihren Masken. Sie waren wie Fremde aus einer anderen Welt.

Moment! An diesem Ort war ich doch die Fremde.

Die Maske juckte und langsam konnte ich das dringende Bedürfnis, mich zu kratzen, nicht mehr in den hintersten Winkel meiner Gedanken verdrängen. Auch die Schuhe verursachten mir mit jedem Schritt höllische Schmerzen und ich wollte sie nur noch ausziehen. Das andauernde Rascheln meines zu weiten Kleides rundete das ganze Elend ab. Die Frisur saß ebenfalls nicht mehr, wie sie sollte, und einzelne Haarsträhnen baumelten mir ins Gesicht.

Wir verließen die Halle und mit einem Mal kehrte Ruhe ein. Farrun lief immer zügiger und nur mit Mühe schaffte ich es, ihm zu folgen. Irgendwann kamen wir zu einer Tür. Sie war rot und viel kleiner als die anderen. Er stieß sie auf und ich schob mich ebenfalls hindurch. Kühler Nachtwind schlug mir entgegen. Fröstelnd verschränkte ich meine Arme. Hätte ich geahnt, dass es heute so kalt werden würde, hätte ich mir einen dicken Mantel mitgenommen.

Wir befanden uns in einem kleinen Garten. Der helle Mond schien auf den Rasen zu unseren Füßen und ein Zelt aus Abertausenden von funkelnden Sternen bedeckte den Himmel.

Überall blühten die verschiedensten Blumen. Manche kannte ich, andere hatte ich noch nie in meinem gesamten Leben gesehen. Sie strahlten in den unterschiedlichsten Farben um die Wette.

Der Prinz schenkte den Pflanzen keine Beachtung, sondern eilte immer weiter und hielt erst, als eine Bank in Sicht kam. Er setzte sich und sah mich auffordernd an. Der Schein des Mondes erhellte sein Gesicht, während ich noch in völliger Dunkelheit stand. Das Schwarz in seinen Augen war wie weggefegt. Sie wirkten hell, fast blau.

Zögernd ließ ich mich neben ihm nieder. Direkt vor uns blühte ein Strauch roter Rosen. Sie besaßen denselben blutroten Ton wie die Blume im Zimmer des Prinzen. Wie beeindruckend solch ein zartes Geschöpf doch sein konnte.

»Du glaubst also noch immer nicht, dass das hier die Realität ist?« Fragend sah er mich an. Das tiefe Blau seiner Augen irritierte mich. Sie sollten doch schwarz sein, schwarz wie die Nacht, welche uns einhüllte.

»Warum sind Eure Augen blau?« Unbewusst wich mir die Frage von den Lippen.

Seine Pupillen weiteten sich, ehe er benommen den Kopf schüttelte. Er gab ein leises Knurren von sich, bevor er mich wieder ansah. Nun waren seine Augen wieder schwarz und nicht mehr strahlend blau wie zuvor. Hatte ich mir das nur eingebildet?

»Sie sind nicht blau«, erwiderte er. Er beugte sich so nah zu mir, dass ich den warmen Atem auf meinen Wangen spürte. »Siehst du das alles hier?« Mit der Rechten zeigte er auf die Blumen um uns herum. »Diese Blumen erblühen jeden Tag aufs Neue. Sie verwelken und erschaffen sich immer wieder neu. Ein Teil von ihnen stirbt, während der andere weiterlebt. Auch die Nacht tritt täglich ein. Die Sterne sind ebenfalls dieselben wie bei dir zu Hause und der Mond scheint nicht klarer als sonst. Du riechst nach Angst und ein wenig Misstrauen. So etwas passiert nicht in Träumen. Das hier ist die Realität, genauso wie dein Zuhause die Realität ist. Nur eben in zwei verschiedenen Welten.«

Ich setzte zu einer Erwiderung an, hielt jedoch inne. Etwas anderes ließ mich zusammenzucken.

Erneut kroch diese beunruhigende Kälte meinen Nacken hoch. Farrun blickte sich misstrauisch um.

»Sie ist hier, nicht wahr?«, fragte ich ihn.

Er schien wie ausgewechselt. Plötzlich verzogen sich seine Augen zu schmalen Schlitzen. »Mach, dass du wegkommst«, zischte er.

Da war er wieder, der dunkle Prinz. Der junge Mann, der mir gerade noch erklärt hatte, dass das hier die Realität und kein Traum war, verschwand. So eigenartig es auch klingen mochte, manchmal beschlich mich der leise Verdacht, dass Farrun aus zwei verschiedenen Personen bestand. Wie absurd!

Ein Rascheln neben uns ließ mich herumfahren. Jemand kam.

Das lange weiße Haar der Gestalt reichte beinahe bis zum Boden und spitze eisblaue Nägel krallten sich in den Saum ihres Kleides. »Sieh an, der Dunkle«, raunte eine Stimme.

Ich blickte hoch, erkannte aber nicht viel, da sich Farrun schützend vor mich stellte. Doch auch so wusste ich, wer da vor uns stand.

»Was wollt Ihr?«, fragte er.

»Ich habe den Gastgeber gesucht und nach dem, der meine kostbare Spielfigur vor nicht allzu langer Zeit gestohlen hat.« Ihre Stimme klang sanft, fast ein wenig tückisch. Sie lief auf ihn zu und legte besänftigend die blassen Hände auf seinen Oberarm. Noch immer stand er angespannt vor mir.

Die unnatürlich hellen Augen streiften meinen unsicheren Blick, ehe sie schnaubte. »Wie ich sehe, habt Ihr gewonnen und das Mädchen zu Eurer Spielfigur gemacht.«

Ich wurde wütend. »Ich bin gar nichts von niemandem.«

Ein leichtes Lachen umspielte ihre harten Züge. »Aber sicher doch.« Sie verzog den Mund zu einem schmalen Strich, während ich versuchte, ihrem Starren standzuhalten.

»Es reicht, Königin«, sprach Farrun bestimmt. »Wir sitzen alle

in demselben Boot. Bald könnt Ihr beweisen, wie viel stärker Ihr geworden seid. Bis zu diesem Zeitpunkt erwarte ich von Euch, dass Ihr meine Spieler nicht belästigt.«

»Wie es Euch beliebt. Gebt jedoch acht auf das Mädchen, schon manch einer ist spurlos verschwunden.«

Diese Worte bereiteten mir Unbehagen. Sie konnte mit ihren Fingern Gegenstände in Eis verwandeln. Was würde sie mit mir anstellen, wenn sie mich allein erwischte?

Mit wehendem Kleid verschwand sie wieder zwischen den Büschen. Die Kälte ließ langsam nach. Beruhigt seufzte ich auf.

Der dunkle Prinz drehte sich zu mir um. Seine tiefschwarzen Augen musterten mich kurz, ehe er sich durchs Haar fuhr. »Wir sollten zurück. Hier bist du nicht sicher.«

Ich wollte protestieren, da nahm er einfach meine Hand und zog mich einmal mehr mit.

»Was ist ihr Problem?«

»Dass du mir gehörst und nicht ihr. Soweit ich weiß, fehlt ihr noch eine Figur.«

»Immer dieses Spiel! Gibt es auch andere Dinge, die Euch wichtig sind?«

»Dieses Spiel ist mein Leben, mein Fluch und mein Segen zugleich. Ich muss spielen!« Wütend schüttelte er den Kopf. Er sah mir nicht einmal mehr in die Augen, sondern führte mich zurück zum Schloss.

»Stimmt ihre Geschichte?«

»Welche?« Verwundert blieb er stehen.

»Die Erzählung der weißen Königin, dass man sie als kleines Kind verstoßen hat. Die anderen Bewohner wollten ihren Tod und setzten sie einfach im Schnee aus.«

Er schwieg einen Moment, doch manchmal reichte das als Antwort. »Jeder von uns hat eine Geschichte. Ihre ist diese.«

»Und wie lautet Eure?«

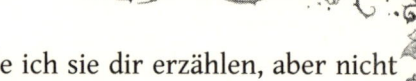

»Wenn die Zeit reif ist, werde ich sie dir erzählen, aber nicht heute.« Seine Stimme war erstaunlich ruhig.

»Bitte erlaubt, ich brauche einen Moment für mich.« Ich befreite mich aus seinem Griff, wandte mich ab und lief genau in die entgegengesetzte Richtung. Ich musste endlich weg aus diesem Albtraum, einfach raus.

Blindlings rannte ich durchs Gestrüpp, natürlich nicht ohne davor meine Schuhe in hohem Bogen davon zu werfen. Nach etlichen Metern hielt ich erschöpft an. Ich war bloß eine Spielfigur. Aber ich wollte nicht sterben. Ich wollte heim in mein düsteres Zimmer zu Tante Kaisslin. Ich wollte in die Schule und endlich wieder Jeans tragen.

Graue Wolken verdeckten den Mond. Schnell lief ich weiter, immer tiefer zwängte ich mich durch die Bäume und Büsche, die mein Kleid in Fetzen rissen. Hoffentlich war es teuer gewesen. Wütend zog ich die Haarnadeln aus meiner Frisur und beförderte diese auf den mit Blättern überfüllten Boden.

Wenn wenigstens Rascha hier wäre.

Leise Stimmen brachten mich zum Anhalten. Ganz in der Nähe sah ich zwei schattenhafte Umrisse. Es klang, als ob die Gestalten diskutierten. Langsam schlich ich näher. Die Büsche streiften meine Arme und ich hoffte, das Rascheln blieb ungehört. Seufzend versuchte ich, aus sicherem Abstand ein paar Wortfetzen zu verstehen.

»... töten? Ich weiß ja nicht. Nein, wirklich? Farrun? Soso ... Taija? Das Buch? Die Kleine?«

Ich schnappte nur diese wenigen Worte auf. Neugierig schlich ich noch etwas näher, bis die Stimmen immer deutlicher wurden.

»Warum stellst du dich gegen deinen Herrn?«, fragte jemand. Diese Stimme kam mir so bekannt vor.

Vorsichtig duckte ich mich tiefer ins Gehölz. Auf einer Lichtung vor mir standen die weiße Königin und eine weitere Gestalt. Ein

langer Mantel und eine unpraktische Kapuze verbargen diese jedoch. Wegen der unförmigen Kleider vermochte ich nicht einmal
anhand der Figur, zu beurteilen, mit wem die Weiße redete.

»Weil dieses Spiel endlich ein Ende haben muss und er das nicht
begreifen will«, sprach der Unbekannte. Von irgendwoher kannte
ich die Stimme. Nur von wo?

Denk nach, Taija ...

»Und was machen wir mit ihr?«

»Lass das meine Sorge sein.« Schon wieder er.

Beide lachten. Hier ging es allem Anschein nach um mich, Farrun und das Spiel. Nur warum?

Ich sah nicht mehr viel. Inzwischen war der Mond komplett
hinter den Wolken verschwunden und auch die Stimmen ver-
stummten. Besser, ich machte mich auf den Weg zurück, bevor sie
mich entdeckten. Schnell sprang ich auf und rannte los, einfach
weg von hier, weg von allem.

Rascha

Sie lachte und trank noch einen Schluck aus dem Glas, in dem eine
hellrosa Flüssigkeit schwamm. Ein neues Lied fing an und wieder
begannen alle, zu tanzen. Der Abend verlief nahezu perfekt. Jeder
vergaß, was wirklich zählte, und für einen kurzen Augenblick verschwanden auch ihre Sorgen.

»Kann ich mit dir sprechen?«, fragte jemand neben ihr. Besart.
Seine Augen musterten sie besorgt.

Seit Tagen hatten sie kein Wort mehr miteinander gewechselt.
Je näher sie dem finalen Spiel kamen, desto mehr versteckte er sich
in seinem Zimmer und versuchte, seine Ängste zu besiegen. Besart
war der treue Freund des Prinzen und an manchen Tagen hielt

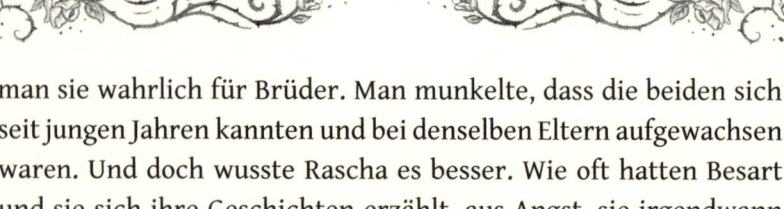

man sie wahrlich für Brüder. Man munkelte, dass die beiden sich seit jungen Jahren kannten und bei denselben Eltern aufgewachsen waren. Und doch wusste Rascha es besser. Wie oft hatten Besart und sie sich ihre Geschichten erzählt, aus Angst, sie irgendwann zu vergessen, so wie alles andere hier. Ihre eigene war längst dem Spiel zum Opfer gefallen, aber an seine erinnerte sie sich noch.

Besart wuchs als Sohn eines einfachen Bauern auf. Das Leben machte es ihm und seiner Familie niemals leicht und an manchen Tagen hatten sie nichts zu essen. Der damalige König verlangte viel zu hohe Steuern und wer nicht zahlte, den verbannte er in den dunklen Wald. Direkt dahinter lebte die weiße Königin und wer sich in ihr Reich verirrte, den zwang sie zu einem Leben an ihrer Seite. Einem Dasein am kältesten Ort der Welt.

Als eines Tages eine schlimme Krankheit in das Königreich Einzug hielt, wurde alles nur noch schrecklicher. Menschen starben oder verloren ihren kompletten Haushalt. Die Armen stahlen oder mordeten vor den Augen der Kinder, nur damit sie die nächsten Tage überlebten. Der König aber wurde verschont. Wer meinte, so etwas wie Gerechtigkeit existiere, wurde enttäuscht.

Besarts Eltern starben ebenfalls. Jedoch nicht an der Krankheit, sondern durch ein Feuer, das ein Dieb bei seinem Einbruch legte. Besart entkam und lebte fortan auf den Straßen. Der Hof überstand zwar das Verheerendste, doch weil der junge Mann ihn nicht allein bewirtschaften konnte, beschlagnahmte der König sein Zuhause.

Wut kochte in Besart und nährte sich jeden Tag an Armut und Verzweiflung. Der Herrscher selbst versteckte seinen Sohn meist lieber vor dem Volk. Doch Besart hatte von diesem Kind gehört, das inzwischen wohl in seinem Alter war. In Gedanken schmiedete er einen Plan, welchen er jedoch erst nach Jahren in die Tat umsetzen konnte. Er wollte den Sohn des Regenten vernichten. Immerhin verantwortete der König all das Elend. Warum sollte man ihm nicht auch etwas Kostbares nehmen?

Der Junge plante seine Tat jahrein, jahraus. Dieser Plan war es auch, der ihn am Leben hielt. Mit der Zeit fand er Verbündete und irgendwann brachten sie eine ansehnliche Truppe zusammen. Sie zogen los und stürmten dank geheimen Gängen und Hilfe von Dienern das Schloss. Unbemerkt gelangten sie in die heiligen Hallen und lauerten dem König auf. Keiner von ihnen vermochte sein Glück zu fassen, welches sie alle an jenem Tag besaßen, denn der Herrscher trat wenig später ein, nur mit seinem Sohn und drei Wachen. Der Prinz war in seinem Alter und als Besart näher kam, erschrak er. In den Augen des Thronfolgers entdeckte er die gleichen ausdruckslosen Schatten wie in seinen eigenen. Schatten, die Schreckliches verbargen und am Innersten nagten. Er ließ die Waffe fallen und rief zum Rückzug.

Erst jetzt bemerkte der König den Verrat und brüllte nach weiteren Wachen. Doch als diese kamen, atmete die Truppe bereits draußen wieder die frische Morgenluft. Sie versteckte sich einige Zeit im Wald und kam erst wieder hervor, als der König endlich starb.

Keiner fragte Besart jemals, warum er in letzter Sekunde einen Rückzieher gemacht hatte. Besart aber sah jede Nacht diese dunklen Augen vor seinem Gesicht und fragte sich, was dem jungen Prinzen zugestoßen sein musste, dass auch er so gebrochen war.

Als der König starb, zog er wieder zurück in das Dorf, wo er schon bald auf ebendiesen Prinzen stieß. Sein Name war Farrun und er suchte nach ihm. Jedoch nicht, um ihn für seine Taten vor Gericht zu stellen, sondern weil er ihn als treuen Diener an seiner Seite wünschte. Auch ihm waren die Schatten aufgefallen und obwohl sie nie darüber sprachen, wussten sie, dass sie eine schreckliche Vergangenheit teilten.

»Rascha?«, hakte Besart nach.

Sie nickte und spülte die Erinnerung mit einem kräftigen Schluck Wein davon. Bis heute lagen Besarts Schatten auf seinen

Augen, nur waren diese nicht ganz so dunkel wie die des Prinzen.

Er schlich durch die Menge, Rascha dicht hinter ihm. Er führte sie in einen kleinen, karg eingerichteten Raum. Zu ihrer Überraschung lehnte Farrun in einer Ecke. Die Arme verschränkt, blickte er starr geradeaus. Selbst als Besart die Tür schloss, dauerte es kurz, ehe er sich regte.

»Setz dich.« Der Dunkle zeigte auf den einzigen Stuhl im Raum.

Zögernd hockte sie sich hin. Es bedeutete niemals etwas Gutes, wenn Farrun reden wollte. Normalerweise ließ er sie in Ruhe und stellte keine Fragen.

Sie schluckte und sah zu Besart. Er streifte kurz ihren Blick und nickte ihr beruhigend zu. Sie krallte sich in die gepolsterten Armlehnen. »Ja?«, krächzte sie. Das schwarze Haar hing ihr wirr im Gesicht.

»Wir müssen reden«, sprach Farrun.

Fragend sah sie ihn an. Er lief durch den Raum und lehnte sich mit dem Rücken zu ihr an ein Pult.

»Es geht um Taija. Ihr scheint euch gut zu verstehen.«

Sie schnaubte. »Gut?« Rascha schüttelte den Kopf und sah zu Besart. Was sagte er dazu? »Sie spricht mit mir und ich antworte ihr, das ist alles.«

Farrun nickte, noch immer wandte er ihr den Rücken zu. »Du musst verstehen, dass sie so wenig wie möglich über alles hier wissen sollte.«

Rascha stand wütend auf und trat zu dem Prinzen. »Was sollte sie nicht wissen? Dass alles ein tödliches Spiel ist? Dass sie für immer dazu verdammt ist, hierzubleiben? Dass es nur um einen dämlichen Fluch geht? Bitte, das weiß sie schon längst.«

Der Dunkle drehte sich zu ihr und funkelte sie wütend an.

»Prinz«, meinte sie beruhigend, »Ihr macht Euch zu viele Gedanken um Taija statt über Eure Feinde.«

Rascha zitterte ein wenig, ehe sie sich umdrehte und hastig zur

Tür lief. Niemand hielt sie auf, als sie die schwere Klinke hinunter-drückte. Sie hatte nicht Angst vor Farrun. Die Angst, vergessen zu werden, hatte sie ergriffen. Sie wusste nicht, wer sie wirklich war. Sie kannte nicht einmal das aktuelle Jahr. Hier hieß sie Rascha und musste genügen.

»Verfluchte Zweige!«

Wütend zerrte ich die abgeknickten Äste aus meinem Haar. Das Schloss lag direkt vor mir. Leichte Tropfen berührten meine Arme. Jetzt fing es noch an, zu regnen. Meine Füße sanken im nassen Gras ein und die Haare klebten mir nach kürzester Zeit im Gesicht. Ich erreichte das Tor und drückte dagegen.

Nur mühsam schwang es auf. Ich schleppte mich durch die lange Eingangshalle. Noch immer versammelten sich Gäste überall. Misstrauische Blicke trafen mich, die ich mit gutem Gewissen ig-norierte. In der Nähe befand sich ein Spiegel. Nur flüchtig schaute ich hinein.

Die Person, die vor wenigen Stunden noch zum Ball erschienen war, besaß nicht die geringste Ähnlichkeit mit der Person jetzt. Alles war dreckig und zerrissen. Noch immer hingen Äste aus mei-nen wirren Haaren.

Seufzend schlich ich in mein Zimmer. Sobald die Gäste ver-schwanden, würde ich das Buch holen und endlich Antworten auf meine Fragen finden. Lächelnd betrat ich den dunklen Raum. Vielleicht kam ich schneller von hier weg als gedacht.

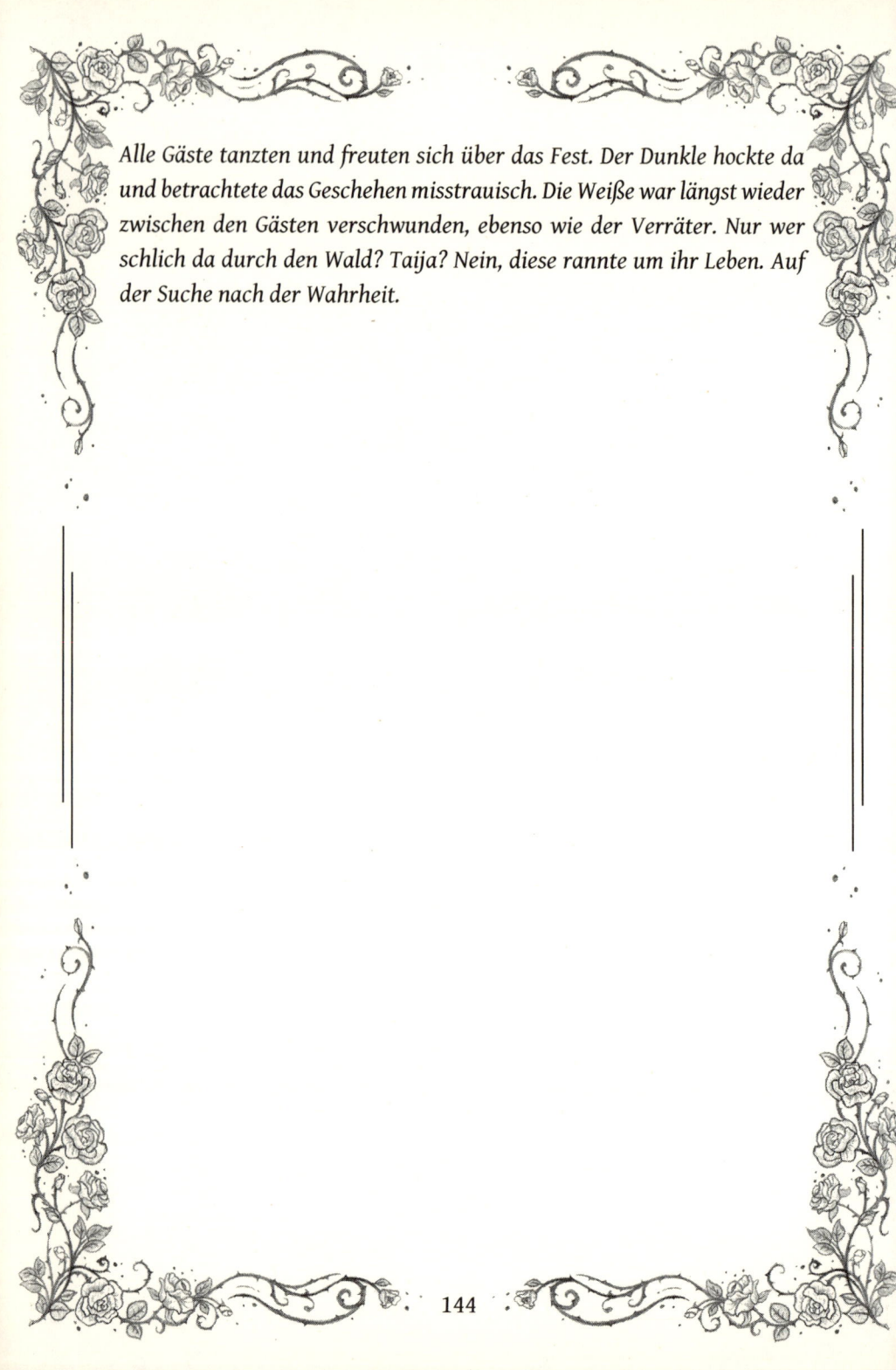

Alle Gäste tanzten und freuten sich über das Fest. Der Dunkle hockte da und betrachtete das Geschehen misstrauisch. Die Weiße war längst wieder zwischen den Gästen verschwunden, ebenso wie der Verräter. Nur wer schlich da durch den Wald? Taija? Nein, diese rannte um ihr Leben. Auf der Suche nach der Wahrheit.

Erwachen in eisigen Fängen

ICH ERKANNTE DAS Albtraumschach sofort, nur wie ich hineingelangt war, wusste ich nicht.

Ein blaues langes Kleid und Schuhe aus Glas ließen mich wie Aschenputtel aussehen. Meine Haare waren elegant hochgesteckt, fast wie bei dem Ball vorhin. Jedoch war ich mir sicher, egal was ich tat, ich könnte rütteln und zerren, die Frisur würde halten. Meine Sicht verschwamm, wie immer, wenn ich in solch einem Spiel erwachte.

Wenigstens kannte ich die Umgebung. Der Ort, an dem ich mich befand, kam mir sehr vertraut vor. Vor nicht allzu langer Zeit hatte ich mich hier aufgehalten. Ich stand direkt im berüchtigten Eispalast der weißen Königin. Alles schimmerte in hellen Tönen, das Eis spiegelte mein Gesicht tausendfach und bei jedem Schritt schien es, als ob Glas unter meinen Schuhen barst. Eine sonderbare Stille lag in der Luft, wie immer, wenn bald etwas passieren würde.

Wenigstens war es nicht eisig kalt, sondern angenehm, wie bei meinem ersten Besuch.

»Hallo?«, rief ich. Mein Echo hallte von den glatten Wänden wider, aber niemand antwortete.

Mit leichten Schritten lief ich durch den langen Gang, immer weiter, bis endlich eine riesige Tür vor mir auftauchte. Sie war groß, wirkte schwer und die Griffe waren viel zu weit oben. Ohne Leiter kam ich nie und nimmer da ran, doch noch während ich grübelte, woher ich eine nehmen konnte, öffnete sich die Tür wie

von Geisterhand. Warum auch nicht? An diesem Ort überraschte mich nichts mehr.

Ich betrat den Raum. Diesmal schlug mir eisige Kälte entgegen. Konnte man in Träumen frieren? Verwundert sah ich mich um. Was mir bei diesem und auch bei den anderen Albträumen aufgefallen war: dass hier alles viel realer als in echten Träumen wirkte. Bis auf die eingegrenzte Sicht entsprach es der Wirklichkeit.

Meine Schuhe klackerten und vertrieben damit die unheimliche Stille. Erst jetzt schenkte ich der Umgebung um mich herum Beachtung. Staunend schüttelte ich den Kopf. Vor mir befand sich der Spiegelsaal aus dem Buch. Der Saal, der als ein Mythos und einzige Möglichkeit galt, je wieder in die Menschenwelt zu gelangen.

Überall standen Spiegel schön aufgereiht und sauber, als ob jemand sie frisch abgestaubt hätte.

Komischer Albtraum.

Ich trat näher. Vorsichtig setzte ich einen Fuß vor den anderen, immer weiter, bis ich beinahe in mein eigenes Spiegelbild hineinlief. Mit der Fingerspitze tippte ich gegen das Glas. Es gab eine kleine Welle, welche das Bild verzerrte, als ob ich über eine Wasseroberfläche streichen würde.

»Du musst sie zerstören«, raunte eine unbekannte Stimme hinter mir.

Erschrocken darüber, nicht mehr allein zu sein, drehte ich mich ruckartig um. Eine dunkle Gestalt stand da, eingehüllt in ein schwarzes Tuch und eine Kapuze. Sie wirkte wie die Person im Wald. Ich erkannte nichts, nirgends blitzte auch nur ein wenig Haut unter dem Stoff hervor.

»Und Sie sind?«, fragte ich zögerlich.

»Nenn mich einfach einen Helfer.«

»Ach.«

Der Unbekannte hob die Hand und brachte mich damit zum

Schweigen. »Zerstöre die Spiegel und am Ende wird nur noch einer übrig sein, nur so gelangst du in deine Welt.«

Kopfschüttelnd sah ich ihn an. Wenn das alles war …

Ich seufzte und blickte mich Hilfe suchend im Raum um, und siehe da, ein Beil lag genau vor meinen Füßen.

Ich hob es auf und betrachtete den ersten Spiegel, ehe ich schwungvoll den scharfen Gegenstand darauf sausen ließ. Es klirrte und ein Regen aus Scherben segelte auf den Boden. Plötzlich knirschte es. Überrascht sah ich mich um. Der Fremde war verschwunden, die Wände schienen näher zu kommen und auch die Tür gab es nicht länger.

Ich wandte meine Aufmerksamkeit wieder den Spiegeln zu. »Na dann los …« Viel Zeit blieb mir nicht mehr.

Mit aller Kraft schlug ich auf den nächsten ein. Auch dieser zerbrach mit einem quälenden Knirschen. Die Wände rückten weiterhin näher. Vor mir lagen noch fünf Spiegel. So schwer würde das wohl nicht werden.

Als ich mich aber zum nächsten Spiegel drehte, blickte mir das Spiegelbild von Tarif entgegen. Er grinste spöttisch. Ich hielt inne. Was nun? Ich wollte keine Waffe gegen einen Menschen erheben. Das Geräusch der näher kommenden Wände schwoll an. Das ist nur ein Spiel und vor dir nur ein Spiegelbild.

Ich holte tief Luft, kratzte all meinen Mut zusammen und schlug zu. Wie die anderen zerbrach er und mit ihm Tarifs spöttische Fratze.

Auf dem nächsten Spiegel erschien einer der unheimlichen Schergen der weißen Königin. Auch diese Figur sah zum Fürchten aus und blickte mich angewidert an. Diese Dinger waren keine Menschen, sondern irgendwelche Kreaturen aus den tiefsten Abgründen. Mit Freude zerschlug ich das Glas. Nur noch drei Spiegel …

Der nächste zeigte mir das dunkle Zimmer des Schlosses, das ich

ebenfalls mit einem erneuten Schlag und einem darauffolgenden Klirren hinter mir ließ. Das machte sogar Spaß.

Wer würde nun erscheinen? Die weiße Königin höchstpersönlich?

Noch zwei Spiegel ...

Doch das Lächeln und die Freude in meinen Augen vergingen schon bald. Auf dem nächsten Bild erschien Farrun. Er lächelte mich an. Mit zusammengezogenen Brauen betrachtete ich ihn genauer. Er wirkte so real. Seine Augen leuchteten blau, wie damals im Garten, und in seinem dunklen Oberteil steckte eine rote Rose. Die zerzausten Haare ließen ihn jünger wirken, ebenso sein Lächeln. Auf diesem Bild erschien er menschlich, fast wie ein normaler Junge und nicht wie ein dunkler Prinz mit schrecklichen Plänen.

Die Wände rückten so nah an mich heran, dass sie mich beinahe berührten. Ich holte aus, doch ich schaffte es nicht, zuzuschlagen. Irgendetwas in meiner Brust zog sich zusammen, hielt mich zurück und weigerte sich, dieses Bild des Prinzen zu zerstören. Ich ließ das Beil fallen und sank auf die Knie. Teufel auch! Warum konnte ich alles zurücklassen, nur nicht ihn? Warum nicht? Warum!?

... Es knirschte

... und knirschte

Die Wände pressten mich gegen die Spiegel und die vielen Scherben schnitten in meine Hände und Füße. Dunkelheit umhüllte mich und ich fiel hinab in die Düsternis.

Die Angst, loszulassen ... und ich hatte sie nicht besiegt. Ich hatte verloren.

Was wäre, wenn all unsere Wünsche in Erfüllung gingen? Wäre

dann jeder glücklich, weil er hätte, was er immer wollte? Zweifel blockierten uns und hielten uns auf, ließen uns zweifeln. Zweifeln an allem, an den kleinen Dingen im Leben, an der Wahrheit, an der Wirklichkeit.

Nur mühsam vermochte ich meine Augen wieder zu öffnen. Das helle Licht über mir blendete für einen kurzen Moment und ließ mich blinzeln. Ich lag in einem großen Bett, irgendwelche Gestalten standen um mich herum.

»Sie ist wach«, hörte ich jemanden flüstern.

»Ja«, krächzte ich. Ein leises Husten gewann die Oberhand. Ich keuchte und sog gierig die Luft um mich herum ein, was zu einem erneuten Hustenanfall führte.

»Sie lebt«, hörte ich eine weitere gelassene Stimme, ehe eine der Personen in die Hände klatschte.

»Trotzdem hätte etwas passieren können.«

Farrun ...

»Was?!« Überrascht riss ich meine Augen auf. Neben mir auf dem Bett hockte der Prinz und musterte mich ausdruckslos. Tarif lehnte ein wenig weiter entfernt am Schreibtisch und grinste spöttisch.

»Dir geht es gut, keine Sorge«, sprach er und verdrehte die Augen.

»Ich war in einem Albtraumschach. Warum?«, wandte ich mich an Farrun.

Er schien einen Moment lang zu überlegen, ehe er sich seufzend aufrichtete. »Ich weiß auch nicht. Du hast mein Zimmer betreten und bist plötzlich zusammengebrochen.«

Ich nickte ganz leicht. Meine Kehle fühlte sich trocken an. Stimmt, ich hatte das Buch gesucht. Womöglich lag es einfach an der Erschöpfung und dem Schlafmangel der letzten Tage.

»Du hättest tot sein können. Du hast deinen eigenen Albtraum nicht besiegt. Schlimmer noch: Normalerweise wacht man gar

nicht mehr auf und bleibt gefangen in diesem Szenario«, erklärte er.

Ich blickte zu Tarif, welcher weiterhin grinste. »Und warum lebe ich noch und bin nicht in meinem Albtraum gefangen?«

Keiner der beiden sagte ein Wort, selbst Tarifs Grinsen verschwand.

»Okay, ich verstehe.«

Früher oder später würde ich schon erfahren, was hier los war. Mit der Zeit kamen alle Geheimnisse ans Licht. Man brauchte nur Geduld.

»Vielleicht hattest du einfach Glück. Ich hätte erwartet, dass du den Spiegel mit meinem Bild gleich zerstückelst«, fuhr Farrun fort.

Lächelte er etwa? Und warum kannte er meinen Traum? Obwohl ... Er verfügte ja über Magie.

»Dafür schienst du kein Problem damit zu haben, mein Ebenbild in Stücke zu hauen«, kam es von Tarif.

Jetzt war ich es, die grinste. »Nein, damit hatte ich wirklich keins. Bei Farrun wirkte es anders, so ...« Ich brach ab und richtete mich ein wenig auf. »Mir geht es schon viel besser, ich brauche eure besorgten Blicke nicht«, murmelte ich erschöpft und sah zu Farrun, der jede meiner Bewegungen genauestens beobachtete.

Er nickte.

»Ist sie noch hier?«, wechselte ich blitzschnell das Thema.

»Die Weiße?« Farrun nickte. »Ja, aber du wirst sie nicht bemerken. Zu dieser Tageszeit schläft sie meist. Sie befindet sich nicht in ihrem Palast, das raubt ihr die Kräfte.«

Ich wusste nicht, ob mich das jetzt beruhigen oder ängstigen sollte.

Farrun klatschte in die Hände und stand auf. »Ich habe etwas Wichtiges zu erledigen. Ich weiß nicht, wann ich zurück bin. Besart und Tarif begleiten mich. Ich verlange, dass du dich, sobald es dunkel wird, in deinem Zimmer einschließt und dort bleibst. Tags-

über mach, was du willst, aber ich kann es nicht riskieren, dass du der Hexe begegnest. Ihre Kräfte mögen geschwächt sein und doch schreckt sie nicht vor irgendwelchen Spielchen zurück.«

Ich verdrehte die Augen. »Aber klar doch, ich bin schließlich Eure Gefangene.«

»Eine Gefangene, die frei wählen darf, solange sie sich an die Regeln hält. Und betritt den Wald nicht, nicht noch einmal«, fügte Farrun hinzu.

Ich schüttelte den Kopf und beobachtete, wie die beiden das Zimmer verließen.

Was musste er denn so Dringendes erledigen?

Ein leises Klopfen riss mich aus den Gedanken.

»Ja?«, krächzte ich. Noch immer fühlte sich mein Hals staubtrocken an.

»Hallo!«, rief eine fröhliche Stimme und Rascha betrat den Raum. Sie trug ein blaues Kleid, das ihr bis zu den Knöcheln reichte. Und täuschte ich mich oder waren ihre Haare seit gestern ein Stück gewachsen? »Du bist wach, wie schön«, meinte sie und setzte sich zu mir. »Also da der Prinz nun weg ist, haben wir eine reelle Chance, mehr herauszufinden. Ich schlage vor, jeder sieht sich ein wenig im Schloss um. Wir brauchen meinen Namen und unbedingt den richtigen Weg zurück nach Hause. Das mit dem Spiegelsaal wissen wir ja, vielleicht können wir eine der magischen Türen nutzen? Oder meinst du, wir sollten den Fluchtversuch lieber während des Spiels wagen?«

Rascha sprach ohne Punkt und Komma und nur mit Mühe und Not schaffte ich es, ihr zu folgen.

»Stopp!«, rief ich und hielt mir schmerzverzerrt den Kopf. Alles tat mir weh. »Irgendwo unter dem Bett liegt das Buch, darin stehen ein paar Dinge. Aber ich glaube, es ist keine gute Idee, hier herumzuschleichen. Farrun hat es mir verboten. Die weiße Königin hält sich noch im Schloss auf. Was, wenn sie uns entdeckt und es

dem Prinzen erzählt? Ach, und bei meinem Albtraumschach heute erschien ein Typ in dunkler Kleidung und nicht wie sonst du oder der Wolf. Gibt es dafür einen Grund?«

Rascha strich die Bettdecke glatt und fuhr sich durchs Haar, ohne einen einzigen Blick in meine Richtung zu werfen. »Das war eine weitere Spielfigur. Aber ich habe keinen blassen Schimmer, wer es sein könnte. Warten wir ab. Immerhin kennen wir noch nicht alle Figuren. Es gibt dich, Tarif, Besart, meine Wenigkeit und irgendjemand fehlt noch, damit es aufgeht. Der Wolf ist im Übrigen ein treuer Begleiter von Farrun.«

Sonnenstrahlen erhellten das sonst so dunkle Zimmer.

»Wie ist das überhaupt möglich, dass ihr in meinen Albträumen erscheint? Ihr nehmt ja nicht an diesem Spiel teil oder irre ich mich?«

Rascha seufzte. »Das alles ist etwas kompliziert. Die Spiele jetzt sind noch nicht die richtigen Spiele. In denen kann nur noch die Königin ihre Figuren besuchen. Solange wir üben, so hat mir das einmal jemand erklärt, irrt ein Teil von uns in diesen Träumen umher und manchmal passiert es, dass wir uns im Albtraumschach begegnen und einander helfen.«

Ich nickte. Diese ganzen Erklärungen taten meinem Kopf nicht gut. Das Pochen nahm weiter zu.

»Und solange die weiße Königin uns nicht sieht, haben wir keine Probleme. Aber ruh dich aus. Ich komme dich holen, sobald es dunkel wird«, beharrte Rascha voller Vorfreude.

Nun hatten die beiden endlich einen Plan. Sobald es Nacht war, würden sie sich auf den Weg machen. Sie würden nach einem verlorenen Namen suchen und nach einem Weg zurück in das Schloss der Königin. Es klang

so einfach und doch verbarg sich weit mehr dahinter. Die Weiße war inzwischen erwacht. Schlafen konnte sie noch, wenn ihr Körper unter der Erde lag. Schon viel zu lange dauerte dieser Wettstreit an und irgendjemand musste dem ein Ende setzen. Hier besaß sie keine Macht, dennoch fürchtete sie sich nicht vor dem Prinzen. In letzter Zeit war er nachlässig geworden. Unachtsamkeit, so wusste sie, führte oftmals direkt in die offenen Arme des Unglücks.

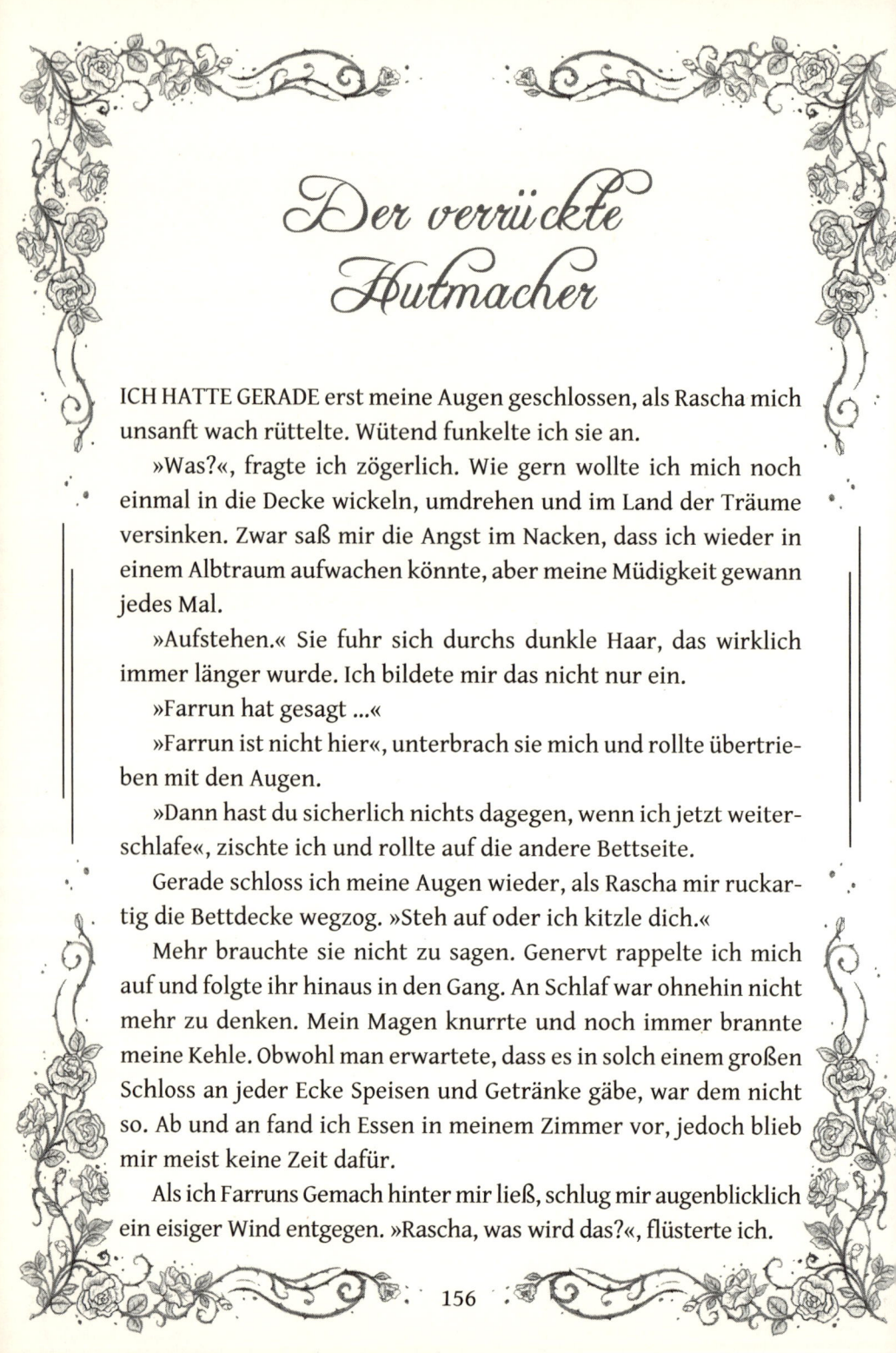

Der verrückte Hutmacher

ICH HATTE GERADE erst meine Augen geschlossen, als Rascha mich unsanft wach rüttelte. Wütend funkelte ich sie an.

»Was?«, fragte ich zögerlich. Wie gern wollte ich mich noch einmal in die Decke wickeln, umdrehen und im Land der Träume versinken. Zwar saß mir die Angst im Nacken, dass ich wieder in einem Albtraum aufwachen könnte, aber meine Müdigkeit gewann jedes Mal.

»Aufstehen.« Sie fuhr sich durchs dunkle Haar, das wirklich immer länger wurde. Ich bildete mir das nicht nur ein.

»Farrun hat gesagt ...«

»Farrun ist nicht hier«, unterbrach sie mich und rollte übertrieben mit den Augen.

»Dann hast du sicherlich nichts dagegen, wenn ich jetzt weiterschlafe«, zischte ich und rollte auf die andere Bettseite.

Gerade schloss ich meine Augen wieder, als Rascha mir ruckartig die Bettdecke wegzog. »Steh auf oder ich kitzle dich.«

Mehr brauchte sie nicht zu sagen. Genervt rappelte ich mich auf und folgte ihr hinaus in den Gang. An Schlaf war ohnehin nicht mehr zu denken. Mein Magen knurrte und noch immer brannte meine Kehle. Obwohl man erwartete, dass es in solch einem großen Schloss an jeder Ecke Speisen und Getränke gäbe, war dem nicht so. Ab und an fand ich Essen in meinem Zimmer vor, jedoch blieb mir meist keine Zeit dafür.

Als ich Farruns Gemach hinter mir ließ, schlug mir augenblicklich ein eisiger Wind entgegen. »Rascha, was wird das?«, flüsterte ich.

»Ich muss nur kurz in die Bibliothek. Warte du von mir aus hier, aber warne mich, sobald jemand kommt, verstanden?«, wisperte sie und verschwand, ohne meine Antwort abzuwarten.

Seufzend sah ich ihr nach. Wie bitte schön konnte ich sie warnen? Sollte ich etwa irgendwelche komischen Geräusche machen oder an die Tür klopfen?

Ich lehnte mich gegen die Wand und starrte auf die graue Mauer, die mir gegenüberlag. Die Kälte wurde immer unerträglicher und drang durch meine Kleider.

Die Zeit verging und das namenlose Mädchen ließ sich nicht wieder blicken. Warum brauchte sie denn so lange? Das Buch mit den Antworten befand sich schließlich im Zimmer des dunklen Prinzen.

Ein Klacken von hohen Schuhen erklang auf einmal aus dem Gang vor mir. Mein Atem verdichtete sich zu kleinen Nebelschwaden in der Luft, so kalt wurde es.

»Taija«, rief eine helle Stimme. »Ich weiß, du bist hier. Komm und zeig dich mir.«

Die Königin!

Ich sah mich verzweifelt nach einer Fluchtmöglichkeit um, doch alle Türen wirkten im Dunkeln gleich. Die Schritte kamen immer näher. Und nun? Mir blieb nicht einmal Zeit, Rascha zu warnen, aber sie würde die Königin wohl bemerken, immerhin verursachte diese eine solche Kälte, dass man es unmöglich ignorieren konnte.

Ich entschied mich für die nächstbeste Tür und stolperte direkt in ... in einen Garten?

»Huch«, entfuhr es mir. Das hohe Gras kitzelte an meinen Knien und um mich herum schlängelten sich unzählige Äste und Blätter, die durch meine Bewegungen anfingen, zu rascheln. Wo um Himmels willen war ich?

Ich schloss eilig die Tür und tastete mich weiter voran. Auf dem Boden wuchsen farbige Pilze und Blumen in allen Variationen. Es

roch nach Regen und trotzdem erinnerte die Temperatur an einen Tropenwald. Solch einen seltsamen Ort hatte ich nicht erwartet.

Beinahe wäre ich über eine Baumwurzel gefallen, konnte mich aber zum Glück noch an dem Stamm neben mir festhalten.

»Interessant«, murmelte eine tiefe Stimme.

Erschrocken zuckte ich zusammen. »W-Wer ist da?«

Das Rascheln von Blättern erklang und dann stand ein großer Mann vor mir. Er sah eigenartig aus. Seine Kleidung schien aus zig verschiedenen Stoffflicken zu bestehen, welche wahllos aneinandergenäht waren, und auf seinem kohlefarbenen Haar trug er einen seltsamen schwarzen Hut, auf dem ein Vogel hockte. Honiggelbe Augen blickten mir entgegen.

»Ich bin der Hutmacher«, meinte er grinsend und tippte sich an selbigen.

»Der Hutmacher? Wieso ein Hutmacher?« Irritiert sah ich ihn an. Ich hatte Farrun noch nie mit einem Hut gesehen, Wieso brauchte der Prinz einen Hutmacher, wenn er doch nie einen trug?

»Ich gelangte vor langer Zeit hierher und inzwischen habe ich meinen Namen vergessen.« Noch immer lächelte er mich zufrieden an.

Schon wieder jemand ohne Namen!

»Du suchst also nach Antworten?«, fragte er zaghaft.

Ich nickte, auch wenn ich mir bei bestem Willen nicht vorstellen konnte, wie mir ein Hutmacher helfen sollte.

»Komm mit. Ich lade dich zum Tee ein.«

Ich nickte erneut und folgte ihm langsam durch den halben Urwald, bis wir zu einem imposanten Tisch kamen. Rundherum standen etliche Stühle in allen Farben und Größen. Auf der Tafel selbst nistete das Chaos höchstpersönlich. Wunderschöne Teetassen aus weißem Porzellan mit Blumenmuster lagen an den Seiten. Manche der Tassen waren bereits benutzt, andere noch sauber.

Kreuz und quer lagen kleine Teller, Uhren, Schmuck, Blumen und sonstiger Krimskrams. Es war unmöglich, irgendwo auf dem Tisch ein freies Plätzchen zu finden.

»Wofür sind die ganzen Tassen?«, erkundigte ich mich neugierig und setzte mich auf die größte der Sitzmöglichkeiten, einen gepolsterten roten Sessel am Kopfende des Tisches.

»Die Zeit vergeht hier anders. Es ist ständig Teezeit und warum sollte ich immerzu abwaschen, wenn ich gleich darauf wieder eine neue Tasse benutze?« Der Hutmacher sah mich irritiert an. Womöglich wunderte er sich über meine Frage.

Ich wartete geduldig, bis er mir mit einer silbernen Kanne Tee eingeschenkt hatte, und trank gierig ein paar Schlucke. Der heiße Tee linderte endlich das Kratzen in meinem Hals. Er schmeckte gut, ein wenig nach Zitrone und Pfefferminze.

»Du bist Taija, nicht wahr?«, fragte er, nachdem er selbst einen Schluck von dem herrlichen Tee gekostet hatte.

»Ja.«

»Der dunkle Prinz spricht oft von dir.«

»Tatsächlich? Bestimmt davon, wie sehr ich ihm auf die Nerven gehe.« Seufzend setzte ich die Tasse wieder ab.

»Aber nicht doch, Liebes. Er mag dich.« Grinsend trank der seltsame Mann seinen Tee.

Die ganze Situation erschien mir ein wenig verrückt.

»Was haben ein Rabe und ein Schreibtisch gemeinsam?«, fragte er und spielte dabei mit einer alten Taschenuhr, welche vor ihm auf dem Tisch lag.

»Gemeinsam? Wohl eher, was für Unterschiede haben die beiden, davon gibt es nämlich viele«, antwortete ich.

»Womöglich.« Er hob nachdenklich die Schultern.

»Was ist das hier?« Neugierig sah ich mich in dem bunten Blätterwald um.

»Mein Zuhause.«

»In diesem Schloss? Ein Wunder, dass Euch der Prinz noch nicht bei lebendigem Leib verspeist hat.« Kopfschüttelnd sah ich ihn an. Weiterhin lächelte er.

»Er ist nicht so, wie es scheint. Gänzlich nur Maskerade, ein Trugbild, meine Liebe. Wir alle haben unsere Rolle in dem Spiel, und die spielen wir. Aber sieh selbst. Wenn du Fragen hast, wirst du mich finden und ich helfe dir, doch nun solltest du zurück, deine Freundin sucht dich. Es war nett, mit dir Tee zu trinken. Ach und denke daran, wenn du daran glaubst, werden all deine Wünsche wahr.«

Seine letzten Worte klangen noch nach, da stand ich wieder draußen in dem dunklen Gang.

Rascha lief eilig auf mich zu. »Wo warst du denn so lange?«, zischte sie.

Kopfschüttelnd ließ ich die Tür los.

»Der Prinz kommt früher zurück als gedacht. Wir müssen abhauen, und zwar schnell!«

Fragend sah ich sie an. Mein Ausflug hatte doch höchstens eine halbe Stunde gedauert. Was ging hier vor sich? Doch sie verschwand im Gang, noch ehe ich meine Frage stellen konnte.

»Taija!«, rief eine aufgebrachte Stimme.

Der Dunkle.

Seufzend schloss ich die Augen.

Was hatten ein Rabe und ein Schreibtisch gemeinsam? Auf diese Frage gab es unzählige Antworten, aber so war das Leben. Nie gab es nur eine einzige Lösung. Es gab Wege, viele Wege, und entschied man sich für einen, löste man das eine Rätsel und bekam dafür gleich darauf wieder ein neues.

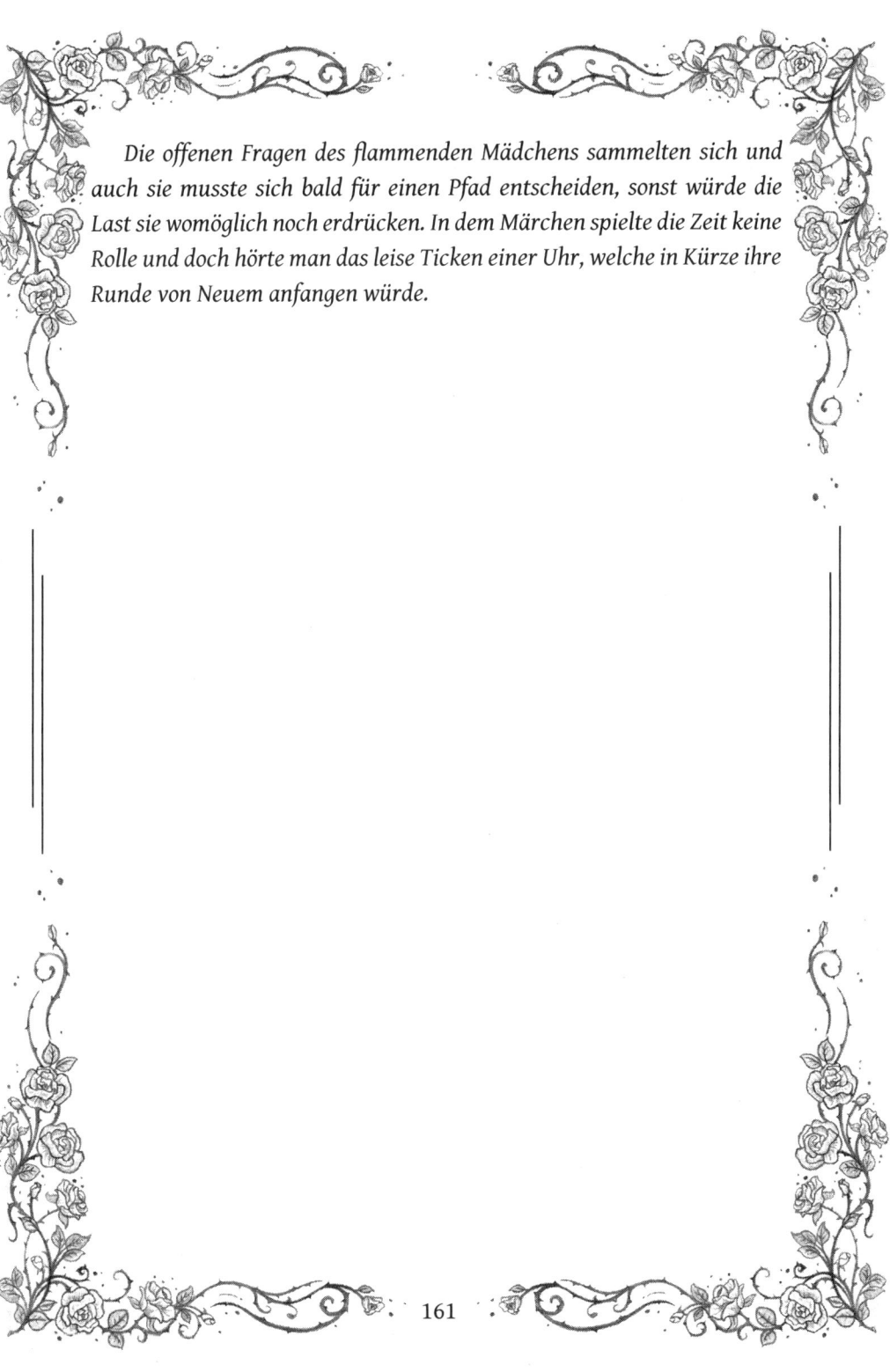

Die offenen Fragen des flammenden Mädchens sammelten sich und auch sie musste sich bald für einen Pfad entscheiden, sonst würde die Last sie womöglich noch erdrücken. In dem Märchen spielte die Zeit keine Rolle und doch hörte man das leise Ticken einer Uhr, welche in Kürze ihre Runde von Neuem anfangen würde.

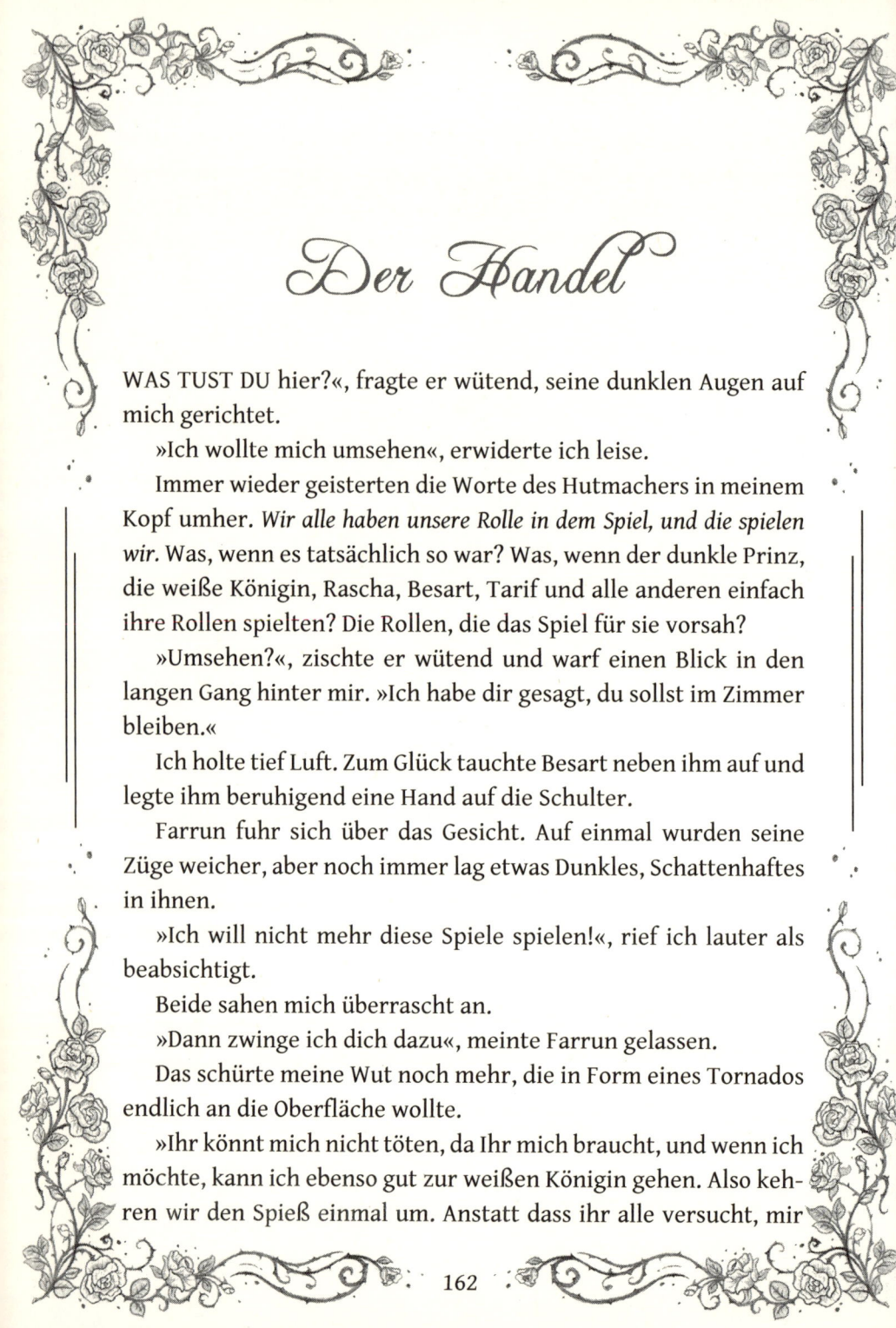

Der Handel

WAS TUST DU hier?«, fragte er wütend, seine dunklen Augen auf mich gerichtet.

»Ich wollte mich umsehen«, erwiderte ich leise.

Immer wieder geisterten die Worte des Hutmachers in meinem Kopf umher. *Wir alle haben unsere Rolle in dem Spiel, und die spielen wir.* Was, wenn es tatsächlich so war? Was, wenn der dunkle Prinz, die weiße Königin, Rascha, Besart, Tarif und alle anderen einfach ihre Rollen spielten? Die Rollen, die das Spiel für sie vorsah?

»Umsehen?«, zischte er wütend und warf einen Blick in den langen Gang hinter mir. »Ich habe dir gesagt, du sollst im Zimmer bleiben.«

Ich holte tief Luft. Zum Glück tauchte Besart neben ihm auf und legte ihm beruhigend eine Hand auf die Schulter.

Farrun fuhr sich über das Gesicht. Auf einmal wurden seine Züge weicher, aber noch immer lag etwas Dunkles, Schattenhaftes in ihnen.

»Ich will nicht mehr diese Spiele spielen!«, rief ich lauter als beabsichtigt.

Beide sahen mich überrascht an.

»Dann zwinge ich dich dazu«, meinte Farrun gelassen.

Das schürte meine Wut noch mehr, die in Form eines Tornados endlich an die Oberfläche wollte.

»Ihr könnt mich nicht töten, da Ihr mich braucht, und wenn ich möchte, kann ich ebenso gut zur weißen Königin gehen. Also kehren wir den Spieß einmal um. Anstatt dass ihr alle versucht, mir

Angst zu machen, werdet ihr mir jetzt helfen. Von mir aus spiele ich den Blödsinn mit, aber dafür verlange ich, dass ich nach jedem Spiel eine Frage beantwortet bekomme.«

Erleichtert atmete ich auf. Endlich hatte ich das gesagt, was ich schon lange hätte sagen sollen.

Und dann tat Farrun das, was ich am wenigsten erwartet hatte. Er verschränkte seine Arme vor der Brust und fing an, zu lachen.

Irritiert sahen Besart und ich uns an. Wir beide verstanden gerade die Welt nicht mehr. Seit wann lachte der Prinz so ausgelassen?

»Akzeptiert, Prinzessin«, sprach er und fuhr sich durchs Haar. Jetzt war ich wirklich verwundert. »Ich beantworte dir eine Frage.«

So einfach ging das?

»Aber zuerst«, meinte er nur und schnippte mit dem Finger. Genau in diesem Moment fiel ich in einen dunklen Schlaf ...

Ich öffnete die Augen und blickte mich um. Rund um mich herum befand sich eine grüne Wiese. Es war helllichter Tag und ich trug ein Paar normale Jeans und ein T-Shirt. Alles fühlte sich real an. Ich spürte jeden einzelnen Grashalm an meinen Füßen, jede noch so kleine Bewegung. Der Wind fuhr mir durchs Haar und vereinzelte Blätter tanzten in der Luft. Hätte ich nicht gewusst, dass ich mitten in einem Albtraumschach steckte, hätte ich den Moment genossen.

Wie immer lag eine bedeutungsschwere Ruhe über der Szenerie. Doch schon bald wurde diese von leisem Hufgetrappel unterbrochen. Überrascht sah ich auf. Ein dunkles Pferd näherte sich mir gemächlich. Ein Pferd? Warum genau dieses Tier? Verwundert schüttelte ich meinen Kopf. Ich hatte keine Angst vor Pferden. Und

genau aus diesem Grund stand ich auf und näherte mich dem Tier. Es war schwarz mit einer raspelkurzen Mähne und dank der Narbe neben dem linken Auge erkannte ich den Begleiter des dunklen Prinzen wieder. Die roten Augen wirkten heute nicht weniger bedrohlich.

Ich wollte mich gerade noch näher heranwagen, als ich eine Bewegung hinter Randurs Rücken ausmachte. Unschlüssig blieb ich stehen, als eine mir nur allzu bekannte Person auftauchte.

Seufzend rollte ich mit den Augen. »Was willst du hier?«, fragte ich.

Es war der Fremde aus meinem letzten Albtraumschach. Auch heute wickelte er sich in einige Schichten Stoff ein und verbarg sein Gesicht unter der Kapuze, welche ihm beinahe bis zum Kinn reichte.

Ich wiederholte meine Frage, diesmal ein wenig genervter: »Was willst du?«

»Dir helfen, wie immer«, meinte die seltsame Gestalt.

Randur wieherte aufgebracht und blähte die Nüstern.

»Helfen? Ich bin schon in einem Albtraum gefangen. Mir kann niemand helfen außer ich mir selbst.«

Er nickte. »Ja, das stimmt. Doch nimm dir meine Worte trotzdem zu Herzen. Wenn du hier hinaus möchtest, musst du nichts anderes tun, als auf das Pferd des Prinzen zu steigen und loszureiten.«

Misstrauisch sah ich ihn an. »Ich soll also einfach auf Randur reiten? Und das war's? Ich kann mich nicht daran erinnern, dass ich Angst vor Pferden hätte oder vor dem Reiten.«

Er kicherte. Langsam lief es mir eiskalt den Rücken hinunter. Diese Albträume wurden von Mal zu Mal schlimmer.

»Ja, du musst nur auf Randur steigen und ein paar Runden reiten. Das ist alles. Einfach, nicht?«

»Und weiter?«, hakte ich nach und verschränkte meine Arme

vor der Brust. »Was passiert dann? Falle ich etwa runter und breche mir sämtliche Knochen oder werde ich von irgendwelchen scharfen Gegenständen aufgespießt? Fällt mir am Ende ein Spiegel auf den Kopf? Oder noch besser: Frisst mich Randur vielleicht vor lauter Hunger?«

Er zuckte mit den Schultern. »Nichts und dann. Setz dich auf das Pferd, hopp!« Er streckte mir ermutigend die Zügel entgegen.

Vorsichtig nahm ich sie ihm aus der Hand. Die dunklen roten Augen von Randur musterten dabei jede meiner Bewegungen neugierig.

»Ruhig, mein Großer, wir kriegen das hin«, flüsterte ich besänftigend. Vorsichtig streichelte ich die Nüstern des Pferdes. Immer wieder erinnerte ich mich an früher. Ich liebte das Reiten und die Pferde, egal wie schwierig sie manchmal waren, denn jedes dieser prächtigen Tiere besaß seine eigene besondere Persönlichkeit.

»Du denkst oft nach, oder?«, fragte die seltsame Gestalt.

Ich schüttelte den Kopf, um die Gedanken zu vertreiben. Meine Hände wanderten zum Hals des mächtigen Wesens. Absichtlich ließ ich die Zügel etwas locker, damit ich ihn nicht einengte. Erst als ich mir sicher war, dass Randur nicht scheute, schwang ich das rechte Bein über den Pferderücken und zog mich rasch hoch. Das Tier des dunklen Prinzen blieb ruhig und schüttelte nicht einmal den Kopf. Zufrieden tätschelte ich seinen Hals. Na ging doch. Dieser Albtraum würde wohl eher ein schöner Traum werden.

Zuerst war es ein komisches Gefühl, wieder auf einem Pferderücken zu sitzen, aber bald löste sich meine Anspannung und Fröhlichkeit überkam mich. Lachend gab ich dem Pferd eine leichte Hilfe und es schritt los.

»Und das soll ein Albtraum sein?«

Fröhlich drehte ich mich um. Die schemenhafte Gestalt war wieder verschwunden, dafür entdeckte ich in einiger Entfernung die Umrisse von Rascha und dem Wolf. Irgendwie wunderte mich

das kein bisschen. Bei diesem Spiel erschien und verschwand jeder, wie es ihm passte. Jeder außer mir, wie es schien.

»Rascha!«, rief ich und wollte wenden, um zu ihr zu gelangen. Doch das Pferd schritt immer schneller aus und wechselte in einen holprigen Trab. Ich zog sanft an den Zügeln, aber egal was ich tat, alles führt dazu, dass es sein Tempo nur erhöhte. Schon bald fiel es in einen zügigen Galopp.

»Randur, brrr!«, rief ich und zog erneut am Zaumzeug. Das Tier spannte sich unter mir an und bewegte sich immer schneller. Ich wollte erneut an den Zügeln ziehen, aber Randur riss den Kopf nach vorn, sodass sie mir aus der Hand gezogen wurden. Gefährlich peitschten sie über dem Boden hin und her. Ich krallte mich verzweifelt in die Mähne und versuchte, Halt zu finden. Leider war sie so kurz, dass ich immer wieder abrutschte.

Randur wendete so abrupt, dass er mich beinahe abwarf. Panik stieg in mir auf. Was nun? Wie beruhigte man ein wild gewordenes Pferd?

»Spring, Taija! Du musst springen!«, erklang die Stimme von Rascha aus der Ferne.

»Ich kann nicht!«, schrie ich gegen den Wind, welcher mir kräftig ins Gesicht blies. Ich hatte Angst, zu fallen. Angst vor dem Moment, in dem ich auf dem Boden aufschlug.

»Du hast keine andere Wahl!«, rief Rascha erneut. Diesmal klang es beinahe verzweifelt.

»I-Ich habe Angst!«

Ein Ruck ging durch den Körper des Pferdes. Immer weiter erhöhte es sein Tempo und ich fühlte mich wie einer dieser Jockeys im Fernsehen. Nur fehlte hier eine Rennbahn und mir die Erfahrung.

»Darum heißt es auch Albtraumschach!«

Randur erreichte ein ungeheuerliches Tempo. Der Boden fegte nur so unter uns hinweg. Meine Augen tränten schon vom Wind.

Die Haare peitschten mir nur so um den Kopf. Alles bestand nur noch aus einem Wirrwarr von Haaren, Bildern und Momenten.

»Taija, spring!«, schrie Rascha erneut. Diesmal benötigte ich alle Konzentration, um zu verstehen, was sie von mir wollte. Es klang wie ein leises Echo von ganz weit weg. Wie wirre Stimmen, die sich erst in meinem Kopf zusammenfügten.

Ich schloss meine Augen, atmete tief durch und ließ mich dann auf der linken Seite hinunterfallen. Aber diesmal war es anders. Anstatt erneut in dem bodenlosen schwarzen Loch zu verschwinden, wie sonst, schlug ich hart auf dem Boden auf. Mit einem lauten Keuchen wich die Luft aus meinen Lungen. Ein Huf traf meine rechte Schulter. Es knackte und ein stechender Schmerz schoss durch meinen Arm. Ich rollte mich zusammen und versuchte vergeblich, zu atmen. Alles brannte und fühlte sich an, als stünde mein ganzer Körper in Flammen.

Luft, ich brauchte Luft …

»Taija!«

Ich riss die Augen auf und sog gierig den Atem ein. Noch immer spürte ich das Brennen in der Schulter. Schwarze Punkte tanzten durch mein Blickfeld und schienen mich auszulachen. In meinen Gedanken tauchten die letzten Augenblicke des Traumes auf und wieder hörte ich meine Knochen brechen.

Farrun beugte sich über mich. Besart stand etwas abseits und lehnte an einer dunklen Tür. Er beobachtete uns misstrauisch, als ob ihm irgendetwas nicht passte. Leider konnte ich mich nicht allzu sehr auf ihn konzentrieren, denn der Schreck saß noch immer tief in meinen Knochen.

»Alles ist gut, du bist zurück. Du hast deine Angst besiegt«, murmelte Farrun, während er mir über den Rücken strich.

Ich schüttelte energisch den Kopf und rieb mir die Stirn. Wie gewöhnlich pochte auch dieses Mal mein Kopf, doch heute viel schmerzhafter als sonst.

»Warum lief es diesmal anders?«, fragte ich leise, sodass Besart mich nicht verstand.

»Ich habe dir gesagt, dass wir erst am Anfang stehen. Es wird nicht leichter. Die Träume werden immer realistischer und brutaler.«

Seufzend schloss ich erneut die Augen. Wenn das hier nur der Anfang war, wie würde es enden?

Federn, das war eine der möglichen Antworten. Der Schreibtisch besaß die Schreibfeder und der Rabe sein Gefieder.

Inzwischen schlief Taija seelenruhig im Bett des dunklen Prinzen. Sie hatte sich überanstrengt. Die Träume wurden immer schrecklicher und eigentlich müsste man annehmen, dass ein Mensch nicht so viele Ängste hätte, aber da irrte man sich. Menschen entwickelten jeden Tag neue und mit jeder Minute wuchsen diese furchterregenden Vorstellungen, bis sie irgendwann verblassten oder zu einem grausam realistisch wirkenden Albtraum wurden.

Möge das Spiel beginnen.

Eine verrückte Teegesellschaft

ALS ICH AUFWACHTE, war es bereits helllichter Tag. Am Himmelszelt hingen fast keine Wolken und die Sonne schien durch die großen Fenster. Wenigstens etwas Licht in diesem sonst so dunklen Schloss.

Ich beschloss, aufzustehen und in den Stall zu gehen. Der Drang, die Mauern zu verlassen und mir die Beine zu vertreten, trieb mich aus dem Bett.

Alles war ruhig. Auf dem Weg die Treppen hinab traf ich nicht einmal Rascha. Bestimmt schlief sie noch oder versteckte sich vor mir. Dass sie gestern einfach abgehauen war, hatte ich nicht vergessen.

Beim Betreten des Pferdestalls wehte mir der übliche Geruch entgegen. Es roch nach Stroh und Pferden und ein bisschen nach Zuhause und alten Erinnerungen.

Auch hier herrschte Stille. Die meisten Pferde befanden sich nicht in ihren Boxen, womöglich grasten sie bereits auf der Wiese. Ich lief weiter ins Gebäude hinein und genoss die Ruhe, diesen einen Moment für mich ohne irgendwelche Gefahren oder Albträume.

Leider dauerte es nicht lange, bis jemand ihn unterbrach. Dieser Jemand war groß, trug sonderbare Kleider und blickte mir freundlich entgegen.

»Kann ich helfen?«, rief ich schon von Weitem. Immerhin blieb mir dann noch die Möglichkeit, wegzurennen, falls mir Gefahr drohte.

»Ahh, Taija.«

Es war der seltsame Hutmacher, welcher genau neben Randurs Box stand. Misstrauisch kniff ich die Augen zusammen.

»Der Prinz scheint dir aus dem Weg zu gehen«, fuhr er fort und deutete eine Verbeugung an, indem er sich kurz an den Hut tippte. Heute trug er einen blutroten hohen Hut mit kleinen Taschenuhren an den Seiten. Die Uhren tickten leise in unterschiedlichen Takten vor sich hin. Mich würde solch ein Hut mit der Zeit in den Wahnsinn treiben. Aber vielleicht war ich das schon – wahnsinnig.

»Wenn es ihn glücklich macht«, erwiderte ich eine Spur zu scharf.

Der Hutmacher grinste. »Sofern du Antworten auf deine Fragen suchst, bist du bei ihm falsch. Er versteckt sich seit Jahren vor der Wahrheit. Wieso sollte er sie also ausgerechnet dir schenken? Eine Maus speist auch nicht mit einer Katze«, sagte er nachdenklich und legte seinen Kopf leicht schräg.

»Taija!«, drang eine Stimme aus den Stallgängen.

Ich warf einen Blick zurück. Rascha lief auf mich zu, diesmal reichten ihre Haare bis zu den Schultern. Ihre Augen blitzten fröhlich, als sie mich sah.

»Gute Neuigkeiten! Farrun und die weiße Königin befinden sich anscheinend im Streit. Das heißt, bis heute Abend werden wir keinen von ihnen sehen und sie wird, wie es aussieht, sehr bald abreisen. Ich muss dir noch erzählen, was ich herausgefunden habe«, sprudelte Rascha los.

Ich warf einen Blick über die Schulter. Der Hutmacher war wieder verschwunden. Seltsamer Kerl ...

Und wo wir gerade vom Prinzen sprachen, dieser schuldete mir immer noch eine Antwort auf eine meiner Fragen.

»Taija?«

»Was?«

»Wir brauchen Hinweise. Das Spiel beginnt bald. Ich habe erfahren, dass die weiße Königin nun auch alle Spielfiguren beisammenhat. Lange dauert es nicht mehr und bis dahin sollten wir einen Ausweg und meinen Namen kennen. Ich muss hier weg, verstehst du?« Sie packte meine Schultern und krallte verzweifelt ihre Fingernägel hinein.

Schmerzverzerrt keuchte ich auf und befreite mich aus dem Klammergriff. Mein Lächeln verblasste. Das Spiel begann also? Bald entschied sich, ob ich lebte oder starb und damit auch, ob ich jemals nach Hause kam?

»Beginnen wir mit deinem Namen. Etwas zu dem Rückweg wissen wir ja bereits. Wir müssen in den Palast der Königin und dort in den Spiegelsaal, welcher in dem Buch genannt wurde.«

Sie warf einen Blick an die Decke, als überlegte sie einen Moment. »In Ordnung, beginnen wir damit. Ach, und Taija, weder Besart noch Farrun dürfen etwas davon erfahren. Tarif erzählst du besser auch nichts, ich weiß nicht, ob wir ihm trauen können«, flüsterte sie.

Ich nickte und sah mich kurz um, ob uns wirklich niemand gefolgt war. »Hast du eine Idee, wo wir wegen deines Namens suchen oder wen wir fragen könnten?«

Wütende Stimmen drangen von draußen herein.

Rascha packte meine Hand und zog mich in eine leer stehende Box.

»Wenn ich erfahre, dass du dafür verantwortlich bist, hast du deinen letzten Atemzug getan.«

Farrun.

»Na und? Wir sterben alle so oder so«, zischte eine andere Stimme.

Raschas Lippen formten das Wort *Besart.*

»Was soll das?«, knurrte Farrun. Es polterte, als wäre jemand gegen eine der Boxen gefallen.

»Deine Anschuldigungen sind ziemlich schlecht durchdacht. Wie sollte ich die Spiele sabotieren? Ich bin nicht dafür verantwortlich, dass die Königin über alles Bescheid weiß. Die letzten Tage war ich allein in meinem Zimmer oder an deiner Seite. Langsam glaube ich, dass du zulässt, dass dieses Spiel dich verändert. Genau davor habe ich dich gewarnt!«, kam es aufgebracht von Besart.

Wieder rumpelte es, dann entfernten sich Schritte.

Ich hörte noch, wie Farrun wütend aufschrie und in irgendetwas hineinschlug, ehe auch er verschwand.

Rascha sah mich mit großen Augen an. »Sie streiten nie«, flüsterte sie und spähte hinaus in den Gang.

»Jetzt haben sie es aber getan.« Seufzend ließ ich mich gegen die Boxentür fallen. Da kam mir auf einmal etwas anderes in den Sinn. »Ich weiß, wen wir wegen deines Namens fragen!«, rief ich aus.

Rascha zuckte von dem plötzlichen Themenwechsel zusammen. »Also du weißt, wie wir meinen Namen herausfinden?«, wiederholte sie und sah mich mit großen rehbraunen Augen an.

Ich nickte. »Kennst du die Geschichte von der weißen Königin und dem dunklen Prinzen? Das Märchen, welches sich die Menschen immer erzählen?«, fragte ich.

Rascha nickte genervt. »Ich denke, ja.«

»Wie endet es?«

Ich hatte meiner Mutter nie wirklich zugehört, wenn sie diese Geschichte erzählt hatte. Ich mochte die Art Märchen nicht. Die Art, bei der böse Menschen die Hauptrollen übernahmen. Jedes Mal, kurz vor dem Schluss, versank ich völlig in meinen eigenen Gedanken. Dort konnte ich ebenfalls der Realität entfliehen und mir eine schönere Geschichte ausdenken.

»Ich glaube, er stirbt«, meinte sie schulterzuckend und fuhr mit der linken Hand durchs Stroh.

»Der Prinz?«, fragte ich erstaunt.

»Ja, warte.«

Rascha erhob sich und klopfte die restlichen Halme von ihren Kleidern. Das Licht schien durch die Stallfenster und zauberte einen hellen Strahl, in dem der Staub tanzte. Einige Tiere schnaubten abwechselnd, bevor wieder Stille einkehrte.

Rascha zog einen zusammengefalteten Zettel aus ihrer braunen Umhängetasche, welche um ihre Hüften gebunden war, und las mir einen Text vor.

»Es war einmal vor langer Zeit, da herrschte Freude in einem kleinen Dorf. Ihr gnadenloser König war gefallen und nun regierte sein Sohn das Königreich. Der junge Mann war gütig und trug das Herz am rechten Fleck. Schon bald blühten die Felder, wo zuvor nur karge Leere geherrscht hatte. Die Menschen trauten sich wieder aus ihren Häusern und die Kranken wurden auf sonderbare Weise gesund. Im ersten Augenblick schien alles wunderbar, doch es rankten Geschichten um ein dunkles grausames Monster, welches im Wald hinter der Grenze lebte. Am Abend durchquerte es den finsteren Forst und wagte sich hinaus in das Dorf. Manchmal nahm dieses Wesen die Gestalt eines Wolfes an, um besser und schneller durch die Gassen zu schleichen. An manchen Tagen wiederum lockte es als einsames Reh die Jäger in den Wald oder sorgte als prächtiger Hengst dafür, dass die kleinen Kinder mit ihm spielen wollten und sich im Wald verirrten. Jeder, der sich zwischen den Bäumen verlief, war verloren, denn dort hausten noch andere, schlimmere Kreaturen. Manche Überlebende, von denen es sehr wenige gab, berichteten auch von einer schrecklichen Königin am Ende des Waldes, die jeden zu Eis erstarren ließ, der sich ihr näherte.

Die Boshaftigkeit des Monsters schien unstillbar. Es dauerte nicht lange, bis sich die Dorfbewohner nur noch am helllichten Tag auf die Straßen wagten. So ging das Ganze einige Monate und alle lebten in Angst und Schrecken. Irgendwann kamen Gerüchte auf, dass es sich bei dem Monster um den jungen Prinz handelte, da es erst seit dem Tod des Königs sein Unwesen trieb. Manche munkelten, der alte König hätte seinen eigenen Sohn am Sterbebett verflucht.

An einem regnerischen Tag gelangte ein alter Kräutermann zu dem Dorf und so bot man dem schwachen Mann dankbar Speisen, Getränke und ein trockenes Lager in einem Stall an. Als Dank sprach er mit den Bewohnern über ihre Sorgen und versprach, ihnen zu helfen. Er wagte sich in der nächsten Nacht in den Wald und wartete auf das Monster, welches auch bald erschien. Es zeigte sich ihm tatsächlich in der Gestalt des Prinzen. Ein schöner Prinz mit dunklen Augen, schwärzer als die finsterste Nacht, schwarz wie seine Seele. Er wollte mit dem Mann seine Spiele treiben und ihn in die Tiefe des Waldes locken. Doch der Kräutermann trickste ihn aus und brachte ihn an die Grenzen zum Reich der weißen Königin. Diese war kalt und herzlos, schlimmer als der Prinz selbst. Man hatte sie im Kindesalter dem Tod überlassen und seitdem schwor sie Rache. Der Kräuterkundige machte sich aus dem Staub und überließ die beiden ihrem Kampf. Er bannte sie mit einem Fluch, welcher sie immer weiterkämpfen ließ, bis einer von ihnen starb. Doch dies geschah nie, denn die Kreaturen waren gleich mächtig. Somit beschäftigten sie sich miteinander und fügten niemandem mehr Leid zu, zumindest dachte das der alte Mann.

In jener Nacht soll der Himmel sich geöffnet und Blitze und Donner über die Erde geschossen haben. Es hagelte und stürmte, selbst der Wind schrie zwischen den kahlen Häusern. Die beiden kämpften, bis sie merkten, dass es keinen Sinn ergab. Der Prinz verkroch sich hinter den Wäldern und baute ein Schloss, während die Weiße sich in ihren Eispalast verzog. Doch die Spiele gingen immer weiter.«

Rascha hielt inne und mir den Zettel unter die Nase, welcher am Ende abgerissen war.

»Er stirbt nicht, oder?«, hakte ich nach und betrachtete die ineinander verschlungenen Wörter noch einmal.

»Doch, ich bin mir sicher, die Geschichte geht weiter und er stirbt, aber da ist etwas weggerissen und ich habe diese Textstelle irgendjemandem gegeben. Ich hatte Angst davor, dass Farrun mir diese wegnimmt, aber ich habe vergessen ...«

»... wem du sie gegeben hast«, beendete ich ihren angefangenen Satz.

Sie nickte. Immerhin kannte ich nun einen Teil der Geschichte, doch vermochte Farrun wirklich, sich in alles Mögliche zu verwandeln? Und hatte sein Vater ihn verflucht?

»Wir sollten deinen Namen herausfinden«, sprach ich und ließ meine Gedanken zu dem Märchen ruhen. »Ich kenne jemanden, der uns helfen wird.«

Eilig stand ich auf und lief voraus. Wir durften keine Zeit verlieren. Zeit war kostbar und in diesem Falle konnte nur sie mich vor dem sicheren Ende bewahren.

Rascha folgte mir mit leisen Schritten. Sie drehte sich immer wieder um, als ob sie jemand Bestimmtes suchte. Vielleicht wollte sie sich auch nur vergewissern, dass sich niemand an unsere Fersen heftete.

Bald erreichten wir das Schloss. Die gewohnte Stille lag über den Hallen. Fast schon unheimlich. Ich schob die unguten Gedanken beiseite und setzte meinen Weg fort. Rascha folgte mir geduldig und stellte keine Fragen, worüber ich ziemlich erleichtert war. Wie konnte ich ihr einen Plan erklären, den ich selbst nicht verstand?

Vor der seltsamen Tür von gestern blieb ich stehen.

»Hier ist es«, sagte ich zögerlich. Anklopfen oder einfach eintreten?

Die Frage beantwortete mir Rascha, indem sie mit einem Schwung die Tür aufriss und gleich darauf in eine Hecke voller Rosen knallte. »Hilfe!«, entfuhr es ihr.

Ich kicherte und half ihr aus dem seltsamen Strauch. Die blutroten Blumen waren keine normalen Rosen, sondern besaßen gezackte Münder in der Mitte, wie fleischfressende Pflanzen. Immer wieder schnappten sie nach Rascha und mir, aber zum Glück reichten ein paar kräftige Schläge auf die Blätter, damit sie beleidigt von uns abließen.

Das Zimmer, oder besser gesagt der riesige Raum, sah immer noch aus wie beim letzten Mal. Voll von Büschen und Gräsern, Bäumen, Blumen und anderen nicht identifizierbaren Objekten.

»Wie ein richtiger Urwald«, murmelte Rascha und entfernte die restlichen Rosenblätter und Dornen von ihren Kleidern.

»Hutmacher!«, rief ich und gleich darauf raschelte es.

Es dauerte nicht lange, da stand der seltsame Mann vor uns. Wie immer lag ein schelmisches Lächeln auf seinen Lippen. In der linken Hand hielt er einen Stock und auf seinem Kopf saß ein blauer Hut mit winzigen Schneeflocken. Er tippte dagegen und verbeugte sich leicht.

»Ihr habt Fragen?«, meinte er und führte uns zu dem Tisch mit den Teetassen. Ich ließ mich prompt auf einen Stuhl fallen, während Rascha das Geschehen misstrauisch beobachtete.

»Ja, und zwar wollen wir wissen, wie Rascha wirklich heißt«, offenbarte ich und zeigte auf das Mädchen, das inzwischen auch halbwegs auf einem Hocker hockte.

»Soso, einen Namen?«, meinte er grinsend und reichte jeder von uns eine Tasse mit frisch aufgebrühtem rötlichen Tee. Diesmal entpuppte sich dieser als Kräutertee und unbewusst musste ich dabei an den Kräutermann aus dem Märchen denken. Gab es überhaupt roten Kräutertee?

»Kennst du ihn denn?«, fragte Rascha und kaute nervös an

ihren Nägeln. Sie schnupperte einen Moment an der Tasse und schob diese dann skeptisch beiseite.

»Aber sicher.«

Erleichtert atmete ich aus. Das erste Rätsel wäre somit gelöst. »Gut, kannst du uns den Namen sagen?«

»Nein.« Wieder dieses Grinsen.

»Nein? Also weißt du ihn nicht?«, hakte Rascha nach.

»Doch.« Er nahm einen großen Schluck und setzte die Tasse geräuschvoll auf dem kleinen Porzellanteller ab. »Lasst es mich so ausdrücken: Ich weiß den Namen, aber ich will ihn euch nicht verraten. Ich gebe euch dafür einen Hinweis«, sprach er gelassen und schüttete etwas Zucker in seinen bereits halb ausgetrunkenen Tee.

Rascha sprang wütend auf und stützte sich mit beiden Händen auf die Tischplatte. Die Tassen klirrten und wackelten bedrohlich. »Ich will meinen Namen wissen!«, rief sie und schlug mit der flachen Rechten auf den Tisch. Die Tasse vor ihr knallte zu Boden und zerbrach in tausend Scherben. Die dunkle Flüssigkeit bildete auf dem hellen Grund einen Kontrast aus leichtem Rot, als wären es Blutflecken und kein Tee.

Die grinsende Miene des Hutmachers blieb unverändert.

»Den Wievielten haben wir heute?«, fragte er gelassen. Er zog eine Uhr aus seiner Tasche und schüttelte diese einige Male, ehe er wieder aufsah.

Seufzend schloss ich meine Augen. »In diesem Spiel scheint die Zeit anders zu funktionieren, also vergeuden wir sie nicht und kommen zurück zum eigentlichen Thema, Raschas wirklichem Namen«, sagte ich hastig, bevor diese dem Hutmacher ihren heißen Tee mitten ins Gesicht schütten konnte.

Der Hutmacher räusperte sich beleidigt. »Die Zeit ist männlich, wenigstens das solltest du wissen. Nun gut, hier der Hinweis.« Er sah zu Rascha und hob besänftigend die Hände. »Jemand im

Schloss kennt deinen Namen. Dieser Person hast du das Ende des Märchens gegeben.«

Raschas Körper spannte sich deutlich an. »Und wer ist das? Ich habe es vergessen.«

Der Hutmacher bückte sich und hob die zerbrochenen Tassenscherben auf. »Die Person, die du sehr gernhast, auch wenn du es niemals zugeben würdest. Der Grund, wieso du geblieben bist.«

Eine Scherbe schnitt ihm in den Finger. Achtlos warf er sie auf den Tisch und betrachtete das Blut, welches langsam seinen Daumen hinunterrann.

»Wieso sollte er ...«, zischte Rascha, hielt dann aber inne. Sie erhob sich und hastete aus dem Raum.

So schnell ich konnte, rannte ich hinterher.

»Rascha! Warte doch!«, schrie ich, als wir beide den Gang erreichten.

Sie blieb kurz stehen und drehte sich um. »Was?«

»Hast du eine Ahnung, wen er meint?«

»Das geht dich nichts an.«

Und da war sie wieder, die alte Rascha. Mit wehendem Haar und geballten Fäusten verschwand sie um die nächste Ecke.

Seufzend strich ich mir eine lästige Strähne aus dem Gesicht und eilte selbst zu Farruns Zimmer. Besser, ich ließ ihr etwas Zeit zum Verdauen. Bis dahin würde ich dem Prinzen meine Frage stellen.

Ohne zu klopfen, stürmte ich in den Raum. Farrun saß an dem alten Schreibtisch und beugte sich über ein Buch. Misstrauen funkelte in seinen Augen, als er den Kopf hob.

Einen Moment blieb ich wie angewurzelt stehen und sah ihn an. Das dichte Haar hing in sein Gesicht. Kratzer überzogen seine Hände und auch im Gesicht fanden sich ein paar. Hatte er gekämpft?

»Was willst du, Ta...« Augenblicklich wurde das Schwarz seiner Augen zu einem leichten Blau.

Verwundert sah ich ihn an.

»Kannst du mir deinen Namen noch einmal sagen? Ich fürchte, ich habe ihn vergessen«, presste er hervor und legte in die offene Seite des Buches einen Schlüssel, ehe er es schloss.

»W-Was?« Seine Frage traf mich wie eine Ohrfeige. Zuerst wollte ich ihm so einiges an den Kopf werfen, doch stattdessen setzte ich mich einfach auf den Boden. Meine Beine gaben nach. »Farrun, wo ist das weiße Buch?«

»Weswegen?«

»Ich fürchte, ich habe meinen Namen vergessen. Dort drinnen steht er. Ich habe ihn hineingeschrieben, das Buch versteckt und weiß nicht mehr, wo es ist«, sprach ich mit fast heiserer Stimme.

Seine blauen Augen wurden augenblicklich schwarz.

Namen mögen noch so einfach und unbedeutend sein, doch sie machen uns zu dem, was wir sind. Sie verleihen unserem Körper eine Seele, schenken anderen Menschen Macht über uns. Dank ihnen tauchen wir in Geschichten auf, geraten nicht in Vergessenheit. Durch sie wissen die Leute, von wem man spricht. Sie sind weit mehr als eine einfache Aneinanderreihung von Buchstaben. Sie sind ein Teil von uns und ein Teil dieser Welt. Doch was passiert, wenn man seinen eigenen Namen vergisst? Von wem werden die Menschen erzählen? Wer wird sich an uns erinnern, wenn wir selbst nicht mehr wissen, wer wir sind? Werden wir am Ende auch nur eine weiße Königin, ein Hutmacher, ein dunkler Prinz, ein alter Kräutermann? Oder erfinden wir einen eigenen Namen, damit wir nicht verrückt werden?

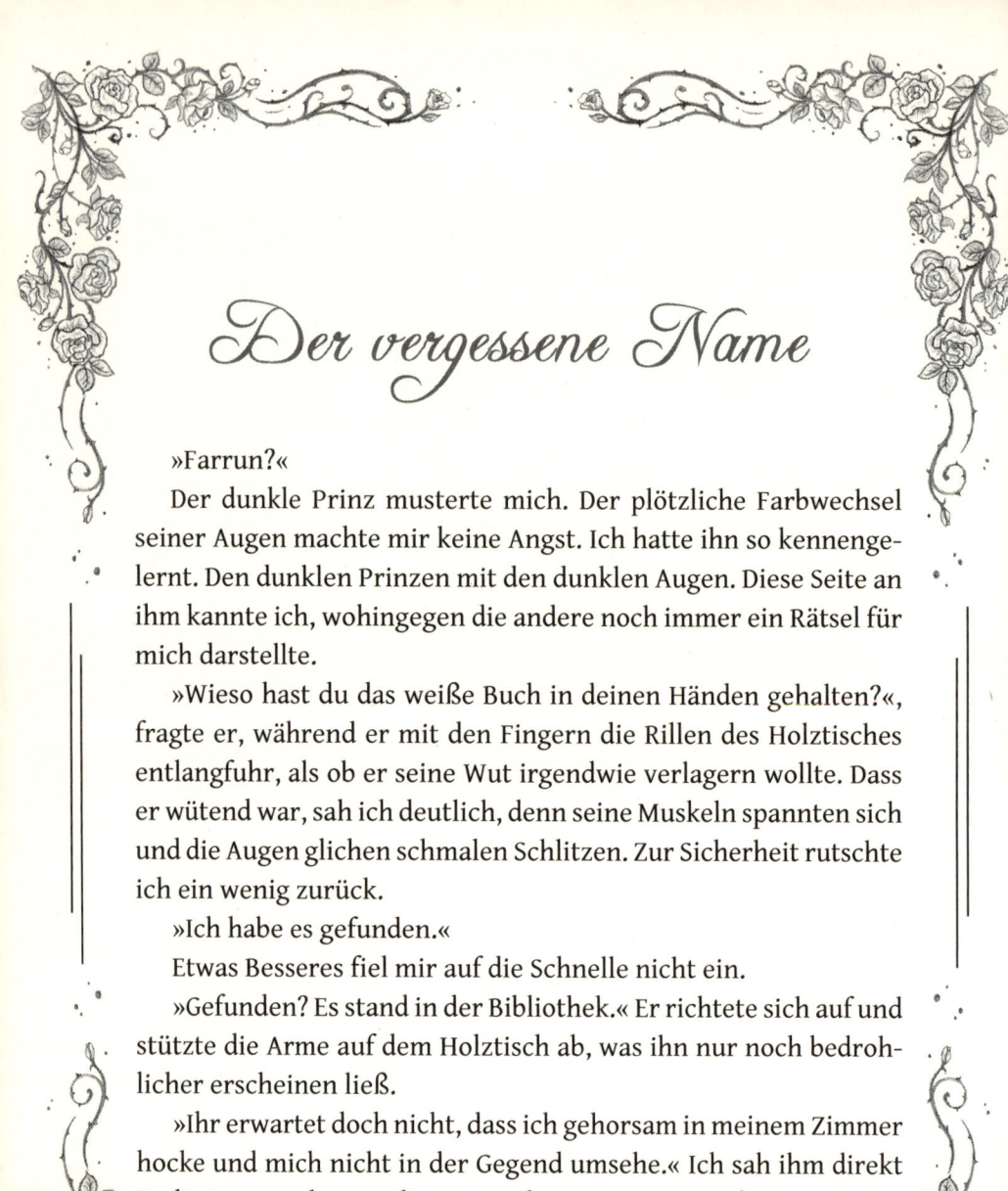

Der vergessene Name

»Farrun?«

Der dunkle Prinz musterte mich. Der plötzliche Farbwechsel seiner Augen machte mir keine Angst. Ich hatte ihn so kennengelernt. Den dunklen Prinzen mit den dunklen Augen. Diese Seite an ihm kannte ich, wohingegen die andere noch immer ein Rätsel für mich darstellte.

»Wieso hast du das weiße Buch in deinen Händen gehalten?«, fragte er, während er mit den Fingern die Rillen des Holztisches entlangfuhr, als ob er seine Wut irgendwie verlagern wollte. Dass er wütend war, sah ich deutlich, denn seine Muskeln spannten sich und die Augen glichen schmalen Schlitzen. Zur Sicherheit rutschte ich ein wenig zurück.

»Ich habe es gefunden.«

Etwas Besseres fiel mir auf die Schnelle nicht ein.

»Gefunden? Es stand in der Bibliothek.« Er richtete sich auf und stützte die Arme auf dem Holztisch ab, was ihn nur noch bedrohlicher erscheinen ließ.

»Ihr erwartet doch nicht, dass ich gehorsam in meinem Zimmer hocke und mich nicht in der Gegend umsehe.« Ich sah ihm direkt in die Augen, ohne auch nur mit der Wimper zu zucken.

Farrun fuhr sich durchs Haar und stieß einen Seufzer aus, ehe er langsam auf mich zukam. »Es ist meine Verantwortung, wenn dir etwas zustößt«, versuchte er es und blieb kurz vor mir stehen.

»Ach, macht Ihr Euch etwa Sorgen?«, fragte ich zynisch.

»Wieso sollte ich? Aber besitze ich eine Figur weniger, habe ich auch schlechtere Chancen, das Spiel zu gewinnen.«

Immer dieses Spiel.

»Nicht, dass ich mir nicht Sorgen um dich mache«, fügte er hinzu und beugte sich zu mir, sodass sich unsere Nasenspitzen beinahe berührten. Mein Herz schlug augenblicklich schneller. Anscheinend bemerkte er es, denn er fing an, zu lachen, und fuhr mir durch das rote Haar. Einen Moment lang hielt er inne. »Taija«, meinte er nur und hielt mir eine meiner Haarsträhnen entgegen.

»Ta...ija?« Mein Name war Taija.

»Ja, Feuer«, sprach er und ließ dann mein Haar los.

»Ich weiß meinen Namen wieder.«

Erleichterung überkam mich. Aber gleichzeitig auch Angst. Was, wenn ich ihn erneut vergaß?

»Ich will ihn aufschreiben«, rief ich und drängte mich an ihm vorbei. Doch er hielt mich zurück, indem er mich am Arm zu sich zog. Heftig prallte ich gegen ihn. Nun passte kein Blatt mehr zwischen uns. »I-Ich sollte ihn wirklich aufschreiben«, stotterte ich.

»Du hast ihn schon aufgeschrieben. In dem weißen Buch, oder hast du das etwa vergessen?«, flüsterte er.

Nein, aber ich wusste ja nicht einmal, wo es sich befand. Dieses Schloss war wie verhext.

»Ich möchte dich etwas fragen«, sagte er bestimmt.

Ich brachte nur ein leichtes Nicken zustande. Ich spürte seinen erschreckend langsamen Herzschlag Für einen Augenblick befürchtete ich, sein Herz hörte auf, zu schlagen, und noch immer lehnte ich an ihm.

»Ich kann deine Gedanken lesen, wenn du es zulässt«, kam es von ihm.

»Was?«

Verwundert sah ich hoch. Das hatte ich vergessen.

»Eure Frage?«, lenkte ich ab und hoffte innerlich, dass er meine Gedanken nicht gehört hatte.

»Heute Abend findet eine Jagd statt. Ich will, dass du mitkommst. Nicht, dass du vor Langeweile noch andere Geheimnisse herausfindest.«

»Und wo bleibt die Frage?«

»Das war die Frage.«

»Normalerweise besitzen Fragen Formulierungen wie ›Möchtest du mit?‹ oder ›Wäre es für dich gut, mitzukommen? Willst du mich begleiten?‹.«

Zu meiner Verwunderung ließ er mich los und ging zu seinem Schreibtisch. »Wäre es für dich gut, mitzukommen?«, fragte er, nachdem er sich gesetzt hatte, und betonte dabei jede einzelne Silbe.

Ich nickte nur. »Was ist das für eine Jagd?«

»Das wirst du noch sehen. Ich hole dich ab, wenn es so weit ist.« Er öffnete das Buch erneut und legte den Schlüssel behutsam zur Seite.

»Farrun«, begann ich nach einer Weile.

Wieder hob er den Kopf.

»Haben diese Rosen eine Bedeutung? Überall stehen sie.«

Dieses Detail sprang mir bereits seit meiner Ankunft ins Auge. Wohin man im Schloss sah, standen dort schon blutrote Rosen mit ihren langen, stachligen Stielen. Natürlich gab es noch andere Blumen, aber diese Sorte war verdächtig oft vertreten. Außerdem fand man sie ebenfalls im Zimmer des Prinzen und neuerdings ab und an auf den Fluren.

»Das ist Teil des Spiels. Die Königin liebt alles Weiße. Weiß wie ihre Haut, ihr Haar, ihre Kleidung, ihr Palast und ihre Augen.« Der Prinz hielt kurz inne und nahm den Schlüssel in die Linke. Gedankenversunken ließ er ihn von einer Hand zur nächsten wandern. »In ihrem Garten, einem ziemlich kargen Ort, an welchem nichts

wachsen sollte, blühen weiße Rosen. Einer ihrer Diener hat mir einmal verraten, dass sie befohlen hat, dort genau hundert weiße Rosen zu pflanzen. Wann immer eine dieser Blumen stirbt, wird sie sofort ersetzt. So wahrt die Königin den Schein der Perfektion. Aber wehe, ihre Diener besorgen die falsche Rose.« Mit dem Zeigefinger fuhr er sich über die Kehle.

»Sie ermordet ihre Angestellten wegen solcher Kleinigkeiten?« Entsetzt starrte ich ihn an.

»Na ja, ermorden kann man es nicht nennen. Sie friert sie ein und stellt sie als Statuen im Palast auf.«

»Klingt doch gleich netter«, murmelte ich und schluckte. Was wohl schlimmer war? Ewig gefangen im Eis oder ein kurzer Tod? »Und warum habt Ihr rote Rosen?«

»Um ihr zu zeigen, wie sehr ich sie verachte.« Er zuckte mit den Schultern.

»Wieso hasst Ihr beide Euch so?«

Bisher kannte ich nur die Geschichte der weißen Königin und den Grund für ihren Hass auf andere Menschen. Der Teil mit dem Fluch geisterte auch noch in meinen Gedanken umher, aber jede Feindschaft brauchte doch einen Auslöser, selbst wenn dieser vielleicht klein und unbedeutend schien.

»Ehrlich gesagt habe ich es vergessen. Zu viel Zeit ist inzwischen vergangen.« Er fing wieder an, zu lesen, und kritzelte zwischendurch etwas auf ein Blatt Papier neben sich. Das Gespräch war beendet. Nach ein paar Minuten verließ ich einfach den Raum und lehnte mich draußen zuerst einmal gegen die schwere Holztür. Kurz schloss ich meine Augen.

»Gott sei Dank, er hat dich nicht verspeist!«, rief eine Stimme. Erschrocken zuckte ich zusammen und blickte auf. Rascha stand direkt vor mir. Sie verschränkte lässig die Arme vor der Brust und grinste mich an.

»Wieso sollte er?«

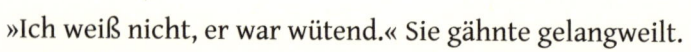

»Ich weiß nicht, er war wütend.« Sie gähnte gelangweilt.

»Ist er das nicht immer, wenn er seine Prinzenrolle spielt?«

»Da hast du wohl recht.« Sie nickte und gähnte gleich noch einmal.

»Willst du mir nun endlich verraten, wer der Unbekannte ist, wegen dem du geblieben bist?«

»Nein.« Lächelnd lief sie davon.

Fragen über Fragen und keine wirklichen Antworten. Taija war auf der Suche nach Lösungen und vergaß dabei, dass sie immer mehr Dinge vergessen würde, je länger sie in diesem Spiel verweilte. Vielleicht behielt die Grinsekatze aus Alice im Wunderland recht und wir waren alle ein bisschen verrückt. Wer sonst würde solch einen Aufstand wegen der Farbe einer Blume machen? Doch vielleicht lag in genau dieser Antwort die Lösung des Rätsels.

Die Jagd

DIE JAGD WAR keine gewöhnliche Jagd, sondern diente vielmehr als Spiel zur völligen Unterhaltung des Prinzen.

Es begann damit, dass ich erschöpft nach einer richtigen Mahlzeit und einem ausgiebigen Bad im Bett lag und schlief. Dies gelang mir weiterhin nur, wenn mir die Augen von selbst zufielen. Zu sehr fürchtete ich mich vor den Albträumen. Daher fiel es mir schwer, mich von den geträumten Erinnerungen an Tante Kaisslin zu trennen, als jemand mehrmals gegen die dunkle Tür hämmerte. Doch die Person blieb hartnäckig und hörte erst auf, als ich aufstand und schlaftrunken öffnete. Davor stand Rascha. Sie trug mitternachtsschwarze Kleidung und in ihrem Gesicht hatte sie dunkle Farbe verteilt. Grinsend streckte sie mir ein Bündel entgegen.

»Na, aufgeregt?«, fragte sie.

»Ich möchte schlafen«, grummelte ich, nahm ihr aber den Berg Klamotten ab. Diese passten farblich zum Schloss. Hosen, ein langes Oberteil und Schuhe in derselben Schattenfarbe wie das meiste hier. Dazu bekam ich noch ein Tuch, welches meine auffälligen Haare verdecken sollte. Natürlich durfte die schwarze Tarnfarbe nicht fehlen.

»Wir müssen uns beeilen«, murmelte Rascha, nachdem sie geduldig gewartet hatte, bis ich alles trug und selbst das Tuch richtig saß. Den Schlüssel steckte ich an seinen gewohnten Platz in meinem Schuh.

Gemeinsam liefen wir die Gänge entlang. Draußen herrschte stockdunkle Nacht und so spendeten uns nur die alten Kronleuchter Licht. Im Eingangsbereich standen bereits etliche Leute, welche sich sogleich in Bewegung setzten, als sie uns erblickten. Ich erkannte keinen, denn sie wurden ebenfalls von dunklem Stoff verdeckt und manche trugen sogar Umhänge mit Kapuzen. Waren Tarif und Besart auch dabei? Und der verrückte Hutmacher? Wusste der Prinz überhaupt, dass dieser komische Herr in seinem Schloss lebte?

»Also, pass auf, ich erkläre dir alles nachher«, raunte Rascha mir zu. Sie packte mich am linken Oberarm und zog mich mit. Widerwillig nickte ich und versuchte, Schritt zu halten, was sich bei ihrem Tempo als gar nicht so einfach erwies.

Wir folgten den anderen bis zu den Stallungen. Hier draußen war es beinahe unmöglich, die Umrisse der einzelnen Personen zu erkennen, denn der Mond versteckte sich trotz sternenklarer Nacht hinter einer einsamen Wolke.

Sobald wir die Gruppe eingeholt hatten, lief diese weiter bis zum Waldrand. Erst da winkte uns eine Gestalt zu sich. Die schlanke Person band uns jeweils ein oranges Band um den Oberarm, ehe sie uns wegschickte. Mit wem wir es zu tun hatten, konnte ich nicht erkennen.

Rascha zog mich zur Seite und beinahe wäre ich in einem Busch gelandet, doch ein beherzter Griff nach dem Stamm eines Baumes verhinderte Schlimmeres.

»Zuerst solltest du dich darauf konzentrieren, in der Dunkelheit sehen zu lernen. Am Anfang ist es schwer, aber mit der Zeit wird es immer besser. Deine Augen gewöhnen sich an die Umrisse. Die Jagd ist eine Art Schnitzeljagd. Es geht darum, dass man sich im Wald versteckt und den anderen ihre Bänder stiehlt.« Sie tippte auf das orangefarbene Band. »Ziel des Spiels ist es, möglichst viele davon zu besitzen.«

»Ich dachte, der Wald wäre absolut tabu?«, flüsterte ich und warf einen flüchtigen Blick zu den anderen Spielern.

»Er ist tabu, weil er gefährlich ist, aber wie du bestimmt schon bemerkt hast, liebt der Prinz Gefahren. Ich rate dir aber davon ab, zu fliehen. Am Ende des Forsts wartet das Schloss der Königin auf dich.«

Ich nickte. Das war auch nicht mein Plan. In diesem unheimlichen Wald würde ich mich höchstens verirren.

»Wir dürfen uns nicht verlieren«, meinte sie mit ernstem Tonfall.

Erneut bejahte ich nickend. Noch befand ich mich im Halbschlaf, eine kreativere Antwort musste warten.

»Sucht eure Gruppenpartner! In wenigen Sekunden beginnt das Spiel. Es endet, sobald die Sonne aufgeht«, schrie eine Stimme über den Platz.

Farrun.

In der Dunkelheit erkannte man zwar nicht viel, aber die Bänder um unsere Oberarme schienen förmlich zu leuchten. Insgesamt gab es vier Teams. Rot, Blau, Grün und Orange. Jedes bestand aus fünf bis sechs Spielern. Nach einigem Hin und Her fanden Rascha und ich die drei anderen Mitglieder unserer Gruppe.

»Ich muss mit dir reden«, zischte eine der verhüllten Personen zu Rascha. Diese zeigte mit dem Daumen nach oben. Die Stimme kam mir bekannt vor, aber von wo?

Allzu lange konnte ich mir darüber keine Gedanken machen, denn auf einmal ergriff sie meine Hand. Von irgendwoher erklang ein Pfiff. Wölfe jaulten und es kroch mir eiskalt über den Rücken. Der Vollmond stand inzwischen hell am Nachthimmel und spendete spärliches Licht.

Ich war froh, Rascha zu haben. Allein wäre ich wahrscheinlich wieder zurück ins Schloss gerannt, um mich zu verkriechen. Schnitzeljagd klang zwar nach Spaß und früher hatte ich dieses Spiel geliebt, aber so langsam kannte ich das Märchen. Hier bedeutete ein Spiel nie nur ein Spiel, da steckte viel mehr dahinter, als man im ersten Augenblick ahnte.

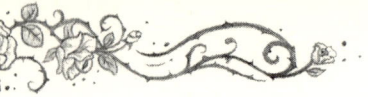

Inzwischen gewöhnten sich meine Augen an die Dunkelheit und immer mehr Umrisse tauchten um mich herum auf.

Rascha rannte los, ich mit ihr. Am Anfang stoben einfach alle auseinander. Jeder eilte blindlings in eine Richtung. Hauptsache, weg von dem Pulk.

Beinahe rannte ich in einen Gegner hinein, schaffte es aber gerade noch rechtzeitig, abzubremsen. Verzweifelt presste ich die rechte Hand auf das farbige Band und folgte Rascha immer tiefer in den Wald. Ich versuchte, nicht hinzufallen, was sich dank der vielen Äste und Steine überall als ziemlich schwierig entpuppte. Dabei kam mir wieder mein erstes Albtraumschach in den Sinn. Dieser Moment, in dem ich auf mich allein gestellt im Wald zusammen mit den unheimlichen Wölfen gelandet war.

Erneut überkamen mich Angst und Unsicherheit. Rascha drückte meine Hand, als ob sie spürte, wie es mir ging. Es war erstaunlich, wie gut sie sich auskannte. Zielsicher umrundete sie jeden Baum und jedes noch so winzige Hindernis. Es wirkte sogar beinahe, als sähe sie nur stur geradeaus und konzentrierte sich gar nicht erst auf den unebenen Boden.

»Wenn jemand kommt, trennen wir uns und ich halte ihn auf, während du ihm das Band wegreißt«, keuchte sie.

Auch mir ging die Puste aus und ich musste mich beherrschen, nicht einfach ihre Hand loszulassen. Mit diesem ganzen Berg aus Kleidern schwitzte man bereits nach wenigen Minuten und außerdem rannten wir schon eine Weile.

Ich war kurz davor, anzuhalten und Rascha mitzuteilen, dass wir uns tief genug im Wald befanden und die anderen mittlerweile keine Chance mehr hatten, uns zu finden, als plötzlich eine Gestalt vor uns auftauchte.

Rotes Band.

Rascha stürzte sich auf die Gestalt und warf sie zu Boden. Wie erstarrt stand ich da und sah zu, wie sie um die Bänder kämpften.

Es war ein ziemlich ernstes Handgemenge. Die beiden rollten wütend über den Waldboden, drückten sich gegenseitig runter, kratzten und schrien. Vor lauter Beinen und Armen wusste ich nicht, wem was gehörte.

Erst nach einigen Minuten erwachte ich aus meiner Trance und ich rannte zu ihnen, um das rote Band an mich zu reißen. Nach etlichem Hin und Her gelang mir das auch.

Wütend schlug der Gegenspieler gegen einen Baum und machte sich auf den Weg zum Schloss. Rascha grinste mich an. Aus ihrer Nase tropfte ein wenig Blut und einige Kratzer zierten ihre Wange, doch es schien sie nicht sonderlich zu stören.

»Tada«, meinte sie feierlich und streckte mir eine Hand zum Abklatschen hin. Zufrieden und glücklich hielt ich das rote Band fest. War ja gar nicht so schwer.

»Was passiert eigentlich, wenn man kein Band mehr hat?«, fragte ich.

Sie zeigte auf den Gegenspieler vor uns. Dieser lief noch einige Meter und kippte dann auf einmal um. Erschrocken hielt ich die Hand vor den Mund.

»Keine Sorge, er ist nur ohnmächtig. Sobald das Spiel endet, wacht er wieder auf. Es ist harmloser, als es aussieht.«

Und das sollte mich beruhigen?

»Komm, wir müssen weiter. Er wird nicht allein gewesen sein. Es dauert bestimmt nicht lange, bis seine Teamkameraden kommen«, flüsterte Rascha.

Wir setzten unseren Weg zügig fort. Nun fand ich auch langsam Gefallen an dem Spiel. Mein Herz pochte und Adrenalin strömte durch meinen Körper. Ich war angespannt, zuckte bei jedem noch so kleinen Geräusch zusammen und trotzdem keimte dieses Verlangen in mir auf. Ich wollte gewinnen, wollte unsere Gegner besiegen.

Wir rannten immer tiefer in den Wald hinein. Ab und zu legten wir eine kleine Pause ein, versteckten uns hinter dichten Tannen und beobachteten unser Umfeld. Sobald wir wieder Luft bekamen, liefen wir weiter. Das Spiel dauerte bestimmt schon einige Stunden und in dieser Zeit besiegten wir noch drei Gegner, zwei vom blauen Team und einen vom grünen. Während der ganzen Zeit verlor Rascha kein einziges Mal ihr siegessicheres Grinsen.

Wir machten gerade wieder eine Pause, als eine Gestalt direkt vor uns auftauchte. Sie war so lautlos an uns herangeschlichen, dass wir keine Chance mehr hatten, uns dichter in dem Berg aus Laub zu verstecken, neben dem wir saßen. Wie alle Mitspieler trug auch er oder sie eine komplette Körperbedeckung, schwarze Hosen sowie Schuhe, ein Oberteil und zusätzlich einen dunklen Umhang mit Kapuze. Nicht einmal die Augen sah man in der Dunkelheit.

Rascha sprang auf und wollte sich auf die Person stürzen, als eine zweite Gestalt hinter einer Tanne hervorsprang und sie wegzerrte. Dabei fiel mir auf, dass diese Gestalt ihr etwas zuflüsterte. Doch leider stand ich zu weit weg, um die Wörter zu verstehen. Seltsam war jedoch, dass Rascha sich nicht länger wehrte, sondern freiwillig mitlief. Sie drehte sich kein einziges Mal mehr zu mir um.

Ein paar Wölfe heulten erneut und in der Nähe raschelte es. Erschrocken sah ich zu dem Angreifer, welcher sich soeben auf mich stürzen wollte. Ohne jegliche Ahnung, was ich tat, rannte ich einfach blindlings davon. Wie bei meinem Albtraumschach peitschten mir die Äste durchs Gesicht und schrammten gefährlich nah an meinen Augen vorbei. Der Boden war uneben, überall versteckten sich Fallen wie große Steine oder herausragende Wurzeln.

Ich stolperte. Verzweifelt suchte ich nach Halt. Irgendjemand packte mich an den Schultern und riss mich herum. Mein Band! Ich drehte mich auf die linke Seite, um den orangen Stofffetzen zu schützen. Mein Körper verlor dabei das Gleichgewicht und meine Füße fanden keinen Halt mehr. Schreiend kippte ich um, meine

Hände griffen ins Leere. Der Aufprall fiel härter aus als gedacht. Kleine Steine piksten mir in die Wangen und ich sog den Geruch von frischem Laub ein. Der Boden war feucht und modrig.

Ich wollte mich aufrichten und meine schmerzende Schulter halten, als die Person sich genau auf mich fallen ließ, sodass mir die Luft aus den Lungen gepresst wurde. Der Angreifer sprang wieder auf und klopfte sich die dreckigen Hände an der Hose ab. Hustend rollte ich mich zur Seite und rappelte mich langsam auf. Ich durfte nicht aufgeben!

Schwarze Punkte tanzten durch mein Blickfeld. Mir war schlecht, meine Wangen brannten und direkt neben meinem rechten Auge spürte ich einen stechenden Schmerz. Womöglich ein tiefer Kratzer? Die Schulter tat von dem Aufprall vorhin immer noch höllisch weh, aber zumindest konnte ich auf beiden Beinen stehen. Solange ich das Band trug, war alles in Ordnung.

Hastig warf ich einen prüfenden Blick darauf. Es war etwas verrutscht und im oberen Bereich eingerissen, aber es hielt. Ich war noch im Spiel.

Nun konnte ich meinen Angreifer auch besser in den Augenschein nehmen. Er war ein bisschen größer als ich, hatte breite Schultern und trug ein grünes Band um den Oberarm, welches im hellen Schein des Mondes leuchtete.

Irgendwo heulte ein Wolf. Es klang kläglich und erneut lief mir ein kalter Schauer über den Rücken. Auch der Angreifer drehte sich suchend um und sah nach hinten. Blätter raschelten, Äste brachen und schwere Schritte kamen näher.

Auf einmal erstarben die Geräusche und ein bemerkenswerter Wolf stand direkt vor uns. Er knurrte, fletschte bedrohlich die Zähne und sprang dann los. Mein Angreifer hob schützend den Arm, doch der Wolf riss ihn zu Boden, das Maul weit aufgerissen. Sein dunkelgraues Fell wurde von silbernen Fäden durchzogen und seine Augen schimmerten tiefschwarz.

Ich keuchte auf und rannte weiter. Das war ja schlimmer als dieses verteufelte Albtraumschach. Ich sauste, so schnell ich konnte, doch schon bald hörte ich erneutes Heulen und das Knacken von Ästen. Ich schrie aus Leibeskräften nach Rascha. Immerhin wollte ich nicht als Wolfsfutter enden.

Ein Gewicht prallte gegen meine Schulter und wie vorhin landete ich auf dem Boden. Diesmal jedoch war ich besser vorbereitet und verhinderte eine weitere Landung auf meiner linken Schulter. Ich lag auf dem Rücken, über mir stand der Wolf. Er bleckte grimmig die Zähne, während Speichel auf mein Gesicht tropfte. Meine Angst siegte über meinen Ekel, darum behielt ich die Hände unten. Das Tier sah ziemlich wütend aus. Sein Atem streifte meine Wange und ein leises Knurren entwich ihm.

Aus der Ferne hörte ich ein Pfeifen und plötzlich verschwand der Wolf. Das Gewicht auf meiner Schulter ließ nach. Verwundert sah ich mich um. Unmittelbar vor mir stand eine Gestalt mit rotem Band. Dieser Jemand streichelte das Raubtier, welches hechelnd zu seinen Füßen hockte. Nun wirkte das riesige Ungetüm wie ein verspielter Welpe. Angeekelt wischte ich die Speicheltropfen fort.

Die Gestalt ließ den Wolf wieder los, kam auf mich zu und hielt mir helfend die Hand hin. Doch ich dachte gar nicht daran, in eine weitere Falle zu tappen. Ich schlug meinem neuen Rivalen mit aller Kraft zwischen die Beine. Mal sehen, wer hier der Stärkere war.

»Was ist los mit dir?«, schrie eine männliche Stimme überrascht auf. Ich blickte zu dem seltsamen Kerl, der neben mir auf den Waldboden sank.

»Farrun?« Ich kroch zu ihm und zog ihm das Tuch vom Kopf. Tatsächlich, es war der dunkle Prinz und er hatte das Gesicht voller Schmerzen verzerrt.

»Was sollte das?«, zischte er zwischen zusammengebissenen Zähnen.

»Ich habe mich verteidigt«, antwortete ich und setzte mich etwas bequemer hin.

Er nickte nur leicht.

»Ihr spielt gegen die Regeln«, sprach ich nach einer Weile und zeigte auf den Wolf, der uns neugierig beobachtete. So wie ich das verstand, half ihm sein treuer Gefährte, die Bänder zu klauen.

Seine schwarzen Augen blitzten belustigt auf. Er lachte und ehe ich mich versah, zog er mich zu Boden. Erneut war ich voller nasser kalter Erde.

Seine Augen wurden allmählich wieder blau. »Gegen die Regeln oder nicht, glaub mir, das ist noch gar nichts. Nichts im Leben ist fair und entweder lernst du, damit umzugehen, oder du stirbst«, flüsterte er.

Ich nickte. Während ich neben ihm auf dem Waldboden lag und sich unsere Nasenspitzen beinahe berührten, überkam mich ein Gefühl der Vertrautheit. Unter seinem schönen Gesicht verbarg sich mehr als dieser düstere und unheimliche Charakter.

»Ich habe sogar einen erwischt.« Triumphierend hielt ich das rote Band hoch, das ich vorhin einem Gegner abgenommen hatte.

Er lächelte und zog mir das Tuch vom Kopf, welches meine auffällige Mähne verbarg. Er betrachtete mich, fuhr behutsam mit den Fingern durch mein dichtes Haar, während ein schmerzlicher Ausdruck über seine ebenmäßigen Gesichtszüge huschte.

»Prinz«, sprach ich und automatisch griffen meine Hände zu seinen. »Ihr schuldet mir noch eine Antwort auf eine meiner Fragen«, fuhr ich fort.

Er hielt inne. »Während deines Aufenthalts habe ich dir bestimmt schon tausendundeine Frage beantwortet.«

»Und trotzdem habe ich noch eine weitere Frage gut. Bei dem letzten Albtraumschach-Spiel haben wir das vereinbart.«

Ich ließ seine Hände los und richtete mich etwas auf. Der

Schmerz in meiner Schulter ließ nach. Womöglich behielt der Hutmacher recht und Zeit spielte hier wahrlich keine Rolle.

»Dann stell mir deine Frage und ich beantworte dir diese eine vollständig und ohne irgendwelche Tricks.«

Sofort schwirrten in meinem Kopf unzählige Fragen herum, wie lästige Moskitos an einem schwülen Sommertag, doch ich blickte an den Baumkronen vorbei zum runden Mond über uns. Unzählige Sterne umrundeten den hellen Kreis und jeder dieser winzigen Punkte leuchtete atemberaubend schön. Tante Kaisslin hatte mir einmal erzählt, dass Sterne Wünsche beinhalteten. Jeder Wunsch, über den wir nachdachten oder der im Stillen unsere Lippen verließ, erhielt einen Platz am Himmelszelt. Der Drang eines Wunsches entschied über die Leuchtkraft des Sterns. Damals hatte ich gefragt, warum wir die wunderschönen Lichterpunkte nur nachts sahen. Sie erklärte mir, dass um diese Uhrzeit unsere Gedanken mächtiger waren. Denn wenn die Dunkelheit einbrach und die Stille mit sich brachte, dachten die Menschen mehr nach. Sie saßen in ihren Häusern oder lagen in ihren Betten, dachten nach über die Arbeit, über ihren Tag und ihre stillen Hoffnungen. Die Sterne erinnerten sie daran, dass sie Ziele hatten. Ziele, die sie erreichen wollten, für die sie nur den richtigen Weg finden mussten.

Und während ich dort hinaufblickte und mir Gedanken über meine Wünsche machte, fiel mir die passende Frage ein.

»Wie lautet Eure Geschichte in dem Märchen?«

Alles hier wirkte wie ein Puzzle auf mich, dessen Einzelteile man suchen, finden und zusammenfügen musste. Ich kannte den Beginn des Märchens und die Geschichte der weißen Königin. Doch wie lautete die des Prinzen?

Farrun seufzte und richtete sich ebenfalls auf. Er stützte seine Arme auf die Knie und blickte geradeaus.

»Wie jedes Märchen brauchte auch dieses einen Bösewicht. Nur dieses hier besitzt gleich zwei.« Er ballte die Hände zu Fäusten und

schluckte. »Ich erinnere mich nicht mehr an alles, zu lange ist es her, aber ich kenne den Beginn des Ganzen. Das Unheil begann mit der weißen Königin. Sie war ein kleines Mädchen, welches man wegen seines Aussehens verstieß. Durch ihren Hass lernte sie die Sprache der Elemente und eignete sich die Kälte an. Währenddessen wuchs ein junger Prinz in der Obhut seines Vaters auf. Dieser Vater, der König, der das Land regierte, war zornig, ehrgeizig und kaltherzig. Seine Feinde ließ er gern als Trophäen draußen auf dem Hof aufknüpfen und wartete, bis die Krähen ihre toten Augen und Gedärme verspeisten. Danach schickte er die verwesten Körper zurück zu den Angehörigen. Viele fürchteten ihn, denn selbst Bettler, die um Gnade winselten, sperrte er in ein Verlies ohne Fenster. Er verkaufte junge Mädchen an ältere Geschäftsmänner, zog die Söhne der Bauern für den Krieg ein und sogar als sein Königreich verarmte, verlangte er mehr und mehr. Er hackte denjenigen die Hände ab, die vor lauter Verzweiflung stahlen, und glaube mir, er tat es gern. Er lachte über die Tränen der anderen und wurde zornig, wenn er ein Lächeln auf den Lippen seiner Mitmenschen sah. Aber auch er war nicht immer so.«

Der Prinz machte eine Pause und räusperte sich.

»Früher, da gab es den König und die Königin, ein wirklich schönes Paar, welches seine Untertanen respektierten. Eines Tages gebar die Königin ihm einen kleinen Jungen. Das gesamte Volk freute sich, doch trotz all der Freude und Liebe verstarb die Königin direkt nach der Geburt. Der König gab seinem Sohn die Schuld und wie bei der weißen Königin nährte sich sein Hass von Tag zu Tag. Jeden Tag fand er hundert andere Gründe, warum seine geliebte Frau sterben musste. Es waren unsinnige Vorwürfe und Anschuldigungen, aber der König verlor sich in diesen krankhaften Gedanken. Er hasste den Sohn, das Volk und sein Königreich. Er sperrte den jungen Prinzen in dunkle Keller, gab ihm nichts zu essen oder zu trinken und zwang ihn, Treppenstufen auf und ab zu rennen. Er verbrannte all das Hab und Gut des Knaben, befahl ihm, Listen zu schreiben, warum er schuld am Tod seiner eigenen Mutter war. Doch selbst das reichte dem König nicht. Eines Tages hörte er von der weißen Königin, einer schrecklichen Herrscherin. Er schickte Soldaten in ihr Königreich und erforschte ihre Kräfte. Was sie hatte, das wollte er auch. Die Suche danach machte ihn krank und gebrechlich und irgendwann lag der alte Mann allein in seinem großen Bett und weinte bittere Tränen. Der Tod stand direkt neben ihm und streckte seine gierigen Hände nach dem Leben des schrecklichen Tyrannen aus. Der König starb noch in dieser Nacht, doch bevor er dahinschied, schickte er nach dem Prinzen. Mit seinen letzten Worten verfluchte er den Sohn, übertrug all seinen Hass auf dessen kleine zerbrechliche Seele und bestimmte somit sein Schicksal. Der Prinz war verflucht und obwohl er es nicht wollte, überkam ihn ab und an solch unstillbarer Hass, dass er diesen, genau wie sein Vater, an anderen auslassen musste. Dazu verwandelte er sich in verschiedene Gestalten und verkroch sich wimmernd im Wald. Die Tage vergingen und die dunkle Persönlichkeit übernahm immer mehr Besitz von dem jungen Mann. Irgendwann vergaß er komplett, wer er war, und lebte nur noch als dunkler Prinz weiter.«

Farrun lehnte sich zurück und schloss die Augen.

»Der Vater des Jungen war ein fürchterlicher Mann!«, rief ich eine Spur zu heftig. Mir war gar nicht aufgefallen, dass sich mit jedem Satz der Geschichte mehr Wut in meiner Magengegend angestaut hatte.

»Wir alle wären schreckliche Menschen, wenn wir unseren Hass gewinnen ließen.«

Überrascht betrachtete ich den dunklen Prinzen. Wie er dalag, die Augen geschlossen, und wie ihm völlig gleichgültig diese Worte von den Lippen wichen.

Ich schüttelte den Kopf. »Für mich bist du unschuldig«, sprach ich.

Er lächelte und die spitzen Zähne blitzten dabei hervor. »Ich habe Menschen ermordet, sie Teil dieses Spiels werden lassen. Dafür gesorgt, dass sie vergessen, wer sie waren, und sich in ihren Albträumen verloren. Ich habe dich nur für meinen persönlichen Zweck entführt.«

»Mag sein, aber Ihr wart nicht immer so grausam. Euer Vater machte Euch zu dem, was Ihr seid.«

»Und die weiße Königin? Findest du sie ebenfalls unschuldig? Denkst du, es ist in Ordnung, dass sie Menschen bei lebendigem Leib zu Eis gefriert, um diese Statuen dann aufzustellen? Auch sie war nicht so, ehe der Hass sie einholte.« Seine Stimme blieb sonderbar ruhig und gelassen.

Darauf wusste ich keine Antwort. Manchmal musste man die komplette Geschichte kennen, um jemanden beurteilen zu können, und nicht einmal dann durfte man es.

»Stimmt es, dass Ihr Euch verwandeln könnt?«

Irgendwie wollte ich einfach das Thema wechseln und weg von all diesem Hass. Ich legte mich wieder auf den kalten Waldboden und betrachtete erneut die Sterne.

»Finde es heraus«, murmelte er und drehte sich so, dass ich unter ihm lag. Immer noch schimmerten seine Augen blau. Der schwache Mond beleuchtete einen kleinen Teil des umliegenden Waldes. In der Nähe hörten wir Lachen und wie Leute durch das Gehölz rannten. Irgendwo schrie ein Käuzchen.

»Farrun«, flüsterte ich.

»Was?« Seine Muskeln spannten sich an.

»Was, wenn wir verlieren?«, wisperte ich. Mit meiner Frage meinte ich nicht die Jagd, aber ich wusste, er verstand das.

»Dann sterben wir.«

»Schon vergessen, das ist nur ein Märchen, wir sterben nicht.«

»Du bist naiv«, erwiderte er. Sein warmer Atem streifte mein Gesicht. Ich blickte kurz nach links. Doch der Wolf war verschwun-

den, ebenso wie die Geräusche des Waldes. Vollkommene Stille umgab uns. Verwirrt sah ich ihn an. War die Jagd etwa zu Ende?

Ich wollte gerade etwas sagen, als seine Lippen plötzlich die meinen fanden. Sie waren eiskalt, beinahe so kalt wie die Anwesenheit der Königin, aber es war nicht unangenehm. Die Kälte verwandelte sich in ein leichtes Kribbeln, welches über meinen Körper wanderte und mir ein seltsames Gefühl von Schwerelosigkeit verlieh. Zuerst war ich geschockt und starrte ihn an. Er murmelte nur etwas, das wie ein *Tut mir leid* klang, ehe er mich erneut küsste. Doch diesmal schloss ich die Augen und vergaß all meine Sorgen und dass in ein paar Tagen über mein Leben oder meinen Tod entschieden wurde.

Das Märchen des dunklen Prinzen und der weißen Königin nahm seinen Lauf. Die Königin war zurück im eisigen Palast und versammelte ihre Spielfiguren. Zufrieden fuhr sie mit ihren langen Krallen die gefrorenen Wände entlang. Die Jagd endete bald und noch immer küsste der Prinz sein Spiegelmädchen auf dem Grund des unheimlichen Waldes. Mal sehen, ob dieser Kuss dieselbe Wirkung wie bei Dornröschen hatte und Taija aus ihrem Traum erwachte

Im Palast der Königin

Rascha

WÄHREND SIE GEMEINSAM durch die Dunkelheit liefen, dachte sie nach. Seit einer Ewigkeit lebte sie nun beim dunklen Prinzen und spielte immer wieder dieses Spiel. Irgendwann hatte sie aufgehört, ihre Albträume zu zählen, denn für jede besiegte Angst folgte schon bald eine neue Sache, vor der sie sich fürchtete. Sie wollte endlich zurück in ihr altes Leben. Zwar erinnerte sie sich nicht mehr an alles, aber sie wusste tief in sich, dass sie glücklich gewesen war.

»Warum möchtest du mich sprechen?«, fragte sie Besart, welcher einige Meter vor ihr lief. Schon länger hatte er nichts mehr gesagt und lief einfach immer tiefer in den Wald hinein. Von den anderen Spielern fehlte jegliche Spur, auch Laute hörte man keine.

»Ich weiß nicht, was ich tun soll«, begann er und blieb endlich stehen. Er zog die Kapuze vom Kopf und mied ihre Blicke.

»Wenn du eine Antwort erwartest, musst du mir zuerst mehr verraten.«

Ratlos stand sie da und spielte mit dem farbigen Band an ihrem Arm. Früher war es einfacher zwischen ihnen gewesen. Oft hatten sie nachts draußen auf der Wiese gesessen und den Sternenhimmel betrachtet. Manchmal hatten sie sich auch gegenseitig Geschichten erzählt, gelacht und sich versprochen, aufeinander aufzupassen. Doch das alles lag schon etwas zurück. Ihre Treffen wurden immer

weniger und in letzter Zeit wirkte es, als ob Besart ihr aus dem Weg ging. Früher hatte sie sich hier wie zu Hause gefühlt, doch mit Taijas Auftauchen verlor sich dieses Gefühl. Das Mädchen brachte sie dazu, an ihre alte Heimat zu denken. Sie half ihr, zu verstehen, dass dieses Spiel sie gefangen hielt und sie loslassen musste.

»Farrun und ich verstanden uns früher ziemlich gut, aber seitdem Taija da ist, verändern sich der Prinz und das Spiel. Für einen Moment dachte er sogar, ich sei ein Verräter.« Er schüttelte den Kopf, während Rascha seufzte. Immer ging es um dieses Spiel.

»Der Prinz ändert sich, da gebe ich dir recht. Jedoch wird er wieder wie früher und das ist gut.«

»Wenn das passiert, verlieren wir die nächste Runde gegen die weiße Königin.« Er lehnte sich an einen Baumstamm und schloss die Augen.

»Und dann? Vielleicht endet dieses Spiel endlich und wir können zurück in unser altes Leben.« Raschas Stimme zitterte bei den Worten. Noch nie hatte sie vor ihm erwähnt, dass sie nach Hause wollte. Sie wusste, er vertrat eine andere Meinung.

»Mein altes Leben ist hier.« Er öffnete die Augen und versuchte, zu lächeln, aber es misslang.

»Du könntest mit mir kommen«, schlug sie vor, doch er verneinte sogleich.

»Du verstehst es nicht. Ich bin auch schon in den Albträumen von Taija aufgetaucht und habe miterlebt, wie sie handelt. Dieses Mädchen sorgt dafür, dass wir glauben, wir müssen zurück, aber unser Leben ist hier.« Er fuhr sich durchs Haar, ehe er ohne Abschied verschwand.

Rascha blieb allein zurück und lauschte dem Rauschen des Windes. Wie konnte jemand, der ihr einst so nahegestanden hatte, auf einmal so fremd werden? Dieses Spiel veränderte alles, zog die Menschen in seinen Bann und verwandelte sie zu Kreaturen, die selbst die Dunkelheit fürchtete. Wenn es nur einen Ausweg gäbe.

Ein schriller Pfiff beendete unseren Kuss. Ehe ich mich versah, stand der Prinz auf und betrachtete mich, bis seine Augen wieder dunkel wurden.

»Was?«, fragte ich ihn und setzte mich auch auf. Erst jetzt fiel mir auf, dass ich mein farbiges Band nicht mehr um den Oberarm trug. Dieses hielt er triumphierend in den Händen.

»Damit habe ich wohl gewonnen. Lass dich nie ablenken, Taija.« Er lächelte kurz, ehe er zwischen den Bäumen verschwand.

Verwundert und enttäuscht sah ich ihm nach. Was sollte das? Hieß das etwa, der Kuss diente nur dazu, mich abzulenken? Wütend stand ich auf und zupfte die losen Blätter aus meinen Haaren, welche darin hingen und einfach nicht loslassen wollten.

»Wo warst du?«, rief eine mir bekannte Stimme.

Ich drehte mich um. Rascha befreite sich gerade von einem herunterhängenden Ast, ehe sie direkt auf mich zulief. Auch sie trug kein farbiges Band mehr.

»Das Spiel ist vorbei, die Sonne geht auf. Kommst du?«, fragte sie zögerlich. Ihre linke Wange zierte ein großer Kratzer wie von einer langen Kralle, aus dem noch ein wenig Blut tropfte.

»Willst du mir vielleicht erklären, wo du genau warst?« Misstrauisch hob ich eine Augenbraue. Irgendetwas verheimlichte sie mir doch.

»Der andere Spieler ...« Rascha hielt inne und warf einen Blick zurück. »Es war Besart und er hat mir etwas erklärt. Danach habe ich dich gesucht, begegnete aber nur einer Meute Wölfe.« Sie deutete auf die Kratzer in ihrem Gesicht.

»Die gehören Farrun, er hat sie als Hilfe für das Spiel benutzt«, schnaubte ich wütend.

»Wie immer.«

»Und was hat dir Besart erklärt?« Mir entging nicht, wie ihre Augen leuchteten, sobald sie den Namen des jungen Mannes erwähnte. Auch er gab mir Rätsel auf. Was für eine Rolle spielte er?

»Etwas zu dem Spiel.« Sie drehte sich um und bahnte sich einen Weg durch die Bäume und Büsche hindurch.

»Kennst du seine Geschichte?«, fragte ich, doch darauf gab sie mir nicht einmal eine Antwort.

Auf dem restlichen Weg zurück sprachen wir beide kein Wort mehr. Es war kalt und schließlich setzte auch noch Regen ein. Nässe drang durch meine Kleider und bedeckte meine Haut. Ich begann zu zittern. Fröstelnd schlang ich die Arme um den Oberkörper. Trotz allem ließ sich der Gedanke an den Kuss nicht mehr aus meinem Kopf vertreiben. Was bedeutete er? Und wieso hatte ich ihn nicht einfach von mir gestoßen? Ich schüttelte wütend das Haupt, bis ich bemerkte, dass Rascha anhielt und mich beobachtete.

»Was ist passiert?«, fragte sie.

»Nichts«, gab ich zurück und wollte weiterlaufen, doch sie hielt mich auf.

»Für nichts denkst du aber ganz schön viel darüber nach.«

Erneut schüttelte ich den Kopf. Gern hätte ich ihr davon erzählt, immerhin war sie meine Verbündete, doch auch sie verschwieg mir einiges. Manchmal war es besser, wenn man bestimmte Geheimnisse für sich behielt.

»Wäre es von Bedeutung, würde ich es dir erzählen«, erklärte ich ihr mit einem sanften Tonfall. Sie nickte und ließ mich los. Anscheinend gab sie sich mit der Antwort zufrieden.

Auf dem Platz vor uns versammelten sich alle Spieler. Irgendein Kerl wiederholte noch einmal, dass das Spiel zu Ende sei. Wie durch ein Wunder gewann die Gruppe von Farrun. Ich hatte das seltsame Gefühl, dass der Prinz die Jagd jedes Mal gewann, denn es schien niemanden zu überraschen.

Nach der Zeremonie machten wir uns alle wieder auf den Weg zurück. Ich wollte raus aus diesen Klamotten und hinein in mein weiches Bett. Ich fror, war müde und noch immer schmerzten etliche meiner Körperteile, wenn auch nicht mehr so stark wie zuvor.

»Tolles Spiel, nicht wahr?«, meinte jemand neben mir.

Ich drehte mich um und entdeckte Tarif. Seit wann redete er mit mir? Er trug ebenfalls die schwarze Bekleidung, hatte sich aber die Kapuze vom Kopf gezogen. Sein wirres blondes Haar klebte ihm dank des Regens im Gesicht.

Seufzend lief ich weiter.

»Natürlich, schweig mich nur an«, murmelte er.

Ich sah ihn kurz an. »Mir ist nicht nach reden zumute.«

Er nickte. »Ich wollte nur fragen, ob ich bei eurer kleinen Mission mitmachen kann.«

»Mission?« Misstrauisch musterte ich ihn und blieb stehen. Der Prinz befand sich ein Stück vor uns und unterhielt sich.

»Dumm bin ich nicht. Du und Rascha streift andauernd durchs Schloss. Ihr besucht den verwirrten Hutmacher, betretet den unheimlichen Wald, schleicht in die Bibliothek. Ihr heckt doch etwas aus!« Er grinste leicht.

»Dürfen Freundinnen nicht zusammen Zeit verbringen?«, flüsterte ich und zwinkerte ihm zu.

Er rollte nur genervt mit den Augen. »Ihr braucht mich, das weißt du.«

Und damit verschwand er.

Im Schloss angekommen, lief ich schnurstracks in mein Zimmer. Ich gewöhnte mich langsam die Dunkelheit darin und begann, mich wohlzufühlen. In der Mitte des Raumes stand eine graue

Metallwanne mit Wasser, daneben lagen Kleider. Ich fragte schon längst nicht mehr, woher die Dinge kamen. Das hier war ein Märchen und da war schließlich alles möglich.

Ich warf die durchnässten Klamotten in eine Ecke und tauchte ins lauwarme Wasser. Während ich die Wärme genoss, geisterten mir viele Gedanken durch den Kopf. Wieso hatte er mich geküsst? Wieso hatte ich ihn geküsst? Wie ging es Tante Kaisslin? Suchte die Polizei nach mir? Befand sich mein Körper noch auf dem Dachboden? Ich schüttelte den Kopf. So brachte das alles nichts. Ich war hundemüde, aber ich brauchte Antworten. Ich musste mit ihm reden!

Langsam erhob ich mich aus dem Wasser, zog frische Kleidung an und schlich den Gang entlang zu seinem Zimmer. Seufzend betrachtete ich die dunkle Tür. War das eine gute Idee?

Die weiße Königin

EINE EINSAME SCHNEEFLOCKE rieselte leise auf den diamantbesetzten Thron. Die Stille war beinahe unheimlich. Kein einziger Laut war zu hören. Es war kalt, sehr kalt, und jeder Normalsterbliche wäre in den eisigen Hallen der Königin eines schauderhaften Todes gestorben. Wie gut, dass sich hier kaum welche aufhielten.

Das Klackern von Fingernägeln durchbrach die Stille. Gelangweilt saß die Weiße auf ihrem Thron. Mit einer Hand stützte sie ihren Kopf, den Ellbogen auf der Armlehne, und mit den dunkelblauen Fingernägeln der Rechten klopfte sie abwechselnd gegen die Seiten des Throns. Es wirkte, als warte sie auf etwas.

Ihr war langweilig, sehr langweilig, schon den ganzen Tag. So langweilig, dass sie am Morgen einen gewaltigen Schneesturm auf die Menschenwelt losließ.

Sie trug ein langes Kleid aus Schnee und Eis. Sie fror niemals. Ja, es beruhigte sie sogar, wenn alles um sie herum in dieses makellose wunderschöne Eis getaucht war. Nur die Kälte schenkte Zufriedenheit. Sie war ihr stiller Begleiter, welcher niemals von ihrer Seite wich.

Leises Klopfen, mehr ein Schaben, riss sie aus ihren Gedanken. Kaum vernehmlich, aber doch wahrnehmbar, dank der gespenstischen Ruhe.

»Herein!«, rief sie.

Neben ihr splitterte das Eis. Die langen Nägel bohrten sich in den Thron, feine Risse bildeten sich. Ein Diener betrat die Halle,

eingehüllt in einen dicken Mantel. Dennoch zitterte er, aber war es die Kälte oder die blanke Angst?

»Was willst du?«, herrschte sie ihn an und spielte wieder mit ihren Nägeln. Ein kleines Gähnen entwich ihr. Das alles langweilte sie.

Er verbeugte sich so tief, dass er beinahe mit der Stirn den Boden berührte. »Verzeiht, meine Herrin, verzeiht, aber ein Botschafter hat soeben den Palast betreten.« Als er sprach, bildeten sich weiße Wölkchen vor seinem Mund.

»Bringt ihn zu mir«, meinte sie desinteressiert.

Sofort setzte sich der Diener in Bewegung.

Erneut schwang das Tor auf und ein junger Mann betrat die Halle. Die Eiskönigin richtete sich langsam auf.

Er trug nur ein einfaches Gewand, doch er zitterte kein bisschen, weder vor Kälte noch vor Angst. Selbst die Verbeugung verlief knapp, kaum wahrnehmbar. Hätte sie in diesem Augenblick geblinzelt, sie wäre ihr entgangen.

»Was ist dein Anliegen? Kommst du wegen des Spiels? Vergiss nicht, dass ich immer noch wütend bin, weil du mir nichts vom Plan des Prinzen erzählt hast. Dem Vorhaben, meine Spielfigur zu entführen«, unterbrach sie das Schweigen.

Er nickte und legte dabei seine Hand auf den Schwertknauf.

»Willst du mich etwa töten?«, fragte sie und lachte. Ihr Lachen war nicht echt und wandelte sich bald in ein Knurren. Zornig funkelte sie ihn an. »Sei kein Narr. Ich bin mächtiger als alles, was du dir vorstellen kannst. Du bist in meinem Palast, meinem Reich. Hier ist mein Leben und ich besitze meine volle Stärke!« Wütend ballte sie die linke Faust. Die langen Nägel schnitten ihr dabei in die Handfläche, doch sie bemerkte es kaum.

Er trat einen Schritt auf sie zu. »Verzeiht, Königin, das ist die Macht der Gewohnheit.« Ein kleines Lächeln huschte über seine Gesichtszüge.

Zufrieden seufzte sie auf. Also war er durchaus kein Narr. Besser für ihn, schade für sie. Nur zu gern überzöge sie sein hübsches Gesicht mit Eis, um ihn zu all ihren anderen Statuen zu sperren.

»Sprich, wieso bist du hier?«, wiederholte sie nochmals und musterte den jungen Mann abschätzend.

»Der Prinz und die Rothaarige, sie haben sich geküsst.«
Erneut huschte ein Lächeln über sein Gesicht.

»Was?!«, schrie sie auf und ballte die Fäuste abermals. Eis splitterte, die Halle schien zu beben und ihre Augen wurden weiß. Jede Spur des lieblichen Blaus wich daraus. In ihren Haaren bildeten sich kleine Eiskristalle.

Wütend stand sie auf und stellte sich bedrohlich vor ihn. Mit dem Zeigefinger tippte sie ihm gegen die Brust. Augenblicklich entstanden Eisperlen auf dem schwarzen Oberteil. »Lügst du?«

»Niemals, Königin.« Noch immer schien er äußerst ruhig. Womöglich lag das daran, dass er sie inzwischen kannte. Er wusste um ihre Geschichte, ihre Rolle in dem Spiel und auch um seine eigene. Er würde nicht sterben, nicht hier.

»Dieser elende Bastard! Er bringt das ganze Spiel durcheinander.« Erneut schrie sie auf und schmetterte einen der Glaskrüge, welche fein säuberlich aufgereiht auf dem Boden standen, gegen die Wand. Ein zweiter folgte, noch während die Splitter des ersten über das Eis rutschten.

»Wann und wo? Wieso hast du ihn nicht daran gehindert? Welche Augenfarbe hatte er?«, sprudelte es nur so aus ihr heraus. Nun gelang es ihr nicht mehr, ihr Temperament zu zügeln. Wenn sich dieser Esel tatsächlich in das Mädchen verliebte, brachte er das Spiel durcheinander. Er fand womöglich einen Ausweg und falls das geschah, verlor sie ihre Kräfte. Sie verlor ihre Macht und alles, was sie zu der furchteinflößenden Königin werden ließ.

Die Temperatur in der Halle fiel immer weiter unter den Gefrierpunkt.

»Es war bei der Jagd. Ich war gerade anderweitig beschäftigt, als ich sie zusammen sah. Und sie waren blau, nicht schwarz, da bin ich mir sicher«, meinte er.

Erneut nahm sie einen der Glaskrüge in die Linke. Doch bevor sie auch diesen an die Wand beförderte, drehte sie sich langsam um. »Liebe macht verletzlich und schwach.« Lächelnd stellt sie den Krug vor sich. »Liebe macht blind und unvorsichtig«, flüsterte sie leise.

Sie kannte dieses ekelerregende Gefühl nicht. Noch nie im Leben war es ein Teil von ihr gewesen. Der Hass nährte sie und half ihr. Jedoch hatte sie schon viel darüber gehört und Geschichten von Mädchen gelesen, die ihr Herz an irgendwelche jungen Männer verloren und weinerlich in ihrem Zimmer saßen. Warum waren die Menschen so versessen auf diese Liebe? Wieso gaben sie alles freiwillig für Kummer und Schmerz?

»Ich werde schon dafür sorgen, dass sie die erste Person ist, die aus dem Albtraumschach ausscheidet. Sie wird sich in ihren schlimmsten Albträumen verlieren. Und er ... er kann nur dabei zusehen. Sie sollen leiden, und wenn es das Letzte ist, was ich tue!«

Er räusperte sich. »Der dunkle Prinz ist nicht von gestern. Auch er verfügt sicher über einen Plan, um das Spiel ein für alle Mal zu gewinnen, selbst wenn er Euch töten muss.«

Verwundert sah sie in seine Augen und lachte dabei erneut. »Du vergisst, dass alles hier mit einem Fluch belegt ist. Der Dunkle und ich werden kämpfen, bis einer von uns siegt. Jedes Jahr wird das Endspiel zwischen uns beiden ausgetragen, da wir für die anderen zu stark sind. Zudem schwächt diese kleine zuckersüße Liebelei seine Macht«, erwiderte sie siegessicher.

Nachdenklich nickte er, da ihm das Ganze langsam unheimlich erschien. Er verriet den Prinzen nur aus einem einzigen Grund: Er wollte, dass das Spiel weiterging. Sein Herr wurde unachtsam und ebendiese Liebe ließ ihn weich werden.

»Kennst du die Geschichte von Romeo und Julia?«, fragte sie fast monoton und setzte sich wieder gähnend auf ihren Thron.

»Ja, ich habe davon gehört.«

»Wie du vielleicht weißt, fanden auch die beiden einen äußerst tragischen Tod.« Erneut lächelte sie. »Liebe siegt niemals. Sie mag wunderschön klingen, aber nur für den Moment. Die Realität ist anders. In der Realität muss alles seinen Sinn und Zweck erfüllen. Gefühle hindern einen nur daran, zu siegen.«

Der junge Mann wollte etwas erwidern, hielt jedoch inne. Er war klug. Egal, was er sagte, sie wollte es nicht hören.

»So, nun geh. Und falls der Dunkle sich erkundigt, wo du warst, lüge ihn an, denn ich möchte deine Zunge nicht herausschneiden lassen«, befahl sie drohend.

Mit einer knappen Verbeugung verließ er den kalten, unwirklichen Raum. Die Weiße versank in ihrer eigenen Welt, in welcher sie von der alleinigen Macht träumte. Sie war siegessicher und niemand konnte sie von ihrem Triumph abhalten. Sie würde gewinnen und diesmal gab es kein glückliches Ende, diesmal würden alle das bekommen, was sie verdienten. Genau wie die Menschen, die sie damals einfach zurückgelassen und mit verachtenden Blicken gestraft hatten.

Dunkle graue Wolken zogen über das Land. Keine Seele ließ sich mehr blicken. Es war nicht das erste Mal, dass der Himmel sich in ein kräftiges Blutrot färbte, die Tannen im Wind rauschten, als ob sie weinten und jegliches Leben aus dieser Welt wich. Doch was war Realität und was nicht?

Das Kaninchen und der Spiegel

NOCH IMMER STARRTE ich auf die geschlossene schwarze Tür zu Farruns Zimmer. Ich wusste nicht, was ich sagen oder fragen sollte. Immerhin handelte es sich nur um eine Figur aus einem Märchen.

Ich hatte tatsächlich einen Prinzen geküsst. Zuerst lächelte ich bei dem Gedanken, ehe ich das Gesicht verzog. Dieses Spiel dauerte schon viel zu lange. Allmählich wurde es zur Realität und womöglich vergaß ich wieder meinen Namen und kam nie mehr nach Hause.

Seufzend betrachtete ich erneut die Tür vor meiner Nasenspitze. Die Idee war einfach nicht gut. Ganz langsam hob ich meine Hand zum Anklopfen. Ich hielt aber noch inne. Was, wenn er nicht da war? Immerhin hatte Rascha erzählt, dass man ihn vor dem Spiel nicht viel sah.

Ich wollte gerade einen Versuch wagen, als ich einen Schatten bemerkte. Hastig drehte ich mich um.

Tarif.

Inzwischen trug auch er neue Kleidung und seine Haare waren getrocknet. Lässig lehnte er an der Wand, die Arme vor dem Oberkörper verschränkt und den Blick zur Decke gerichtet. Wann war er aufgetaucht?

»Taija«, sprach er.

»Tarif«, erwiderte ich und musterte ihn misstrauisch. Wenn er auftauchte, dann nur, weil er was brauchte. Immerhin hatte er mich die ersten Tage komplett gemieden.

»Habt ihr schon einen Ausweg aus dem Spiel gefunden?«, fragte er monoton, immer noch zur Decke starrend.

»Wenn du Antworten suchst, schau im weißen Buch nach«, grummelte ich genervt.

»Und wo finde ich das?«

»Frag den Prinzen, ich habe es vergessen.«

Tatsächlich wusste ich nicht mehr, wo ich es versteckt hatte. Wenigstens erinnerte ich mich weiterhin an meinen Namen.

»Ist Tarif eigentlich dein wirklicher Name?«

»Ist Taija deiner?«, fragte er, anstatt mir die Frage zu beantworten.

»Ja, warum nicht?«

Verwirrt betrachtete ich den Jungen. Vom Hutmacher war ich es gewohnt, dass er in Rätseln sprach, aber Tarif? Ich musste allerdings zugeben, dass ich mich während meines gesamten Aufenthaltes nie wirklich mit ihm unterhalten hatte.

»Was macht dich so sicher, dass es dein wirklicher Name ist?«

»Der Prinz hat es mir gesagt und alle hier nennen mich so«, sprach ich.

»Was, wenn sie dich nur täuschen, um dich hierzubehalten?« Nun richtete er endlich den Blick auf mich. In seinen grünen Augen lag pure Gleichgültigkeit.

»Ich erinnere mich noch an alles, zumindest fast.« Ich räusperte mich und wollte an ihm vorbeilaufen. Zu Farrun konnte ich auch später.

»Wusstest du, dass unser Gehirn manchmal Dinge verändert? Dieses Spiel wirkt ähnlich. Wenn du länger hierbleibst, nimmst du automatisch eine Rolle an. Das beste Beispiel ist der Prinz. Gelegentlich ist er nett und dann wieder ...«

Bevor er weitersprach, hob ich meine linke Hand und brachte ihn damit zum Schweigen. Verwundert sah er mich an.

»Ich gebe dir recht, dass dieses Spiel den Leuten Rollen zuteilt, aber Farrun verändert sich wegen des Fluches. In Wirklichkeit ist er ein guter Mann, nur dank seines Vaters ...«

Nun hob Tarif die Hand. »Er hat es dir tatsächlich erzählt.« Er grinste.

»Ja, das hat er.«

Tarif nickte nachdenklich und stieß sich von der Wand ab. »Tarif ist der Name eines Diebes aus früherer Zeit. Ein Meisterdieb, beinahe wie der berüchtigte Robin Hood aus den Büchern. Ich landete vor langer Zeit wegen eines Missgeschicks in diesem Spiel und habe meinen Namen vergessen.« Er zuckte gleichgültig mit den Schultern.

»Ich nehme an, du wirst mir nicht verraten, was für ein Missgeschick?«

»Da liegst du richtig. Und ich erzähle dir das alles, damit du mir vertraust. Ich will nach Hause und ich weiß, dass Rascha und du einen Plan habt.«

Nun war die Gleichgültigkeit aus seinen Augen verschwunden und er wirkte nur noch wie ein Schuljunge, der seit Stunden auf seine Mutter wartete.

»Im Palast der Königin gibt es einen Spiegelsaal, von dort aus gelangt man zurück.«

Tarif lachte auf. »Der Spiegelsaal, wirklich? Ich habe mich geirrt, ihr beide habt absolut keine Ahnung.«

Er drehte sich um und lief davon. Genervt sah ich ihm nach. Was war nur los mit ihm? Wie Robin Hood verhielt er sich nicht. Zu allem Übel tauchte auch noch Besart auf.

»Taija!«

Aus seinem Mund klang mein Name netter als aus Tarifs.

»Willst du zum Prinzen?«, fragte er und lächelte ein wenig.

»Nein, ich wollte in mein Zimmer«, antwortete ich und erwiderte sein Lächeln.

Besart nickte, ehe er, ohne zu klopfen, in Farruns Gemächer lief. Ich hörte, wie sie sich begrüßten, bevor er die Tür schloss und die Stimmen erstarben.

Seufzend schlich ich den langen Gang entlang. Der Kuss wollte mir einfach nicht aus dem Kopf gehen, obwohl er mir egal sein sollte. Ich musste in den Palast der Königin, um die Spiegel zu finden. Dann wäre ich zu Hause und alles hier vergessen. Eine Romanze erschwerte meine Pläne nur.

Weiches Fell streifte meine Beine. Erschrocken keuchte ich auf. Etwas Kleines, Haariges flitzte an mir vorbei. Verwundert blickte ich dem Wesen nach. Es war ein weißes Kaninchen, welches so gar nicht an so einen düsteren Ort passte. Dieses Schloss steckte voller Rätsel.

Eilig rannte ich ihm hinterher. Das Kaninchen war schnell und bog mit rasendem Tempo um die nächste Ecke.

»Hey, warte!«, rief ich. Doch natürlich antwortete es mir nicht, obwohl es mich ehrlich gesagt nicht gewundert hätte.

Wir lieferten uns eine rasante Verfolgungsjagd. Treppen hoch, Treppen runter, Gang entlang, Gang zurück, bis ich irgendwann genervt aufgeben wollte. Aber jedes Mal, wenn ich anhielt, blieb das Kaninchen ebenfalls stehen.

Dieses Spiel spielten wir so lange, bis das Tier auf einmal verschwand. Verwundert sah ich mich um. Wo steckte es und wo war ich hier überhaupt?

Ich stand in einem engen Gang und direkt vor einer roten hohen Tür mit abgerundetem Knauf, welcher das Kopf eines Löwen zeigte. Kopfschüttelnd betrachtete ich diese. Seltsam, sonst gab es hier nur schwarze Türen. Was wohl dahinter verborgen lag?

Vorsichtig öffnete ich die Tür und betrat den Raum. Es war eine Art Dachboden, etwas kleiner als der von Tante Kaisslin. Wahrscheinlich befand ich mich auch im obersten Stock, so viele Treppen, wie ich hochgerannt war. Seltsamerweise war ich nicht einmal außer Atem. Mein Herz klopfte nur ein wenig schneller, weil ich genau wusste, dass das hier sicher verboten war und Farrun bestimmt wütend machte. Aber wenn ich schon da war, konnte ich mich auch umsehen.

Es wimmelte nur so von Staub und Spinnweben. Die Zeit nagte an allem und hinterließ ihre Spuren. Pardon, seine Spuren. Der Hutmacher hatte mir ja bereits erklärt, dass die Zeit männlich war.

Am Ende des Raumes befand sich ein kleines rundes Fenster, von welchem ein Lichtstrahl genau in die Mitte des Dachbodens schien. Dort stand ein alter Holzstuhl und daneben befand sich etwas, das mit einem roten Tuch bedeckt war.

Ich warf noch einen Blick zurück in den Gang, um mich zu vergewissern, dass niemand mir folgte, ehe ich das Tuch entfernte. Jeder andere wäre wahrscheinlich einfach wieder gegangen, aber meine Neugierde war zu groß.

Das rote Tuch segelte auf den Boden und blieb dort achtlos liegen. Mein Atem geriet ins Stocken. Wieso stand so etwas auf dem Dachboden?

Verblüfft starrte ich auf das Objekt vor mir. Der Rahmen war in dunkles Schwarz getaucht. Die Oberfläche reflektierte das Sonnenlicht. Es war ein Spiegel, beinahe mannshoch!

Wieso stand er hier? Und warum verdeckte man ihn? Was, wenn mich dieser Spiegel nach Hause brachte? Alles wäre vorbei. Ich würde in meinem Zimmer aufwachen, im Haus meiner Tante. Keine weiße Königin, kein dunkler Prinz, keine Schattenwölfe, kein Albtraumschach, einfach nur die reale Welt.

Aber konnte ich das alles zurücklassen? Und wollte ich das überhaupt?

Ich schüttelte den Kopf. Das war keine Geschichte wie aus dem Fernsehen. Ich gehörte hier nicht her.

Behutsam wanderten meine Finger über das Holz. Kurz vor der Spiegeloberfläche hielt ich inne. Was, wenn das ein gewöhnlicher Spiegel war? Egal, ich musste es auf einen Versuch ankommen lassen.

Ich berührte das kalte Glas. Wie zu erwarten, geschah nichts. Alles blieb genauso wie zuvor. Sosehr ich dagegen drückte, es gab

nicht nach. Seufzend hockte ich mich mit dem Rücken zu dem Spiegel und vergrub mein Gesicht in den Händen.

Wäre auch zu schön gewesen.

Es polterte und auf einmal vernahm ich zwei Stimmen. Erschrocken drehte ich mich zur Tür. Irgendwer kam! Ich brauchte ein Versteck! Suchend sah ich mich nach einem Ausweg um. Nervös raufte ich mir die Haare. Hier war nichts! Der Stuhl war zu klein und der Gang bot keine Fluchtmöglichkeit.

Den Tränen nahe, drängte ich mich gegen die dunkle Wand und verschränkte meine Finger ineinander. Was nun? Ich brauchte einen guten Grund, warum ich mich hier oben aufhielt. Nur welchen?

Während ich nach Ausreden suchte, fiel mir etwas auf. Kein Versteck, aber dennoch beruhigte es mich und mein rasendes Herz.

Die Stimmen kamen aus dem Spiegel, der sein Bild verändert hatte, und statt mich selbst erblickte ich ein neues Bild.

Es war Farruns Zimmer. Die eine Stimme gehörte ihm, die andere Besart. Sie stritten sich.

»Gibst du so leicht auf?«, meinte Besart, während der Prinz wütend auf den Tisch schlug.

»Aufgeben? Ich will, dass dieses Spiel endlich ein Ende hat!«

»Du wirst allmählich wie dein Vater. Dieser Hass, diese Wut in deinen Augen.«

Besart schüttelte den Kopf und lief unruhig hin und her.

»Na und?«, zischte Farrun.

»Du musst wissen, ob es sich lohnt, für sie zu kämpfen«, sprach sein Freund, ehe er mit schnellen Schritten das Zimmer verließ.

Wie betäubt starrte ich auf das Bild und irgendwie verwirrte mich das Ganze. Die Szene schien so wirklich, als säße ich direkt in den Gemächern des Prinzen, dabei befand ich mich noch immer auf dem Speicher. Doch bevor ich mir weiter Gedanken machen

konnte, wechselte das Bild erneut und diesmal zeigte es Rascha und den Hutmacher, die sich unterhielten.

»Du hast behauptet, dass dieser eine Kerl, für den ich blieb, meinen Namen weiß, aber er kennt ihn nicht«, meinte sie und verschränkte die Arme vor der Brust.

»Er hat ihn nicht auf einem Stück Papier oder in einem Buch, er trägt ihn in seinem Herzen«, sprach der Hutmacher und ein breites Grinsen zeigte sich auf seinem Gesicht. Diesmal trug er einen braunen runden Hut, auf dem ein roter Vogel saß, und nippte an seinem Tee.

Rascha schüttelte wütend den Kopf.

Langsam wurde mir schwindelig von den Bildern. Es schien, als zeigte der Spiegel die Gegenwart. Aber wieso? Und warum konnte er das?

Erleichtert atmete ich auf, nachdem die Oberfläche sich wieder geklärt hatte.

Ich wollte den Spiegel gerade zudecken, als eine neue Szene erschien. Der Ort, an dem sie sich abspielte, war schneeweiß. Eisige Kälte drang sogar durch das Glas. Fröstelnd sah ich genauer hin.

Die Königin saß auf ihrem Thron, gelangweilt tippte sie mit den Fingern auf die Lehne. Eine weitere Person erschien, aber ich erkannte sie nicht, denn sie stand mit dem Rücken zum Spiegel.

»Hast du was Neues herausgefunden?«, fragte sie.

Die Gestalt nickte. »Ich weiß jetzt, wie wir ihn besiegen.«

Das Bild verwischte, doch bevor es endgültig verschwand, drehte sich die Person um.

Mit Entsetzen starrte ich in das Gesicht. Das war also der Verräter?

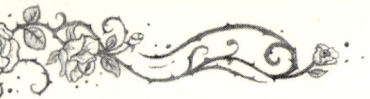

Nach einem letzten Blick warf ich das Tuch wieder über den Spiegel. Wie eine zweite Haut schmiegte sich der Stoff an die glatte Oberfläche.

Ich sollte mich beeilen, ehe mein Verschwinden jemandem auffiel. Mit schnellen Schritten hastete ich aus dem Raum und schloss leise die Tür.

Im Gang war es dunkel und kalt. Feine Eiskristalle wanderten die Steinmauer entlang. Sie vermehrten sich rasch und krochen langsam die Stufen empor.

Schnell huschte ich die Treppe hinunter, darauf bedacht, auf keine der vielen Eisflächen zu treten. Der Schlüssel in meinem Stiefel drückte ein wenig, aber ich ignorierte das leichte Ziehen und eilte weiter. Die Eisschicht wuchs immer schneller. Langsam fing ich an, an meinem Verstand zu zweifeln. Ein Albtraumschach war es nicht. Doch woher kam all das Eis?

Ich bog um die nächste Ecke und knallte beinahe in den Hutmacher. Kurz vor ihm kam ich zum Stehen und schrie erschrocken auf. »Um Himmels willen!«

»Ganz ruhig, Taija. Ich bin es nur«, meinte er lächelnd und verbeugte sich leicht, während er sich an einen kleinen roten Hut tippte, der schräg auf seinem Kopf saß.

»Wieso ist hier so viel Eis?«, fragte ich ihn und wich einen Schritt zurück, als sich vor meinen Füßen erneut ein großer Teppich aus Eis bildete.

»Die weiße Königin, sie ist da«, erklang eine Stimme hinter ihm. Rascha stand dort. Sie trug eng anliegende dunkle Hosen und ein schwarzes Oberteil, welches sich ebenfalls wie eine zweite Haut an ihren Körper schmiegte. Die Haare, die am Anfang kurz gewesen waren, reichten ihr inzwischen beinahe bis zu den Knien. Auch ihre Augen funkelten eigenartig.

»Deine Haare ...«, brachte ich nur hervor.

»Sie wachsen schnell. Das liegt an der Zeit in diesem Spiel. Ich

verwandle mich in einen vorgesehenen Charakter«, meinte sie lächelnd. »Wir müssen runter in die Halle, hat der Prinz zumindest gesagt«, fügte sie hinzu.

Der Hutmacher lächelte. »Zeit, zu verschwinden«, flüsterte er in mein Ohr, bevor er sich davonstahl.

»Er ist ein wenig verrückt. Ach, und egal was geschieht, vergiss deinen Namen nicht.« Sie zwinkerte mir zu.

Ich nickte. Einmal war das schon geschehen, aber kein zweites Mal würde das passieren.

Mit schnellen Schritten liefen wir die restlichen Stufen hinunter.

»Kennst du deinen inzwischen?«, fragte ich sie nach einiger Zeit. Sie schüttelte bloß den Kopf, ohne ein Wort zu sagen.

Die Eisschicht um uns schloss sich langsam und bald bestand der ganze Boden aus der kalten spiegelglatten Masse.

Tatsächlich, als wir die große Halle betraten, stand die weiße Königin vor uns. Sie trug ein edles Kleid, welches winzige Schneeflocken verzierten. An den Armen bis hinunter zu den Hüften lag der Stoff eng an. Der Rock bestand aus mehreren Stoffschichten in etlichen Blautönen und allesamt glitzerten wie im hellsten Sonnenschein. Kleine Diamanten funkelten um das Dekolleté und betonten ihre elfenbeinfarbene Haut. Dazu hielt sie einen eisblauen Stab in der Linken. Solch ein Kleid wäre im echten Leben unbezahlbar. Die Königin wusste wohl, dass ihr Auftritt gelungen war, denn das dazugehörige Siegerlächeln strahlte bereits auf ihren blutleeren Lippen.

Rascha nahm meine Hand und lächelte mir aufmunternd zu. Während wir weiterliefen, knirschte das Eis unter unseren Füßen, feine Risse zogen sich hindurch. Es sah unheimlich aus und ohne Raschas Hand wäre ich einfach weggerannt.

Ein paar Wachen postierten sich an den vielen Türen, als ob sie darauf achteten, dass genau dies nicht geschah.

Vage erinnerte ich mich an meinen ersten Besuch hier. Damals hatte der dunkle Prinz ein rauschendes Fest gefeiert. Heute war die Stimmung jedoch nicht einmal ansatzweise so locker.

Ich umklammerte Rascha fester.

An dem größten der in der Halle platzierten Tische lehnte sich Besart. Er wirkte ein wenig gelangweilt. Tarif entdeckte ich etwas weiter hinten. Er lief unruhig auf und ab, kaute an den Nägeln und fuhr sich manchmal durch das blonde Haar. Ein paar andere Leute und Wesen standen im Raum verteilt. Die Schemengestalten der Königin fielen dabei besonders auf. Ihre leeren Augenhöhlen und die spitzen Köpfe, alles an ihnen wirkte surreal.

Verwundert sah ich genauer hin. Von ihren Körpern tropfte Wasser. Womöglich war es zu warm im Schloss. Irgendetwas stimmte hier nicht. So lange ich hin und her sah, von Farrun fehlte jede Spur.

Die Königin tippte mit ihren langen Nägeln gegen den Stab. Das ständige Tack, Tack, Tack klang wie das Ticken einer Uhr.

Auf einmal öffnete sich die Tür und der Prinz betrat den Raum. Er trug seine übliche Kleidung, das Haar stand ein wenig ab, als ob er gerade aufgestanden wäre. Die schwarzen Augen funkelten wie die tiefste Nacht. Seine Schritte hallten durch den Saal, während alle mucksmäuschenstill wurden. Selbst die Königin hörte auf, ihre Nägel gegen den Stab zu schlagen.

Überall, wo seine Füße aufkamen, schmolz das Eis zu Wasser, hinter ihm jedoch bildeten sich langsam erneut Eiskristalle.

Wieder einmal fiel mir auf, wie mächtig die beiden waren. Der ständige Krieg zwischen ihnen und das Spiel, das jeder gewinnen wollte. Das Spiel, bei dem viele ihr Leben verloren. Ein harmloses Märchen, welches sich als Albtraum erwies.

Farrun stellte sich direkt neben mich. »Hast du Angst?«, flüsterte er mir zu, während sein warmer Atem mich streifte.

Ich biss mir auf die Lippen und schüttelte den Kopf. »Das alles

ist nur eine Geschichte«, meinte ich, während Rascha meine Hand drückte.

»Selbst das schrecklichste Märchen entspricht zu einem kleinen Teil der Wahrheit.«, sprach der dunkle Prinz. Seine schwarzen Augen streiften meine und ich erkannte kein bisschen Menschlichkeit mehr in ihnen.

Das Spiel begann. Die Figuren waren bereit, sogar der Prinz hatte sich seiner grauenhaften Rolle vollkommen hingegeben. Das Mädchen mit dem roten Haar fürchtete sich, doch wer konnte ihr das verübeln. Selbst der tapferste Krieger würde bei solch einem Spiel erzittern. Nun kannte das Mädchen den Beginn des Märchens, es wusste um die Geschichten der Mitspieler, aber was ihm fehlte, war das Ende. Wie würde die Geschichte ausgehen?

Das Spiel um Leben und Tod

BEGINNEN WIR«, SPRACH die weiße Königin und schlug mit dem Stock auf den Boden. Die Eiskristalle knirschten.

Erschrocken keuchte ich auf, als sich der Boden zu unseren Füßen verschob. Er verwandelte sich in eine dunkle Masse, bewegte sich, nahm Form an. Ich klammerte mich geistesabwesend an Farruns Arm. Meine Füße schlitterten über den Wellen schlagenden Schatten. Ich biss die Zähne zusammen und schloss die Augen für einen Moment. Es fühlte sich wie auf einer Achterbahn an. Alles drehte sich und mir wurde schlecht. Ich konnte nicht einmal sagen, ob wir gerade kopfüber von der Decke hingen oder auf dem Boden standen.

Farrun zog mich in seinen Arm und flüsterte mir beruhigende Worte ins Ohr. Ich verstand nur wenig, zu sehr lenkte mich das Geschehen um mich herum ab.

»Du kannst wieder hinsehen«, meinte er nach einer Weile.

Zögerlich schlug ich die Augen auf. Keuchend wich ich gegen ihn. Er lachte. Die Wände waren rabenschwarz, bis hin zur Decke. Man wusste nicht, wo der Raum anfing und wo er endete. Der Boden bestand aus weißen und schwarzen Kacheln und eine düstere Flüssigkeit tropfte an den Rändern hinunter in ein tiefschwarzes Loch. Wir schienen irgendwo im Weltall zu treiben, mitten auf einem schwebenden Schachbrett.

Mein Herz raste. »Wo zur Hölle sind wir?«, fragte ich und drehte mich um. Pechschwarze Augen funkelten mich amüsiert an.

»Willkommen beim Albtraumschach.«

Erst jetzt fiel mir auf, dass wir wie Schachfiguren dastanden. Auf der einen Seite Farrun, Besart, Tarif, Rascha, ein mir unbekannter Spieler und ich. Auf der anderen die weiße Königin und ihre Spielfiguren. Bei dem mir Fremden in unserem Team handelte es sich um einen Jungen mit kurzem braunen Haar. Er war jünger als ich und seine Augen blickten starr geradeaus.

»Ich bin dafür, dass der rothaarige Teufel beginnt«, kicherte die Weiße und zeigte auf mich.

Erschrocken sah ich sie an. »Aber ich verstehe das Spiel doch gar nicht!«, rief ich ihr entgegen. Meine Stimme wurde zu einem Echo und hallte durch den Raum.

Sie lachte und warf mir gleich darauf einen tödlichen Blick zu. »Prinz, das ist Eure Aufgabe«, zischte sie.

»Nun gut.« Farrun räusperte sich und lief in die Mitte des Spielfeldes. »Willkommen zu einer neuen Partie Albtraumschach. Inzwischen habt ihr schon einige Spiele gespielt und solltet diese verstehen. Ihr müsst eure Ängste besiegen, um dem Traum zu entkommen. Wenn nicht, bleibt ihr darin gefangen und wacht nie wieder auf. Nun spielen wir aber als Gruppe, darum kommen neue Regeln hinzu. Jede Seite besitzt sechs Spielfiguren und jede davon hat eine besondere Eigenschaft.«

Dann begann er, die Regeln und Eigenschaften der Figuren aufzulisten, genau wie sie im weißen Buch standen. Ich konnte mich kaum darauf konzentrieren, so sehr lähmte mich meine Angst.

»Das weiße Team startet.« Farrun klatschte in die Hände und wollte zurück auf unsere Seite, als er noch einmal stehen blieb und die linke Hand hob. »Um zu wissen, welche Figur ihr in diesem Spiel seid, seht auf den Boden.«

Der Prinz lief nun endgültig zurück an seinen Platz und positionierte sich auf dem Feld des Bauern. Überrascht sah ich zu ihm. Ehrlich gesagt hatte ich erwartet, dass er der König war.

»Wie nett, er selbst bezeichnet sich als nutzlosen Bauern.« Die

Königin lachte auf. Natürlich stand sie auf dem Feld der Königin, genau wie ... wie ich.

»Der Bauer ist nicht nutzlos, ganz im Gegenteil«, antwortete Farrun verschwörerisch.

Rascha war unser König und siegessicher hob sie den Daumen. »Wir haben so gut wie gewonnen«, wisperte sie mir zu.

Besart spielte den Springer, Tarif den Turm und der Unbekannte den Läufer.

»Der Bauer beginnt.«

Wütend rammte die Königin den Stab auf den Boden. Augenblicklich fiel einer ihrer Spieler auf das ebenmäßige Schachfeld. Keuchend schlug ich mir die Hände vor das Gesicht. Während des Spielzugs des Bauern sagte keiner ein Wort. Alle standen schweigend da und beobachteten den regungslosen Körper. Eigentlich ziemlich makaber, aber mir fielen auch keine passenden Worte ein. Es war einfach ein schlechter Moment, um sich über das Wetter zu unterhalten.

Es dauerte nicht lange, da erhob sich der Bauer ächzend.

»Wie langweilig! Nun kommen wir zu Runde zwei, ich schicke eure Königin ins Spiel.« Die Weiße deutete mit dem ausgestreckten Zeigefinger auf mich.

»Darf sie das?«, flüsterte ich Farrun zu.

Der Prinz neigte seinen Kopf etwas zu mir und sprach: »Das Gegnerteam entscheidet, wer spielt. Nur der Anfang ist vorgegeben.«

»Ich denke, es wird Zeit, dass du deine Tante wiedersiehst.« Sie grinste und schlug mit dem Stock erneut auf den Boden. Der Grund zu meinen Füßen tat sich auf und ich stürzte schreiend in die dunkle Masse, welche über mir zusammenschlug und mich verschlang.

Mein Kopf pochte und es fühlte sich an, als ob eine Herde Elefanten auf mir herumtrampelte. Müde öffnete ich die Augen.

Ich lag auf dem Dachboden, genau auf der glatten Oberfläche des Spiegels. Als ich mich erhob, wirbelte Staub durch den Raum. Es sah immer noch alles so aus, als wäre ich nie weg gewesen. Überrascht sah ich mich um. War ich vielleicht tatsächlich nur gestürzt und hatte mir den Kopf angeschlagen? Denn dieser pochte höllisch.

Ich stieg über den Spiegel hinweg und bahnte mir einen Weg zur Tür. Knarrend öffnete ich diese. Lächelnd eilte ich die Treppenstufen hinab. Beim Vorbeigehen warf ich einen Blick in mein Zimmer. Auch dort wirkte alles wie zuvor, selbst die Decke lag auf der linken Seite des Bettes. Ich folgte dem langen Gang bis hin zu der Wendeltreppe, die in die Küche führte.

»Tante Kaisslin!«, rief ich und stürmte die restlichen Stufen hinunter.

Aus der Küche erklang ein Summen. Ich rannte hinein. Schon von Weitem roch es nach Essen und auf dem Herd standen Töpfe in verschiedenen Farben und Größen. Meine Tante befand sich direkt davor und warf eilig etwas in einen der schmalen Töpfe. Ihr schwarzes Haar mit den silbernen Fäden war wie immer elegant hochgebunden.

»Du weißt gar nicht, wie froh ich bin, dich zu sehen!«, rief ich aus.

»Schätzchen, du warst so lange auf dem Dachboden. Ich wollte schon die Feuerwehr rufen«, meinte sie tadelnd und rührte in einem der vielen Kochtöpfe.

»Das war total schräg. Ich habe mir den Kopf angestoßen und geträumt, dass ich in diesem Märchen bin. Das Märchen mit dem dunklen Prinzen und der weißen Königin.« Ich lachte und setzte mich an den Küchentisch.

Sie öffnete einen weiteren Deckel, um etwas in den Topf zu kippen. »Tatsächlich?«, fragte sie erstaunt. Aus dem Augenwinkel sah ich, wie sie innehielt, den Deckel wieder schloss und ihren Kopf

zu mir drehte. »Hast du dich verliebt, meine Kleine?«, forschte sie sanft.

Mein Blick war auf die Tischdecke geheftet. Nur aus dem Augenwinkel sah ich ihre Bewegungen. »Ach Quatsch. Wie könnte ich? Es ist nur ein Märchen. Aber ich glaube, die Geschichte wird immer falsch erzählt.«

»Wie würdest du sie denn erzählen?« Tante Kaisslin wandte sich erneut den Töpfen zu.

»Dass die weiße Königin und der dunkle Prinz nicht immer böse waren, aber ihnen wurde viel Leid zugefügt. Manchmal, wenn der Prinz ein Gespräch mit mir geführt hat, änderten seine Augen die Farbe, als ob er wieder menschlich wäre.« Ich lächelte.

»Er ist eine bösartige Kreatur«, zischte meine Tante wütend und warf einen der Deckel neben sich auf die Holzablage. Erschrocken sah ich auf. »Wie auch immer, es ist bloß ein Märchen, nichts weiter«, sprach sie sanft. »Willst du die Suppe probieren?«

Ich nickte und war einfach nur froh darüber, wieder zu Hause zu sein. Ich wollte gerade zu meiner Tante hinübergeben, als ich etwas aus dem Augenwinkel entdeckte. Ich drehte meinen Kopf langsam in die Richtung. Normalerweise hingen bei uns an den Wänden Bilder. Bilder meiner Eltern, von Landschaften und anderen Dingen, doch nun sah ich nur karge Wände.

»Ist was?«, fragte Kaisslin.

Ich schüttelte schnell den Kopf und trat neben sie an den Herd. Womöglich hatte sie diese zum Putzen entfernt.

»Probier aus diesem Topf.« Sie zeigte auf einen mit dunkelblauem Deckel. Ich nickte und hob ihn an.

Erschrocken ließ ich den Deckel fallen. In der hellgrünen Suppe schwammen Augenpaare. Dunkelgrüne, blaue, graue, braune ... Ein paar von ihnen starrten mich flehend an.

»Was ist das?« Ich wich zurück.

»Dein Essen, mein Liebling.« Sie drehte ihren Kopf zu mir.

Dunkle Augen blickten mir entgegen. Schwarz wie die von Farrun, nur dass ihr ganzes Auge schwarz war, wie ein bodenloses Loch.

Ich schrie auf und vergrößerte den Abstand. Das war nicht mein Zuhause!

»Was ist denn?«, fragte sie zornig und kniff die Augen zusammen.

»N-Nichts, ich habe keinen Hunger«, wisperte ich und versuchte, mehr Platz zwischen mich und meine Tante zu bringen.

Du musst ihre Kette stehlen und sie zerstören, flüsterte etwas in meinen Gedanken.

Überrascht sah ich auf. An ihrem Hals baumelte eine goldene Kette, an der eine Sanduhr hing. Wie ungewöhnlich, solchen Schmuck würde sie niemals tragen.

»Was ist mit deinen Augen?«, fragte sie und musterte mich. »Sie sind so hell, du bist nicht Taija«, sprach sie ganz ruhig.

»Doch!«, erwiderte ich.

»Wo ist meine Taija?«, schrie sie zornig.

»Ich bin deine Taija«, flüsterte ich noch einmal und streckte meine Hand aus.

»Nein!« Wütend brüllte sie auf.

Erschrocken zuckte ich zusammen, versuchte aber trotzdem, die Kette zu erreichen, und riss daran. Sie knurrte und warf einen der Töpfe um. Die Augen fielen zu Boden, wo sie wie Glasperlen in alle Richtungen hüpften und rollten. Das kochende Wasser schwappte über meinen rechten Arm. Schmerzerfüllt schrie ich auf, schaffte es jedoch, die Kette an mich zu bringen.

Kaisslin tobte immer mehr. Schnell sprang ich an das andere Ende der Küche, um Abstand zu gewinnen. Mein Arm pochte vor Schmerz.

»Gib mir die Kette wieder!«, kreischte sie und streckte mir die Hand entgegen.

»Niemals!«, rief ich. Mit einer kräftigen Bewegung warf ich die

Sanduhr auf den Boden. Wie ein Raubtier sprang meine Tante auf mich zu, die Zähne gebleckt, die Hände wie Krallen ausgefahren.

Ich schrie auf und trat auf das Stundenglas. Es gab unter meinen Füßen nach und Sand rieselte heraus. Mehr und mehr der feinen gelben Körner türmten sich um mich herum auf, bis ich ohne jeglichen Laut darin versank.

Als ich die Augen aufschlug, hoffte ich im ersten Moment, alles wäre bloß ein schlechter Traum und ich lag zu Hause in meinem weichen, warmen Bett. Als ich die hellen karierten Schachfelder sah, seufzte ich genervt auf. Ich befand mich noch immer in dem dunklen Raum mit dem seltsamen Schachbrett. Neben mir standen Personen, wahrscheinlich Farrun oder Besart oder irgendwer sonst. Doch ich ignorierte das Ganze einfach. Ich wollte nicht mehr hier sein, also schloss ich die Augen und tat, als wäre ich nicht da.

»Du kannst aufstehen«, flüsterte eine Stimme neben meinem Ohr.

Überrascht blickte ich auf. Schwarze Augen, mit einem winzigen Flecken Blau, sahen mich an. Farrun lächelte leicht und reichte mir die Hand. Ich nahm sie dankend an, wenn auch ein wenig misstrauisch. Für einen Moment zog er mich näher an sich.

»Ich werde dafür sorgen, dass du nicht verlierst, und dann bringe ich dich heim. Das habe ich dir versprochen«, murmelte er kaum hörbar. Plötzlich stand Farrun wieder ein paar Schritte entfernt an seinem Platz.

Die weiße Königin stieß ein Knurren aus. Auf einmal begann sich das ganze Spielbrett zu drehen.

»Hilfe!«, rief ich und versuchte, das Gleichgewicht zu halten.

Meine Füße schlitterten über ein paar dunkle Felder. Hilfe suchend sah ich zu Farrun, welcher nur geradeaus starrte. Ruckartig bremste das Feld ab und ich fiel auf die Knie. Schmerzverzerrt zischte ich auf. Ich stieß mich mit den Händen vom Boden ab. Meine Beine schmerzten vom Aufprall und das rote Haar hing mir in Strähnen vor die Augen. Wut machte sich in mir breit. Ich wollte aufspringen und der Hexe an die Gurgel.

»Taija«, rief Farrun.

Ich drehte mich in seine Richtung.

»Bleib, wo du bist! Nächster Zug, ich schicke Euren Läufer ins Spiel.«

Die Weiße lachte, als ich ihn wütend anfunkelte. »Glaub ihm, Schätzchen«, neckte sie mich. »Nächster Spielzug«, fügte sie hinzu und schlug den Stab erneut auf das Spielfeld.

Einer ihrer Spieler fiel wie eine einfache Schachfigur zu Boden. Seine Augen verdrehten sich. Ich wusste nicht, was geschah, sobald man die Felder verließ. Wollte ich es überhaupt wissen?

Meine Augen streiften Rascha. Sie warf mir einen flüchtigen Blick zu und nickte nur ganz leicht, bevor sie wieder in ihrer starren Position verharrte. Besart stand direkt in der Nähe von Farrun, aber er sah als Einziger auf die dunklen Platten vor sich. Hatte er etwa Angst?

Mein Blick glitt weiter zur weißen Königin. Ihre Schönheit war verflogen. Auf ihren Gesichtszügen spiegelte sich nur noch leere Machtbesessenheit wider. Sie wollte gewinnen, und das um jeden Preis.

Der Spieler der Weißen wachte ziemlich schnell wieder auf. Zuerst öffnete er die Augen, dann fuhr er sich über den Kopf, fing an, zu husten, und stand langsam auf. Auch in seinem Blick spiegelte sich die blanke Furcht. Er war Läufer, womöglich hatte er die Zeit beschleunigt.

»Zwei zu eins«, schnurrte die Weiße und sah zu Farrun. Die-

ser knurrte und funkelte sie mit pechschwarzen Augen an. »Nun wähle ich Euren König aus!«, rief sie.

Rascha sackte nieder.

»Ich blockiere den König für zwei Spielzüge!«, fügte der Turm der Königin hinzu, ein mittelalter Mann mit schwarzem zurückgebundenen Haar. Beachtete man nur seine Gesichtszüge und nicht die leeren Augenhöhlen, hatte er etwas von George Clooney.

»Nein!« Erschrocken hielt ich mir die Hände vor den Mund. Ich wollte nicht schreien. Hoffentlich hielt Rascha durch! Sie musste einfach!

»Gut, dann geht es weiter. Ich wähle ebenfalls Euren König«, meinte er nur und nickte.

Eine der Schemengestalten brach zusammen. Neugierig sah ich zu Tarif. Warum blockierte er nicht ebenfalls den König der Weißen?

Die Schemengestalt erwachte.

»Wirklich langweilig, macht es spannender für mich, Prinz«, sprach die Königin und gähnte.

Die Weiße musste nicht einmal etwas tun, da ging ein Ruck durch seinen Körper und er fiel auf die dunklen Platten. Erschrocken keuchte ich auf. Plötzlich wurde mir schlecht und mein Kopf pochte wild.

Du musst das Spiel gewinnen, wisperte eine Stimme in mir. *Taija, gewinne das Spiel!*

Erneut schien es, als ob jemand mir fremde Gedanken schickte. Ich drückte die Hände an die pochenden Schläfen, um dem Ganzen Einhalt zu gebieten. Beinahe klang die Stimme nach Farrun, aber das ergab doch gar keinen Sinn!

Finde einen Weg hinaus und du bist frei für alle Zeit.

Das Pochen hörte auf, überrascht blickte ich auf. Die Weiße richtete die ganze Zeit ihren Blick auf mich.

»Weißt du, was tragisch wäre?«, meinte sie und lächelte. Das Eis umfasste meine Füße, Kälte kroch meinen Körper entlang.

»Was?!«, rief ich und kniff wütend die Augen zusammen.

»Irgendwann sterben wir alle, auch der dunkle Prinz.« Sie wandte den Blick zum leblosen Farrun. Die schwarzen Haarsträhnen bedeckten einen Teil seiner Augen.

»Das heißt?«, fragte ich zögerlich.

»Dass jedes Spiel sein Letztes sein könnte.«

Und sie erzählten von Stürmen und Winden, die uns den Boden unter den Füßen wegtrugen. Von Lichtern, die durch die Dunkelheit wanderten, an einen fernen Ort, an den selbst der Teufel keinen Fuß setzen würde. Ja, während des Spiels machte die eine oder andere Erzählung die Runde. Jeder, der nicht mitspielen musste, war froh, denn diese Spiele endeten niemals gut.

Der Albtraum des Wolfes

DIESES SPIEL IST doch nicht fair«, murmelte ich und warf einen Blick zu Farrun, welcher noch immer in seinem Albtraum gefangen war.

»Fair? Fair?« Die weiße Königin begann zu lachen, das Spielbrett vibrierte dabei leicht. »Was im Leben ist schon fair, meine Liebe?« Ihre hellen Augen schienen mich zu durchbohren. »Sieh dich um. Zur selben Zeit herrscht Eis wie Feuer. Menschen sterben, wo andere leben. Manche haben Geld im Überfluss, während die meisten jeden Tag um ihr Überleben kämpfen. Die Welt dreht sich weiter, egal was geschieht, und selbst wenn die komplette Menschheit zerstört wäre. Also, was soll's? Lass uns das Leben interessanter gestalten.« Erneut lachte sie. »Oder kannst du mir seinen Sinn erklären?«

Ich schüttelte nur den Kopf. »Nein, doch er besteht sicherlich nicht darin, anderen dabei zuzusehen, wie sie leiden. Ihr seid krank!«, schrie ich ihr entgegen. »Einfach krank! Wenn er stirbt, dann ...« Ich hielt inne und fuhr mir aufgebracht durch die roten Haare.

»Was dann?«, kam es auf einmal von Besart. Er stand nicht weit entfernt und hob nun endlich den Blick. Neugierde lag darin.

»Ja, was dann?«, fragte nun auch die Weiße.

»Dann schicke ich euch alle zusammen in einen Albtraum«, meinte ich wütend.

»Meine Liebe, das ist eine großartige Idee. Mach das, aber verrate mir nur eines: Wie willst du das ohne jeglichen Funken

Magie tun? Mit dem Glauben an die Liebe?« Die Weiße lächelte und klopfte mit dem Stab auf den Boden.

Ich zuckte mit den Schultern. Wo sie recht hatte, hatte sie recht, aber ihr war wohl ein wichtiger Punkt entgangen. »Ich kann vielleicht Euch nicht in einen schicken, aber mich. Immerhin ist das die Sonderfunktion der Dame, oder nicht? Ich möchte in Farruns Traum.«

»Kluges Köpfchen. Nun gut, Zeit für deinen nächsten Spielzug, kleines Feuer. Möglicherweise kannst du ihm helfen.« Angewidert rümpfte sie die Nase.

Der Boden unter meinen Füßen gab nach und ich fiel erneut in einen tiefen Abgrund.

Als ich die Augen aufschlug, befand ich mich auf einer grünen Wiese. Nicht weit entfernt von mir stand ein Schloss, welches dem der Königin ähnelte, nur ohne das viele Eis. Es bestand aus Stein und wirkte kalt und unheimlich. Selbst die Strahlen der Sonne erreichten die hohe Außenmauer nicht. Kein Licht brannte und auch sonst sah man niemanden. Der Ort schien verlassen.

Verwundert rappelte ich mich auf und klopfte die Hände an dem dunklen Stoff meines Oberteils ab. Die Sonne stand hoch am Himmel und brannte erbarmungslos auf mich herab. Es war viel zu heiß und schon nach kurzer Zeit rann mir der Schweiß über die Stirn. So etwas wie eine Klimaanlage besaßen diese Albträume wohl nicht.

Mit vorsichtigen Schritten lief ich durch das kniehohe Gras. Womöglich befand sich Farrun im Inneren dieses Schlosses. Warum sonst sollte es da stehen?

Ich wollte gerade weiterlaufen, als mich ein Jaulen zusammen-

fahren ließ. Überrascht sah ich mich um. Direkt hinter mir fing der Wald an. Dunkle, knorrige Bäume versperrten mir die Sicht. Bedrohlich standen sie da und wankten im Wind, als ob sie lebendig wären. Die Äste gekrümmt wie die Klauen wilder Tiere.

Erneut erklang dieses schaurige Heulen, wie ein Wolf in Not. Ich seufzte. Das hier war ein Albtraum. Die Wahrscheinlichkeit, dass die Lösung im unheimlichen Wald lag, war ziemlich groß.

Da mir nichts anderes übrig blieb, machte ich kehrte und mich auf den Weg hinein ins Verderben. Die Äste griffen nach meinen Haaren und bogen ihre Zweige so, dass ich daran ziehen musste, um freizukommen. Abermals erklang ein klagendes Geheul. Ich riss mich los und stolperte einen schmalen Waldweg entlang. Die Rufe ertönten erneut, diesmal noch herzergreifender als zuvor.

Die Sonne verschwand und dunkle Schatten wanderten über den mit Laub bedeckten Boden. Leise Stimmen drangen an mein Ohr und irgendwie fühlte ich mich beobachtet.

Vor mir erschien eine Lichtung. Genau in der Mitte lag ein Wolf und jaulte wie ein armer Hund. Ein beachtliches Tier mit dunklem Fell und gelben leuchtenden Augen. Es war größer als die Exemplare, die ich aus Filmen und Fernsehen kannte. Überrascht sah er in meine Richtung.

Auf einmal hörte er auf, zu winseln, und bleckte stattdessen seine langen Fangzähne. Er knurrte und versuchte, nach mir zu schnappen.

»Ganz ruhig«, rief ich und ging einige Schritte zurück.

Nun sah ich auch, warum diese arme Kreatur so litt. Seine rechte vordere Pfote hing in einer verrosteten Bärenfalle. Ein wenig Blut tropfte auf den Boden.

»Wenn du willst, dass ich dir helfe, musst du stillhalten«, redete ich beruhigend auf ihn ein.

Der Wolf knurrte erneut. Die gelben Augen auf mich gerichtet, achtete er auf jede noch so kleine Bewegung von mir.

»Du bist störrisch.« Ich wagte mich einen Schritt näher heran. Neuerliches Knurren ließ mich zusammenfahren.

»Das hier ist nur ein Traum, Taija«, sagte ich zu mir selbst, um mich zu beruhigen. Ich seufzte und trat an den Wolf heran. Seine Laute und die Zähne, welche mir bedrohlich entgegenblitzten, ignorierte ich einfach.

Ich kniete mich nieder und beobachtete ihn. Interessiert musterte er mich. Er schnupperte kurz und schüttelte den Kopf. Die rostigen Eisenzähne steckten tief in seiner Pfote. Zweifellos kam er allein nicht aus dieser Falle heraus.

Ich erhob mich ganz langsam, um nicht bedrohlich zu wirken, und schnappte mir einen dicken Ast, welcher in der Nähe einer alten Eiche lag. Drohend schwang sie in meine Richtung und griff nach meinem Gesicht. Wütend schlug ich mit dem Ast gegen den Stamm des Baumes.

»Es reicht langsam«, murmelte ich und lief zurück zu dem verwundeten Tier. Seufzend kniete ich mich neben es und dieses Mal ließ es das sogar zu. Ich bekam nicht einmal ein böswilliges Knurren zu hören. Der Wolf schien begriffen zu haben, dass ich ihm nur helfen wollte.

Mit beiden Händen packte ich das Eisen in der Mitte, wo die Zähne die Pfote umschlossen, und versuchte mit aller Kraft, es auseinanderzuziehen. Als Hilfe nutzte ich meine Füße und den dicken Ast. Ich zog, zerrte und rüttelte am Metall. Nach einer halben Ewigkeit rührte sich endlich was und das Gefängnis sprang auf. Ich verkeilte den Ast dazwischen, während der Wolf winselnd seine Pfote befreite. Schnell ließ ich das Ding aus Eisen wieder los und warf mich zu Boden. Die Falle schnappte zu und zerkleinerte den Ast mit einer ruckartigen Bewegung.

Erschrocken keuchte ich auf. Um ein Haar hätte ich meine eigene Hand darin eingeklemmt. Nun richtete sich der Wolf neben mir bedrohlich auf, dabei versuchte er, die verwundete Pfote nicht

zu belasten. Abwehrend hob ich meine Hände vors Gesicht. Doch nichts geschah. Um mich herum herrschte wieder nur Stille.

Ich blinzelte und nahm die Hände runter. Der Wolf stand noch immer vor mir, aber ihm fielen plötzlich die Haare aus. Wie ein Regenschauer sammelten sie sich auf der Erde. Seine Gestalt richtete sich weiter auf und die gelben leuchtenden Augen wichen strahlend blauen. Vor Erstaunen klappte mein Mund auf. Anstatt des Wolfs stand auf einmal Farrun vor mir. Schmerzverzerrt hielt er seine rechte Hand, die von tiefen Schnittwunden übersät war.

»Oh mein Gott«, entfuhr es mir und ich wich einen Schritt zurück. »Ich bin tatsächlich in Eurem Albtraum!«, keuchte ich.

Ehrlich gesagt hatte ich erwartet, dass die weiße Königin mich austrickste und am Ende in einen völlig anderen Traum steckte, aus welchem ich nie wieder herauskam.

Er schüttelte den Kopf. Noch immer blitzten spitze Zähne hervor, das Einzige, was noch an seine Wolfsgestalt erinnerte. »Das war nicht der Plan. Es ist mein Albtraum, nicht deiner.«

»Aber es ist vorbei, ich habe Euch aus der Falle befreit.«

»Nur ist es nicht die Aufgabe in dem Traum, sondern das da«, meinte er und zeigte in die Richtung, aus welcher ich gekommen war.

Ich blickte auf und wie von Zauberhand verschoben sich die Bäume. Sie verschwanden vollkommen oder wichen zur Seite, damit man das Schloss sah. Das Gebäude wirkte bedrohlicher als zuvor und nun fing es auch noch an, zu schneien. Die Kälte wanderte über den Boden und es dauerte nicht lange, da war die Landschaft in dichtes Weiß eingetaucht.

»Das ist das alte Schloss meines Vaters, der Ort, von welchem ich flüchtete, um alles hinter mir zu lassen. Geschworen habe ich mir, dass ich niemals wieder einen Fuß in dieses verfluchte Anwesen setze, aber der einzige Ausweg aus diesem Traum ist es, genau dies zu tun«, sprach er nachdenklich.

»Gut, dann lasst uns gehen«, erwiderte ich und wollte schon darauf zulaufen, als er mich am Arm festhielt und zu sich drehte.

»Ich habe einen Plan«, flüsterte er und kam mir dabei näher.

Auf einmal schlug mein Herz wieder schneller. Warum machte er mich immer so nervös?

»Ich schicke im nächsten Spielzug die Königin in einen Albtraum. Währenddessen wird Tarif seine Funktion als Turm ausführen und sie blockieren. Somit setzt sie für zwei Runden aus und ihr nutzt diese Zeit zur Flucht. Solange sie das Spiel nicht kontrollieren kann, hat sie keine Macht über euch.« Seine Stimme wurde sanfter. Erst jetzt bemerkte ich, wie sehr das Blau seiner Augen leuchtete.

»Warum sind Eure Augen blau?«, fragte ich zögerlich.

»Weil ich der echte Farrun bin. Sobald ich mich in den dunklen Prinzen aus dem Fluch verwandle, werden sie schwarz wie die finsterste Nacht. Das ist nur ein Märchen und wir alle sind Spielfiguren darin« Er lächelte wieder.

»Dann werdet Ihr mich in die reale Welt begleiten?«

Er schüttelte nur den Kopf und fuhr mir durchs Haar. »Mein Platz ist hier. Nur weil du zurück in deine Welt gehst, heißt das nicht, dass der Fluch gebrochen wird.«

»Und wenn wir dafür eine Lösung finden?«

»Die gibt es nicht, ich habe schon etliches versucht. Dieser Fluch diente bloß dazu, dass die Weiße und ich uns immer weiter schaden. Von einem Ausweg war nie die Rede.« Er wandte den Blick ab und sah wieder hinüber zum Schloss.

»Ich finde einen Weg«, flüsterte ich so leise, dass nur ich selbst meine Worte verstand. »Gut, dann los.« Ich nahm seine Hand und nickte ihm aufmunternd zu. Erstaunt sah er mich an. »Falls Ihr nicht wollt, dass ich für immer hierbleibe, kommt mit mir«, sprach ich und lief voraus. Nur zögerlich folgte er mir. »Was passiert eigentlich, wenn ich meine Felder auf dem Schachbrett verlasse?

Vorhin meinte die Königin ja, dass ich Euren Rat befolgen und stehen bleiben sollte.«

»Gelangst du auf ihre Seite, kann sie dich zu ihrer Figur machen. Das gilt aber nicht für den Turm, welcher für seine Funktion die Felder des Gegnerteams betreten muss. Jedoch vermag sie dir nichts zu tun, solange sie in ihrem Albtraum feststeckt.«

»Kann es sein, dass nur Ihr und die Königin alle Regeln des Spiels kennt? Irgendwie scheint es, als tauchten nach jeder Runde neue Erklärungen dazu auf.«

Der Prinz lächelte bei meinen Worten. Wenn ich ihn ablenkte, schien er sich nicht groß aufs Schloss zu konzentrieren. »So macht es doch mehr Spaß, oder nicht? Und im Übrigen dachte ich, du hättest das weiße Buch aufmerksam durchgelesen. Dort steht alles drin.«

»Ehrlich gesagt bin ich nie weit gekommen. Ich habe begonnen, aber auf einmal hatte ich keine Zeit mehr.«

Ich musste meine Finger bewegen, damit sie nicht ganz einfroren. Dazu ließ ich seine Hand los und rieb meine Hände aneinander. Meine Zähne klapperten und ich zitterte unkontrolliert.

Auch der Prinz bibberte vor Kälte, aber er versuchte, es zu verstecken. Er nickte nur und blickte nun wieder ehrfürchtig zum Schloss. Sein Körper spannte sich an und die restlichen paar Meter musste ich ihn beinahe mit Gewalt ziehen. Der Schnee rieselte nun nicht mehr sanft vom Himmel, sondern verwandelte sich in einen richtigen Sturm.

»Was ist los mit Euch?«, fragte ich ihn und suchte seine hellen blauen Augen.

»Ich wollte nie wieder hierher. Ich versuchte, ein guter Thronerbe zu sein, aber ich habe versagt. Mein Vater hat es bis heute geschafft, dass sein Hass siegt«, murmelte er und blickte in den Himmel.

»Es sind nur noch wenige Meter, mein Lieber. Und vergesst Euren Vater, denn egal was er getan hat, Ihr seid nicht wie er«,

wiederholte ich sichtlich genervt. Das Ganze war doch halb so schlimm.

Er schüttelte den Kopf und stemmte die Füße demonstrativ in den Boden. Weder ziehen noch zerren half. Er war der Stärkere und ich hatte nicht den Hauch einer Chance.

»Farrun, bitte«, flehte ich.

Doch er schüttelte nur weiter den Kopf. Das schwarze Haar wirbelte nur so um sein Gesicht. Schnee bedeckte unsere Füße und trübte meine Sicht. Um mich herum sah ich nur noch Umrisse.

»Gut, wie Ihr wollt.« Ich verschränkte die Arme und sah ihn weiterhin an, soweit es der Schneesturm zuließ. »Wenn Ihr mir vertraut, folgt mir, und wenn nicht, bleibt eben hier, aber Ihr müsst aus diesem Albtraum heraus und der einzige Weg ist durch das Schloss. Denkt daran, das hier ist nur ein Trugbild.«

Er musterte mich einen Moment lang, bevor er auf einmal anfing, zu lachen.

»Was?«, fragte ich verwirrt.

»Du hilfst mir, obwohl ich dich entführt habe und in meiner Welt gefangen halte? Obwohl ich dich zu einem Teil dieses Spiels machte? «

Die Kälte um uns herum verschwand. Der Sturm legte sich und mit der Zeit segelten die Flocken einzeln vom Himmel. Der Prinz nutzte den Moment und nahm meine Hände wieder in seine.

»Ihr seid der dunkle Prinz und was immer Ihr getan habt, es ist wegen des Fluches geschehen. Als Farrun seid Ihr anders. Ihr wollt helfen, denkt an Euer Volk und versucht sogar, einen Weg aus diesem Spiel zu finden«, erklärte ich.

»Dann hoffe ich, dass ich dir irgendwann mehr von meiner besseren Seite zeigen kann.«

Während dieser Worte landete die allerletzte Schneeflocke mitten auf seiner Nasenspitze. Stirnrunzelnd sah er hoch. Der Schnee, das Eis und auch die Kälte waren verschwunden.

»Ich sagte ja, es ist ein Trugbild«

Er nickte nachdenklich, »Taija, das, was im Wald passiert ist ...« Er wollte weiterreden, aber ich schüttelte nur den Kopf.

»Darüber können wir später sprechen. Wir müssen uns auf das Wesentliche konzentrieren. Ihr solltet vielleicht noch wissen, dass einer Eurer Freunde ein Verräter ist.«

»Einer meiner Freunde?« Misstrauisch sah er mich an. Er glaubte mir nicht, doch warum sollte er auch. Mitten im Spiel kam ich mit dieser Neuigkeit. »Gut, dass du mir das sagst.« Er entfernte sich wieder von mir.

»Und nun?«

Der Eingang lag direkt vor uns und bestand aus einer einfachen Holztür.

»Nun schicken wir die Eiskönigin in ein Spiel.«

Er holte tief Luft, ehe er ziemlich eilig durch die Pforte rauschte. Dabei entging mir jedoch nicht, dass er kurz davor seine Augen schloss. Ja, schlimme Erinnerungen waren etwas Schreckliches, besonders wenn uns alltägliche Dinge immer und immer wieder daran erinnerten und uns diese Tage erneut durchleben ließen. Doch wir lebten, um Geschichte zu schreiben und diese fürchterlichen Erinnerungen hinter wunderschönen Momenten zu verbergen.

Erwachen in der Vergangenheit wäre wohl ein passender Titel für dieses Kapitel gewesen. Doch zum Glück war der dunkle Prinz nicht ganz allein, das flammende Mädchen leistete ihm Gesellschaft und so langsam schien es die Regeln des Spiels zu verstehen. Man sah nur das, was man sehen wollte. Und um dieses Märchen zu verlassen, musste man an das Unmögliche glauben.

Die Geschichte eines Diebes

ALS WIR DIE Tür passierten, wachte ich auf. Langsam verlor ich die Angst vor den Albträumen und sie wurden mir egal. Ich wollte nach Hause.

Ich stellte mich gerade erneut auf eines der dunklen Felder und beobachtete aus dem Augenwinkel, wie Farrun mich ansah. Auch er hatte sich aufgerichtet. Nun erhob sich Rascha ebenfalls und der Turm der Königin wanderte zurück auf sein Spielfeld.

»Ihr langweilt mich, falls ich das noch nicht erwähnt habe«, meinte die Weiße und verdrehte die Augen.

»Machen wir gern«, erwiderte ich und funkelte sie wütend an. In einer anderen Geschichte, welche ich einmal gelesen hatte, hieß es, dass man unter keinen Umständen die Eiskönigin beleidigen sollte. Die weiße Königin mochte zwar Mauern aus Eis errichtet haben und doch war auch sie irgendwo ganz tief drinnen noch dieses kleine Mädchen von früher, welches sich einfach nur gewünscht hätte, dass die Menschen ihr zuhörten, dass sie nicht hinter ihrem Rücken über sie sprachen und sie nicht dafür verachteten, weil sie eben anders aussah, anders war. Vielleicht wäre diese Geschichte dann ganz anders ausgegangen, wenn man die Königin wie jeden anderen behandelt hätte, aber das hatten die Menschen nicht und darum war sie heute die Frau, die sie nun einmal war: eine Gestalt umgeben von Eis und Schrecken.

Die weiße Königin sagte nichts mehr, sondern rollte nur mit den Augen, um mir zu verdeutlichen, wie sehr ich ihr auf die Ner-

ven ging. Sie schlug mit dem Stab auf den Boden und ihr Springer fiel in einen Schlaf.

Farrun rief: »Solltet Ihr nicht mich entscheiden lassen, welche Figur als nächstes dran kommt?«

»Verzeiht, mein Fehler.« Sie grinste.

Während sich die weiße Königin und der Prinz ein Blickduell lieferten, fiel es mir auf. Sie musste von unserem Plan wissen. Als Nächstes würde sie bestimmt Tarif ins Spiel schicken und hoffte darauf, dass er verlor. Denn wenn er starb, konnten wir sie nicht blockieren.

Wütend ballte ich die Hände zu Fäusten.

Der Springer zuckte auf einmal hin und her, sein Gesicht verzerrte sich zu einer grauenvollen Fratze. Er schrie und keuchte, griff mit den Händen ins Leere, ehe er wieder regungslos liegen blieb.

»Wie schade, er war mir von gutem Nutzen. Nun denn, mein Springer hat verloren, euer Turm ist an der Reihe!«

Warum hatte der Springer das Spiel nicht übersprungen? Kopfschüttelnd betrachtete ich die Weiße. Waren ihre Spielfiguren ihr gar nichts wert?

Tarif fiel zu Boden.

»Ich verabschiede mich auch«, sprach ich und schloss die Augen.

Augenblicklich erwachte ich in Tarifs Albtraum. Die Königin dachte wohl, sie würde uns austricksen. Zu dumm, dass sie mir in die Hände spielte. Nun konnte ich Tarif einweihen, ohne dass die weiße Königin etwas davon mitbekam.

Sein Albtraum schien auf den ersten Blick gar nicht so schrecklich. Ich befand mich wieder in der Menschenwelt, in einer kleinen Gasse. Es war dunkel und nur die Straßenbeleuchtung neben mir spendete etwas Licht. Vor mir lag ein Pub. Dieses befand sich in einem Holzhaus und Lichterketten in Blau, Grün und Gelb hingen um die hölzerne Fassade des Gebäudes herum. Der Eingang stand

offen und drinnen herrschte buntes Treiben. Selbst von hier draußen hörte man die Leute singen. Es waren fröhliche Lieder, die von Klatschen und im Takt stampfenden Beinen begleitet wurden.

Ich machte mich auf den Weg ins Innere des Gebäudes und entdeckte bald den nach einem Dieb benannten jungen Mann. Er saß mit einigen Männern genau in der Mitte des Pubs um einen runden Tisch. In seiner Hand lagen Spielkarten. Hochkonzentriert starrte er auf sein Blatt. Neben ihm stand ein Glas, gefüllt mit Bier.

»Tarif!«, rief ich und kämpfte mich durch die tobende Menge. »Tarif!«, wiederholte ich etwas lauter.

Nun sah er endlich auf. Genervt wandte er sich wieder ab.

»Tar...!«

Meine Stimme ging in dem Lärm unter, als sich zwei tanzende junge Frauen mit knappen Röcken bei mir unterhakten und mich quer durchs Pub zogen. Sie lachten und grinsten mit ihren breiten Mündern.

»Sehr nett, aber ich muss leider los«, murmelte ich und schlängelte mich unter ihren Armen hindurch. Etwas außer Atem kam ich endlich neben Tarif zum Stehen.

»Ich habe mich bereits gefragt, wann du auftauchst«, sagte er gelassen und sah dabei nicht einmal von seinen Karten auf.

»Der dunkle Prinz hat einen Plan. Du musst in der nächsten Runde die Königin blockieren, damit das Spiel kurz nicht unter ihrer Aufsicht ist. Währenddessen gelangen wir dank der Tür in Farruns Schloss zum Eispalast und von dort aus finde ich den Spiegelsaal«, erklärte ich.

»Und ich? Glaubst du wirklich, ich bleibe hier?« Tarif schnaubte, schmiss das Kartendeck auf den Tisch und trank in einem Zug das Glas neben sich aus. »Ich bleibe nicht zurück!«, protestierte er erneut. Die Leute um ihn herum spielten einfach weiter.

»Das wirst du ja nicht, ich finde einen Weg, aber momentan ist das die einzige Lösung«, rief ich über den Lärm hinweg.

Er wollte etwas erwidern, als er auf einmal ziemlich blass wurde.

»Was?«, fragte ich vorsichtig.

Tarif blickte auf das Glas in seiner Hand, auf welchem mit großen Buchstaben »***Trink mich***« stand. »Darin ist Gift! Bevor ich in diesem verfluchten Märchen gelandet bin, war ich in dieser Bar. Ich war hier oft, hatte irgendwann Wettschulden und eines Abends trank ich genau aus solch einem Glas. Irgendetwas stimmte damit nicht, auf alle Fälle brach ich zusammen und gelangte in dieses Spiel!«, schrie er und schmetterte das Gefäß auf den Boden. »Verschwinde!«, rief er und raufte sich die Haare. »Hau ab! Raus!«, brüllte er und während er sprach, liefen ihm Tränen über die Wangen.

»Das war dein Albtraumschach? Du solltest nicht denselben Fehler begehen?«, flüsterte ich.

Auf einmal verstummte die Musik und die Menschen um mich herum verblassten. Die tanzenden Frauen lächelten ein letztes Mal, bevor ihre Silhouetten verschwanden. Selbst die Scherben des Glases blieben nicht lange auf dem Boden.

»Genau, aber wieder habe ich mich ablenken lassen.« Er seufzte. »Geh, ehe es zu spät ist, und finde einen Ausweg.« Nun fing auch er an, zu verblassen.

»Tarif!«, schrie ich, doch es nützte nichts, ich musste hier raus.

Wütend verließ ich das Spiel und öffnete meine Augen. Natürlich erwartete mich bereits die Hexe und grinste über beide Ohren.

»Toter Turm, toter Tarif«, sprach sie und zuckte gleichgültig mit den Schultern.

»Wie könnt ihr es wagen!«, schrie ich und warf einen Blick auf den leblosen Körper. Nun war ich es, die weinte. Der ruinierte Plan war sicher nicht das Schlimmste. Tarif war gefangen in diesem Spiel! Gefangen in einem Albtraum, einem alten Fehler, den er nun immer und immer wieder beging.

»Wie kann ich was?«, fragte sie mit ihrer monotonen Stimme und fuhr mit ihren Krallen über den blauen Stab.

»Ist Euch ein Menschenleben gar nichts wert?«

»Taija!« Nun warf mir Farrun einen mahnenden Blick zu.

»Was?«, fuhr ich nun auch ihn an. »Ihr seid doch genauso Teil dieses Spiels wie diese Hexe!«

»Das reicht jetzt wirklich. Ich habe schon deutlich kreativere Beleidigungen gehört, zum Beispiel hätten wir da ...«

»Ich gebe mein Leben für Tarif.«

Die weiße Königin hielt inne, ihr Lächeln verblasste.

»Was?«, fragte ich nun etwas sanfter. Ich sah hinüber zum Prinzen und direkt in seine blauen Augen. Ich sah den jungen Mann vor mir, der immer nur das Beste für sein Volk wollte. Den kleinen Jungen, der sich die Schuld am Tod seiner Mutter gab und seinen Vater niemals verurteilt hatte. Den dunklen Prinzen, der eigentlich alles andere als düster und dunkel war.

»Ich gebe mein Leben für Tarif. Ich kann das, ich bin der nutzlose Bauer.«

Ich schloss meine Augen und konzentrierte mich auf das Pochen meines Herzens.

»Liebe macht dumm, habe ich das nicht immer gesagt?«, lachte die Weiße.

»Mag sein. Und wenn wir schon dabei sind: Der nächste Zug geht an dich, meine Königin«, sagte der Prinz, ehe er leblos zu Boden fiel und Tarif dafür ziemlich schockiert die Augen öffnete.

»Ihr kleinen Ratten!« Die Hexe tobte und doch konnte auch sie nicht verhindern, dass sie in eines der Spiele gezogen wurde.

»Warum?«, keuchte Tarif und sah zu seinem Herrn.

»Bringen wir es zu Ende. Blockier die Königin«, murmelte ich und schloss meine Augen. Hatte der Prinz nicht erklärt, dass er und die Weiße nicht sterben konnten? Also würde er womöglich nicht

für immer verloren sein. Nur ... War das gerade unser Abschied gewesen?

»Mach endlich, du Idiot!«, schrie Rascha, die nun auch verstand, dass es einen Plan gab.

»Schon gut, ich blockiere dieses weiße Sumpfross.«

Eilig öffnete ich die Augen, eilte zu Rascha, nahm ihre Hand und rannte los. Nur wohin? Der komplette Raum war noch immer ein ausweglosses Viereck.

»Springen! Du musst springen!«

Etwas entgeistert sah ich sie an. »Was muss ich?«

Dass sie den Abgrund neben dem Schachfeld meinte, begriff ich wohl, aber dort tropfte nur diese seltsame zähe Flüssigkeit hinunter und verschwand im Nichts.

»Los!«, schrie sie und rannte los.

Inzwischen kapierten die Kreaturen der Weißen, dass wir einen Fluchtversuch starteten. Sie rannten los, verließen ihre Felder und machten Jagd auf Rascha und mich. Wahrscheinlich wären sie damit auch erfolgreich gewesen, doch Rascha sprang. Sie schloss die Augen, schrie und stürzte ins Nichts. Es dauert etwas, bevor man ein eigenartiges Geräusch vernahm. Es klang beinahe, als ob jemand ein Blatt Papier zerriss. Mir blieb keine andere Wahl. Eilig nahm ich Anlauf und folgte ihr. Das seltsame Gefühl, dass man normalerweise auf einer Achterbahn oder im Flugzeug verspürte, machte sich nun bemerkbar. Meine Füße sanken in eine klebrige Flüssigkeit, unbewusst schrie ich auf. Doch dieses sirupartige Wasser verschwand und plötzlich befand ich mich in der Halle des Prinzen. Erneut erklang das Reißen neben meinen Ohren.

»Alles eine dämliche Illusion«, schimpfte Rascha. Sie war inzwischen aufgestanden und rannte nun weiter.

»He! Warte!« Eilig sprang ich ebenfalls auf und nahm die Beine in die Hand.

»Was nun?« Rascha drehte sich während des Rennens um.

»Wir müssen ins Schloss der Weißen. Benutz eine der seltsamen Türen.«

»Du bist verrückt«, sagte sie, aber sie klang eher erleichtert als wütend.

»Warum hat das vorhin wie Papier geklungen?«, fragte ich keuchend, nachdem ich endlich aufgeholt hatte. Gemeinsam rannten wir wie die Irren die Treppen hoch. Meine Lungen brannten und das beliebte Seitenstechen machte sich bereits bemerkbar.

»Die Magie löst sich auf, die Illusion zerreißt. Das ist wie ... wie ...« Genervt schnaufte sie. »Wie wenn du gegen eine Wand rennst, irgendwann gibt sie nach. Sofern es keine stabile Wand ist und ... Na ja, die Königin besitzt hier zwar Magie, aber nicht so viel, wie sie in ihrem Palast besäße.«

»Zum Glück wusstest du wegen des Abgrunds Bescheid«, keuchte ich und hielt an. Ich konnte nicht mehr, meine Beine gaben schon nach.

»Es war eher ein Experiment, ich wusste es nicht«, gab sie zu und blieb ebenfalls stehen.

»Was? Egal, wir müssen weiter.« Kopfschüttelnd setzte ich mich in Bewegung. Ich wusste nicht, was gerade dort drinnen geschah, aber viel Zeit hatten wir nicht mehr. Spätestens, wenn die Königin erwachte oder die Gestalten sich ebenfalls trauten, den Abgrund zu bezwingen, war alles verloren.

Wir erreichten zum Glück bald den bekannten Raum mit den farbigen Türen.

»Weiß«, brachte ich hervor und deutete auf die helle Tür direkt vor uns, während ich mir die Hand in die Seite presste. Nicht, dass es half, aber irgendwie hatte ich mir das angewöhnt. »Los, los!«

Ich scheuchte sie durch die Tür und schloss diese eilig hinter uns. Ich musste mich nicht einmal umdrehen, um mir sicher zu sein, dass wir uns im Palast der Schneehexe befanden. Augenblicklich schlug mir unerträgliche Kälte entgegen und nistete sich

in meinem Körper ein. Das Schloss selbst wirkte verlassen. Zwar standen da und dort der Wächter der weißen Königin, grimmige Eisgestalten und Polarwölfe. Jedoch blieben sie regungslos stehen. Auch als wir uns einen Weg an ihnen vorbei bahnten, regte sich nichts.

»Sie funktionieren nur mit Magie, außer ein paar wenige, aber die scheinen wohl geflohen zu sein«, erklärte Rascha, denn sie bemerkte meinen fragenden Gesichtsausdruck. »Sie sind leblose Wesen ohne ihre Meisterin.« Ihre Stimme schallte als tausendfaches Echo von den Wänden.

Gemeinsam liefen wir durch das Reich der Königin, bis wir zu den Treppen nach unten gelangten. Rennen konnten wir hier nicht, zu glatt war der vereiste Boden.

»Ich war schon einmal hier«, flüsterte sie.

»Wann?«, fragte ich.

»Vor einiger Zeit. Ich ging baden.« Sie hielt inne und deutete auf eine weitere Treppe vor uns. Ich folgte ihr, warf aber immer wieder einen Blick zurück. »Zusammen mit meiner Schwester. Eigentlich durfte man dort nicht hin, da der kleine See mit dem Wasserfall zu einem geschützten Ort gehörte, aber irgendwie war die Neugierde größer. Ich tauchte als Erste ein und nie wieder auf. Sobald ich aufwachte, befand ich mich genau in diesem Schloss. Mir gelang die Flucht und währenddessen stieß ich auf den dunklen Prinzen und seine Jäger.« Sie blieb stehen und strahlte. »Ich erinnere mich an kleine Dinge«, erklärte sie.

»Rascha!«, rief ich und hielt mir gleich darauf die Hand vor den Mund. Das Eis knackte bedrohlich.

»Was?«, fragte sie leise.

»Kannst du dich an deinen Namen erinnern?«

»Noch nicht, aber das kommt, da bin ich mir sicher.«

Irgendwann wurde es immer dunkler und unheimlicher. Bald gab es auch keine Treppen mehr, die wir hätten hinuntersteigen können.

Es war totenstill. Vereinzelte farbige Türen kreuzten unseren Weg.

»Es sind nicht die farbigen Türen, die du kennst, betrete sie nicht«, sprach Rascha mahnend. Erst jetzt fiel mir auf, dass ihr Haar wieder kürzer wurde.

»Die Magie des Spiels lässt nach!« Ich deutete auf ihren Kopf, doch sie nickte nur beiläufig.

»Da!« Sie lief augenblicklich schneller.

Das Eis unter mir knackte immer lauter und ich geriet ins Rutschen. Meine Füße verloren mit jedem Schritt mehr an Halt. Verzweifelt verlangsamte ich das Tempo und versuchte, Rascha nicht aus den Augen zu verlieren. Tarif war wegen eines vergifteten Getränks hier gelandet, Rascha, weil sie baden ging, und ich durch einen Spiegel? So langsam beschlich mich das Gefühl, dass sich dieses Spiel die Teilnehmer selbst aussuchte. Oder gab es echt magische Portale hierher?

Sie öffnete die weiße Tür vor uns. Blaue Eiskristalle zierten das Holz. Anstatt einer Türklinke war ein Eisblock befestigt. Rascha zögerte keinen Moment. Sie riss die Tür auf. Halb rutschend, halb laufend kam ich neben ihr zum Stehen. Vor mir standen die Spiegel aus meinem Albtraumschach. Aufgereiht wie im Bilderbuch, fein säuberlich sortiert.

»Sieh nicht hin«, mahnte Rascha und eilte weiter. Der Grund zu meinen Füßen war wenigstens nicht mehr so glatt.

Langsam lief ich ihr nach, darauf bedacht, den Blick auf den Boden zu richten. Leises Wispern erklang. Ich ignorierte es. Dann direkt neben mir: Krallen, als ob sie über Spiegel fahren würden. Ich hielt mir schmerzerfüllt die Ohren zu. Immer schneller trugen mich meine Beine. Weiter vorn kam erneut eine Tür in Sicht, dunkles Holz mit kleinen Spiegeln.

Rascha zögerte, genau wie ich. Vor der Tür stand jemand. Meine Freundin lächelte erfreut, wobei sich meine Freude in Grenzen hielt. Dort stand nicht irgendwer, dort stand der Verräter.

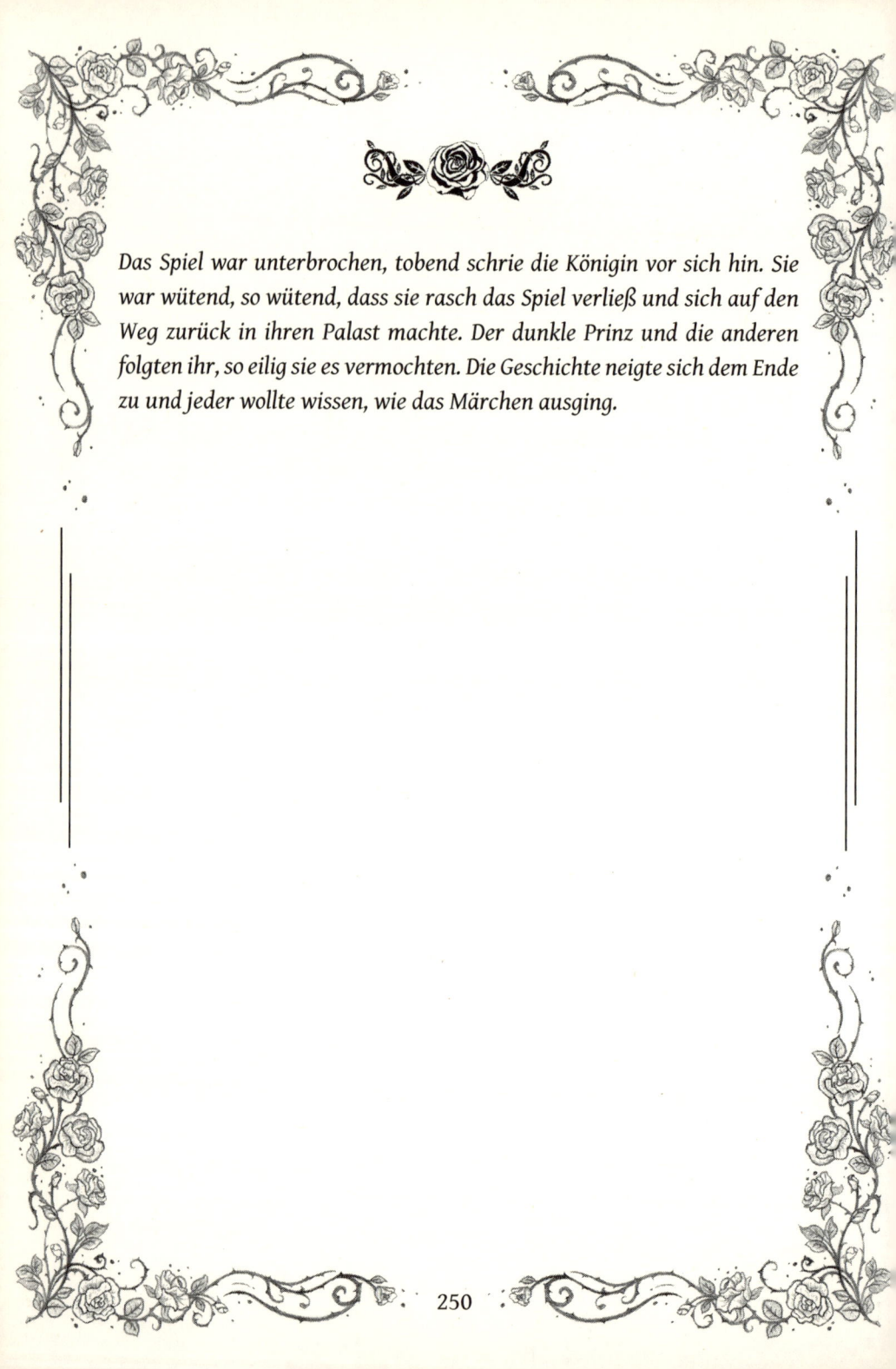

Das Spiel war unterbrochen, tobend schrie die Königin vor sich hin. Sie war wütend, so wütend, dass sie rasch das Spiel verließ und sich auf den Weg zurück in ihren Palast machte. Der dunkle Prinz und die anderen folgten ihr, so eilig sie es vermochten. Die Geschichte neigte sich dem Ende zu und jeder wollte wissen, wie das Märchen ausging.

Der Wunsch eines Mädchens

WIE BIST DU so schnell hierhergekommen?«, fragte ich und blickte in seine dunklen Augen. Er war für mich ein Buch mit sieben Siegeln. Das schwarze Haar, die grünen freundlichen Augen und das respektvolle Lächeln auf seinen Lippen. Diese Maskerade hielt er aufrecht, solange ich hier festsaß. Er war der ständige Begleiter des dunklen Prinzen, half ihm, wo es ging, schritt ein, wenn etwas nicht klappte, und doch hatte er ihn verraten.

»Magie«, meinte er gelassen.

Vor uns stand Besart. Der treue Freund Farruns und gleichzeitig auch der Verbündete der Königin. Wahrscheinlich war er hier, um uns zu stoppen.

»Sehr interessant. Können wir durch?«, fragte ich und versuchte, möglichst erwachsen zu klingen.

Er lächelte.

Rascha starrte ihn immer noch gebannt an. Es brauchte nicht viel Gedankenkraft, um zu erahnen, dass er der Mann war, den sie liebte. Der Mann, wegen dem sie geblieben war. Der Mann, der ihren richtigen Namen kannte.

»Nein«, meinte er ebenso gelangweilt wie ich vor wenigen Sekunden. »Tut mir leid«, fügte er hinzu und räusperte sich.

Ich schüttelte den Kopf und sah Hilfe suchend zu Rascha, die aber keine großartige Hilfe darstellte. »Wieso verrätst du deinen besten Freund?«, fragte ich stattdessen. In einem Kampf war Besart mir ohnehin überlegen. Gewaltsam bekamen wir ihn also nicht aus dem Weg.

»Das ist eine lange Geschichte«, meinte er und lächelte wieder.

»Wir haben Zeit«, antwortete ich.

Rascha sah mich sichtlich verwirrt an. Sie verstand nicht, was gerade passierte. Wie denn auch?

»Ich bin mir nicht sicher, ob du meine Geschichte bereits kennst. Meine Kindheit war ein wenig kompliziert und mein einziger Gedanke galt der Rache am König meiner Heimat. Dieser König war Farruns Vater, ein Mann ohne Herz, Ehre und Gewissen. Ich plante einen Verrat, schuf mir Verbündete und doch lief dabei etwas schief. Eigentlich wollten wir dem Herrscher seinen Sohn nehmen, denn wenn er etwas verlieren würde, was ihm viel wert war, würde er vielleicht endlich verstehen.«

»Nur war Farrun dem König nicht wichtig«, fuhr ich fort. Den Teil der Geschichte kannte ich.

»Oh, wichtig war er durchaus. Der Hass, welcher durch den Tod seiner geliebten Frau kam, machte unseren Herrscher alt. Er besaß nur diesen einen Thronerben, darum ließ er ihn am Leben.«

»Und warum habt ihr nicht den König selbst umgebracht?«, fragte ich neugierig.

»Weil es Schlimmeres als den Tod gibt. Ich sah damals in die Augen des jungen Prinzen und wusste, ich kann es nicht tun. Nach dem Tod des Tyrannen wurden Farrun und ich Freunde. Wir teilten diese schreckliche Vergangenheit und fingen an, dem Volk Frieden und Vertrauen zurückzugeben. Nur leider lastete ein Fluch auf ihm und so waren wir gezwungen, uns hier niederzulassen. Die Spiele begannen, immer mehr Menschen verirrten sich hierher, und ganz ehrlich, ich kann dir nicht sagen, wie viele Jahre diese Geschichte schon dauert.«

»Das klingt für mich eher nach Gründen, das Spiel zu beenden.« Mein Blick wanderte zu Rascha. Inzwischen strahlte auch sie nicht länger.

»Wenn dieses Spiel endet, geraten wir in Vergessenheit. Keiner

erinnert sich mehr an uns, bis wir irgendwann verblassen. Was ist ein Märchen ohne Geschichte? Höchstens ein leeres Buch.« Er rieb sich die Stirn, als bereite ihm das alles Kopfschmerzen. »Das Spiel geht immer weiter, ein fiktives Märchen ohne Ende. Wenn ihr das Spiel verlasst, bringt ihr es außer Kontrolle. Ich sorge für das Gleichgewicht, nicht mehr und nicht weniger, darum das Ganze. Bald wird die Weiße hier sein und dann wird es weitergehen. So gerät das Märchen niemals in Vergessenheit und wir leben weiter«, sagte er bestimmt.

»Das ist doch verrückt«, protestierte ich. Hinter uns knarrten Türen. Eisige Kälte breitete sich aus. »Wie du in den Palast der Königin gelangt bist, kann ich mir denken, aber wie kamst du so rasch zurück? Immerhin führen die Türen aus dem Schloss nur in eine Richtung«, hakte ich eilig nach. Diese Frage lag mir schon länger auf der Zunge.

»Auch die Königin besitzt solche Türen.«

Schritte kamen immer näher.

»Wisst ihr was? Versucht doch, zu flüchten. Gelingen wird es euch nicht.« Besart trat zur Seite und gab die Tür frei. Er lehnte sich gegen die nahe gelegene Wand.

Rascha starrte zuerst ihn an und dann mich. »Märchen hin oder her, was ist hier los?«, fragte sie.

»Er ist der Verräter«, erklärte ich, während er kurz auflachte und mit den Schultern zuckte.

»Ich bin kein Verräter. Ich bin der, der dafür sorgt, dass wir weiterleben, dass niemand unsere Geschichte vergisst«, sprach er an Rascha gewandt.

»Weißt du, in wie vielen Büchern euer Märchen steht? Jeder kennt es und jeder erzählt es weiter. Ihr geratet nie in Vergessenheit, es ist das Spiel, das euch an sich fesselt, dieser Fluch des Kräutermanns«, antwortete ich bestimmt und machte einen Schritt auf die Tür zu. Es war eine schlichte Holztür mit einem uralten Schloss.

»Man kann das Spiel nicht verlassen.« Besart schüttelte traurig den Kopf. »Ein Spiel ohne Figuren funktioniert nicht.«

»Ich brauche meinen Namen.« Rascha näherte sich Besart und blickte ihm in die Augen. Ihre Stimme zitterte leicht und irgendwie war es ungewohnt, die selbstsichere Rascha so verzweifelt zu sehen.

Besart runzelte fragend die Stirn. »Was?«

»Ich brauche meinen Namen und du kennst ihn«, versuchte sie es noch einmal mit gefasster Stimme.

»Alice, dein Name ist Alice.« Er seufzte. »Du bist damals wegen mir geblieben, obwohl du das weiße Buch oft gelesen hast. Du wusstest, wie man diesen Ort verlässt. Und auch, dass mir das Spiel wichtiger war. Ich wollte nicht, dass man meine oder die Geschichte der anderen vergisst.«

»Das ist nicht wahr!«, rief sie und stemmte die Füße wütend in den Boden. »Ich habe dir irgendwann einmal etwas bedeutet«, flüsterte sie beinahe. Das Eis knirschte.

»Irgendwann einmal, ja.«

Ich schüttelte nur den Kopf. Dieses Märchen machte alle verrückt.

Die Eingangstür wurde aufgestoßen. Mit wehendem Haar und grimmiger Miene betrat die weiße Königin den Raum. Ich wich einige Schritte zurück. Sie schien nicht sonderlich erfreut zu sein.

»Was tut ihr hier?«, zischte sie.

Farrun erschien wenige Meter hinter ihr. Auch er sah nicht begeistert aus. Dicht dahinter folgten die anderen Spieler und sonderbarerweise der Hutmacher. Nun trug er einen Hut aus Spiegeln. Blickte man hinein, sah man sein Gesicht etliche Male.

Ich beugte mich zu meinen Schuhen und griff nach dem Schlüssel, den ich aus Farruns Buch entwendet hatte. Er fühlte sich kalt an. Das schwere Eisen drückte gegen meine Handfläche.

Glaube und deine Wünsche werden wahr...

Aber natürlich!

Das hier war nur ein Märchen, wenn ich fest an etwas glauben würde, dann würde es Wirklichkeit werden, oder nicht?

Ich schloss die Augen und atmete kräftig durch. Langsam richtete ich mich auf und schob mich rückwärts zur Tür, während die Weiße und Farrun mich im Blick behielten. Der Prinz hatte ein mörderisches Grinsen im Gesicht, als ob er nicht mehr er selbst wäre. Die Königin blickte mich nur zornig an.

Ich suchte mit der rechten Hand vorsichtig das Schloss, während sie noch immer den Schlüssel umklammerte. Endlich fand ich es, schob ihn hinein und drehte das kleine Metallding.

Meine Augen schloss ich und erst als ein leises Klicken erklang, öffnete ich sie wieder ruckartig. Ich drehte mich um und riss die Tür auf.

»Rascha!«, rief ich, auch wenn ihr wirklicher Name Alice war. Alice, verloren in einem Märchen, und ich half ihr hinaus. Ich schüttelte den Kopf und rannte durch die Tür.

Die Weiße schrie auf und folgte mir.

Vor mir tat sich ein heller Raum auf. Nur ein einzelner Spiegel stand in der Mitte. Er funkelte dort, wo er das Licht einer einzelnen Lampe reflektierte.

Rascha erschien neben mir.

»Spring durch den Spiegel!«, wies ich sie an.

»Aber Besart?«, meinte sie und warf einen Blick zurück.

Ich schloss die Augen und tat das, was ich für das Beste hielt. Ich verließ mich auf mein Bauchgefühl.

»Hutmacher!«, rief ich dem Kerl mit spiegelndem Hut zu. Grinsend sah er mich an. »Das ist doch ein Märchen, nicht wahr?«, fragte ich.

»In der Tat«, sprach er.

»Und in Märchen werden Wünsche wahr?«, hakte ich nach.

»In der Tat«, meinte er erneut.

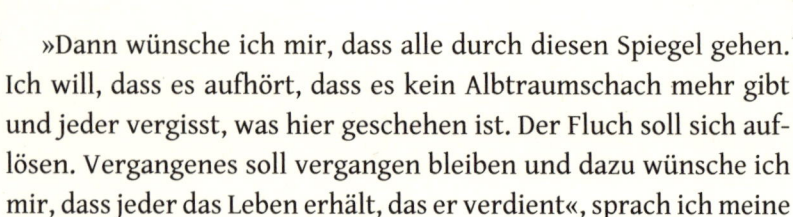

»Dann wünsche ich mir, dass alle durch diesen Spiegel gehen. Ich will, dass es aufhört, dass es kein Albtraumschach mehr gibt und jeder vergisst, was hier geschehen ist. Der Fluch soll sich auflösen. Vergangenes soll vergangen bleiben und dazu wünsche ich mir, dass jeder das Leben erhält, das er verdient«, sprach ich meine Gedanken aus.

Und dann schloss ich fest meine Augen und sprang selbst durch das Glas. Denn wenn ich hier etwas gelernt hatte, dann, dass alle hier einst Menschen gewesen und durch das Spiel zu Figuren geworden waren. Wie ein Traum aus leeren Worten. Eine Hülle aus Glas, die einen von außen zerfraß. Nichts hatte eine Bedeutung, nicht einmal die Zeit. Dieses Märchen entstand aus vielen kleinen Fehlern und ich hoffte, dass meine Wünsche alles wieder richteten.

Ich schwebte durch die Luft, ließ mich vom Wind tragen, dachte an meine Ängste und erinnerte mich daran, dass man jede Angst besiegen konnte, wenn man dazu bereit war. Dann wurde es auf einmal ruhig.

Stille umschloss das Mädchen mit dem auffälligen Haar. Das Schachbrett war verschwunden, die Spieler ebenfalls. Das Schloss aus Eis schmolz ohne seine Magie und unter dem Berg aus Schnee taute langsam ein verlassenes Dorf auf. Man munkelte hinter geschlossenen Türen, dass die Bewohner jenes Ortes für ihre Taten bestraft wurden. Auch das Schloss des dunklen Prinzen löste sich auf. Zurück blieb eine kleine runde Teetasse, welche daran erinnerte, dass vor nicht allzu langer Zeit ein verrückter Hutmacher einem namenlosen Mädchen Tee eingeschenkt hatte. Ja, in einer Welt wie dieser war alles möglich. Selbst den richtigen Schlüssel unter Hunderten zu finden, war hier keine Kunst.

Und wenn sie nicht gestorben sind

ICH WACHTE AUF, umgeben von Scherben. Bruchstücken aus dem Spiegel in einer verschwommenen Welt. Leises Flüstern drang an mein Ohr, als säße jemand neben mir. Spiegel um Spiegel, Zeit um Zeit, erwacht in einem Traum aus Ewigkeit. Um meine Füße huschte ein weißes Kaninchen. Es kitzelte mich an den Knien. Ich schloss die Augen und ließ mich von der Dunkelheit treiben. Immer und immer wieder verschwammen Bilder vor meinen Augen, mein Kopf pochte und Farben huschten hin und her. Ich fühlte mich verwirrt und etwas benommen, alles drehte sich im Kreis.

»Aufhören!« Ich schrie und schützte mein Gesicht mit den Händen, aber nichts geschah. Irgendwann beruhigte sich die Welt um mich herum. Das Drehen hörte auf und Bild um Bild setzte sich das Puzzle zusammen.

Ich wusste nicht, wie viel Zeit vergangen war. Irgendwann öffnete ich die Augen und stemmte mich hoch, darauf bedacht, nicht die Scherben zu berühren, welche überall verteilt lagen. Ich brauchte ein wenig, bis ich realisierte, dass ich mich tatsächlich wieder auf dem Dachboden befand. Neben mir lagen die vereinzelten Teile des Spiegels. Der Spiegel war zerbrochen und so wie es aussah, konnte man die Einzelteile nicht mehr kleben.

Ich blinzelte und rieb mir über die Augen. Ich war müde und mein Kopf schmerzte. Noch einmal zwickte ich mir in den Arm, um sicherzugehen, dass ich wirklich wach war.

Ich stand auf und rannte die Stufen hinunter, vorbei an meinem schwarzen Zimmer und den vielen Bildern. Immer weiter, bis

in die Küche, aber dort war niemand. Ich sprang aus der Haustür und versank im Neuschnee. Meine Knie geben nach, während ich verzweifelt suchte.

»Tante!«, schrie ich. »Tante!«

»Taija?«, rief eine helle Stimme.

Überrascht wandte ich mich dem Hauseingang zu.

Da stand sie und rückte sich die Brille zurecht.

Ich jubelte, sprang eilig auf. So schnell es ging, umarmte ich sie und drückte sie an mich. Sie war real und das wusste ich. So was spürte man einfach. Egal, wie realistisch diese Albträume gewirkt hatten, irgendetwas hatte immer gefehlt. Doch das hier, dieser Moment, der war echt.

»Was ist denn in dich gefahren, mein Kind?«, fragte sie verdattert.

»Der Spiegel auf dem Dachboden, ein Märchen, das des Dunklen und der Weißen«, stotterte ich und hielt mich an ihrem grauen langen Kleid fest. Ich wollte sie nicht mehr loslassen.

»Ganz ruhig«, sagte sie und schüttelte noch immer den Kopf.

Das Schneetreiben um uns wurde dichter, aber ich fror nicht, obwohl ich ohne Jacke draußen stand.

»Meine Liebe, du warst gerade einmal fünf Minuten fort. Du solltest zum Arzt«, meinte sie und sah mich besorgt an. Ganz langsam schob sie mich von sich.

Fünf Minuten? Wie konnte das sein?

»Es ist wahr, ich war mitten in diesem Märchen gefangen«, versuchte ich, sie zu überzeugen.

Doch Tante Kaisslin schien mir kein bisschen zu glauben. »Ich mache dir jetzt erst einmal eine Kanne mit warmem Tee und dann setzt du dich hin. Du scheinst mir sehr verwirrt.«

Sie lief zurück ins Haus, während ich noch eine Weile in der Kälte stand. Ich blickte hoch in den Himmel und beobachtete den Tanz der Schneeflocken. Vielleicht hatte ich tatsächlich geträumt?

Ich trug dieselbe Kleidung wie in dem Augenblick, als ich den Dachboden betreten hatte. Auch alles andere schien unverändert.

»Taija?«, rief meine Tante.

»Komme.«

Ich ließ das dichte Schneegestöber hinter mir und lief wieder in die Wärme. Kaisslin stand vor dem Herd und rührte in einer kleinen Pfanne. Auf dem Tisch warteten zwei Porzellantassen und unbewusst musste ich dabei an den verrückten Hutmacher denken. Gleichzeitig kam mir aber auch einer meiner Albträume in den Sinn.

»Tante, was machst du da?«, fragte ich vorsichtig und blieb im Türrahmen stehen.

»Tee mit den Kräutern aus dem Garten, zumindest mit denen, die der Schnee verschont hat«, antwortete sie und runzelte ihre Stirn. »Was soll ich denn sonst tun?«, hakte sie nach.

Ich hob den Daumen und setzte mich an den Tisch. Dieses Spiel hatte seine Spuren hinterlassen.

Und während ich dasaß und zusammen mit Tante Kaisslin Tee trank, ging ich in Gedanken noch einmal alles durch.

»Also, dann erzähl mir, was genau dort oben passiert ist. Bist du gestürzt oder hast du eine Ratte entdeckt? Davon soll es einige geben.« Sie schüttelte sich und trank eilig ihren Tee.

»Ich glaube, ich habe mir einfach den Kopf gestoßen, aber es geht wieder«, wich ich aus.

Das Getränk tat gut, es wärmte meine Knochen und vertrieb den Nebel aus meinen Gedanken. Farrun, die weiße Königin, Besart, Tarif und Rascha, alle entsprangen bloß meiner blühenden Fantasie. Eigentlich müsste ich glücklich sein, aber in meiner Brust, dort wo das Herz lag, breitete sich ein kleiner, aber nicht unbedeutender Schmerz aus.

»Morgen gehen wir zum Arzt und überprüfen das.« Bestimmend nickte sie.

»In Ordnung.« Ich trank den letzten Schluck meines Tees und verabschiedete mich dann. Ich wollte einfach nur noch schlafen.

Mein Zimmer hatte ich bereits erreicht, als ein Klingeln mich zusammenfahren ließ. Überrascht sah ich auf. Wir bekamen selten Besuch. Oder besser gesagt: Selten passierte es, dass irgendwer bei uns klingelte.

»Ich gehe schon«, rief meine Tante und bald hörte ich, wie sie in Richtung Tür lief, diese öffnete und mit irgendwem sprach.

Mein Herz klopfte. Was, wenn es Farrun war? Oder Rascha? Vielleicht waren sie ebenfalls in der Menschenwelt gelandet.

Die Tür schloss sich wieder.

»Wer war es?«, rief ich neugierig hinunter. »Tante?«, fragte ich erneut, als keine Antwort kam.

»Du sollst nicht so schreien, Liebes. Es war nur ein junger Herr von der Gemeinde, er kam wegen des Schneesturms.«

Ich nickte, auch wenn sie mich gar nicht sah. Die Hoffnung in mir starb. War ja klar, dass ich einer Fantasiefigur aus dem Buch nachjagte

An diesem Abend lag ich in meinem Bett und wälzte mich unruhig hin und her. Ich konnte nicht schlafen, zu viele Gedanken kreisten durch meinen Kopf.

Auch die nächsten Abende lag ich lange wach und erst nach einem Monat gelang es mir, wieder vernünftig zu schlafen. Ich half Tante Kaisslin, wo es ging, lenkte mich ab und vergaß jeden Tag ein wenig mehr. Der Schmerz in meiner Brust, der jedoch blieb. Was ich daraus lernte? Dass nicht jedes Ende dem eines Märchens glich.

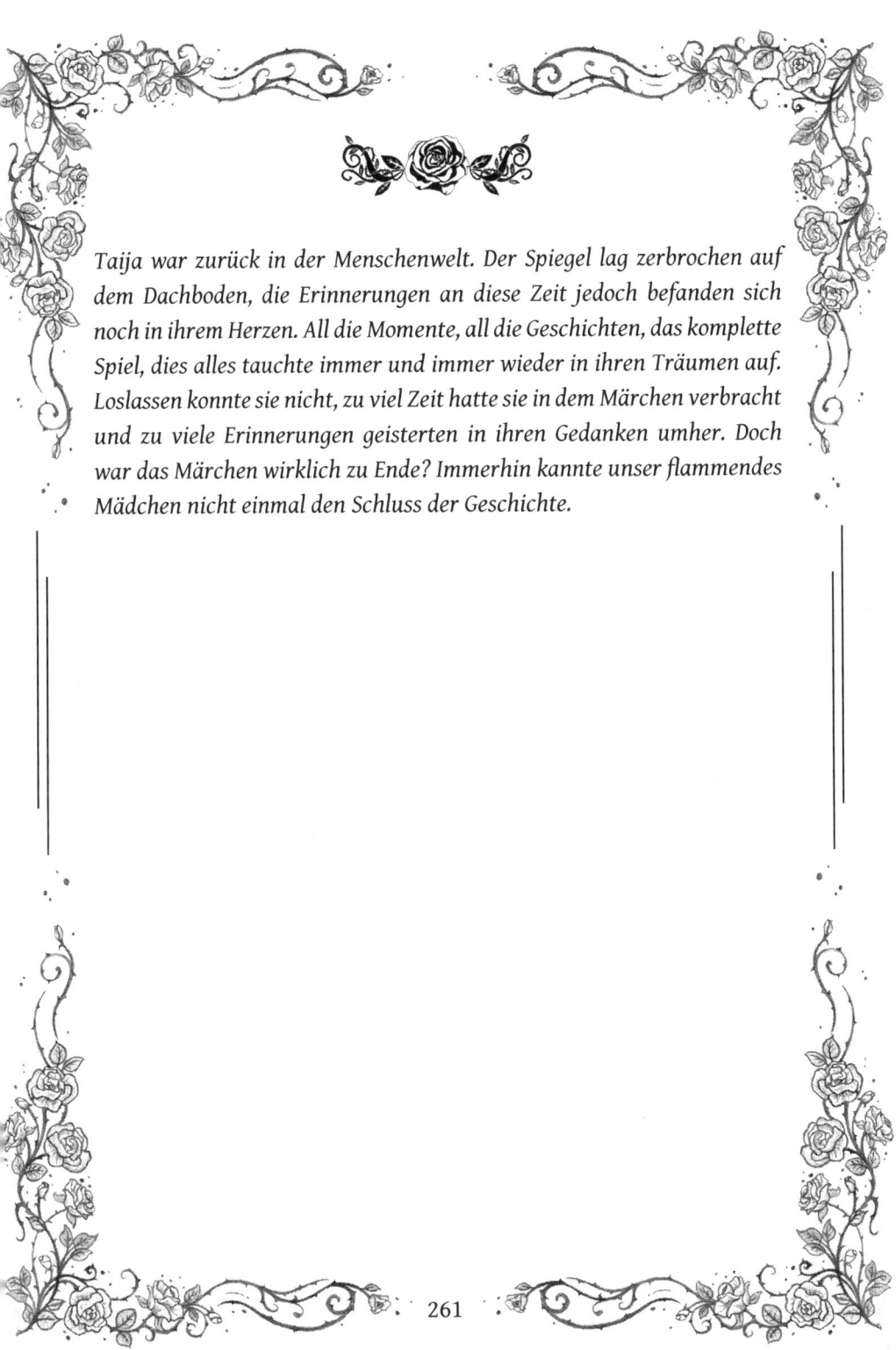

Taija war zurück in der Menschenwelt. Der Spiegel lag zerbrochen auf dem Dachboden, die Erinnerungen an diese Zeit jedoch befanden sich noch in ihrem Herzen. All die Momente, all die Geschichten, das komplette Spiel, dies alles tauchte immer und immer wieder in ihren Träumen auf. Loslassen konnte sie nicht, zu viel Zeit hatte sie in dem Märchen verbracht und zu viele Erinnerungen geisterten in ihren Gedanken umher. Doch war das Märchen wirklich zu Ende? Immerhin kannte unser flammendes Mädchen nicht einmal den Schluss der Geschichte.

Ein Ende, ohne wirklich eines zu sein

WIE OFT HABE ich dir gesagt, du sollst in diesem Haus nicht rennen?«, sagte Tante Kaisslin und schüttelte den Kopf. Sie stemmte die Hände in die Hüften und beobachtete mich, wie ich mit Besen, Müllsäcken und Putzlappen die Treppenstufen rauf und runter rannte.

»Verzeih, das ist das letzte Mal«, rief ich und keuchte bereits vor Anstrengung.

»Und schreien, schreien sollst du auch nicht!«

Ich lächelte nur und machte mich wieder auf den Weg zum Dachboden. Inzwischen sah es dort oben nicht mehr nach Horrorfilmkulisse aus. Die Spinnweben und der Schmutz waren verschwunden, die Spiegelreste beseitigt und all der unbrauchbare Schrott lag nun in den Müllsäcken verteilt. Wenn ich etwas aus meinem Traum gelernt hatte, dann, dass man sich manchmal seinen Ängsten stellen musste. Genau das tat ich. Ich besiegte meine Angst vor dem Dachboden und zauberte nebenbei Tante Kaisslin ein Lächeln auf die Lippen.

»Sieht wirklich besser aus«, sagte jemand neben mir.

Überrascht drehte ich mich um. Meine Tante war mir gefolgt und sah sich sichtlich zufrieden im Raum um.

»Wenn du willst, können wir hier die alten Kleider und die verstaubten Bücher verstauen, welche sich unten ansammeln. So hätten wir mehr Platz«, sagte sie. Gedanklich richtete sie womöglich schon eines der Zimmer für ein neues Hobby ein.

»Ehrlich gesagt sollten wir nicht gleich wieder solch eine Unordnung anfangen. Das nächste Mal räume ich nicht auf.«

Erschöpft und mit dreckigen Händen betrachtete ich nun ebenfalls mein Werk.

»Vielleicht. Ach, und das wollte ich dir geben, es lag bei den anderen und da du oft davon gesprochen hast ...« Sie drückte mir ein kleines Büchlein mit rotem Einband in die Hand. Es war alt und passte irgendwie auf den Dachboden. Es wunderte mich nicht, dass es sich hierbei um die Geschichte des dunklen Prinzen und der weißen Königin handelte.

»Danke«, murmelte ich lächelnd und setzte mich trotz der mahnenden Blicke meiner Tante auf den Boden. Ich schlug die erste Seite auf und begann zu lesen. Die Zeit verging und die Nacht brach herein. Tante Kaisslin lag schon lange im Bett und hatte mir netterweise noch ein Glas mit Wasser und belegte Brote auf die oberste Treppenstufe gestellt. Doch die Geschichte faszinierte mich so sehr, dass mir keine Zeit dafür blieb. Ich tauchte erneut in das Märchen ein. Las von der weißen Königin und ihrem Schicksal, ritt zusammen mit Farrun vom Schloss seines Vaters davon, stellte mich mit ihm gegen den Fluch und erfuhr endlich Besarts komplette Geschichte. Und kurz vor dem Ende, ja, da hatte ich Tränen in den Augen. Nicht weil ich so gerührt war, oh nein. Es war mehr dieses Gefühl, dass das Märchen nun beendet war. Ich blätterte zur letzten Seite und las endlich, wie alles ausging. Verwundert las ich die Namen. Irgendetwas stimmte hier nicht.

Irgendwann, als alle bereits die Hoffnung aufgegeben hatten, gelangte ein Mädchen mit flammendem Haar in ihre Welt. Sie sorgte dafür, dass der Prinz erkannte, wer er wirklich war, und fand den geheimen Schlüssel zum Saal der Spiegel. Auch nach vielen Prüfungen wusste ihr Herz noch, wohin es gehörte. Mit List und Logik gewann sie das Spiel und erreichte so das Ziel.

Der Prinz verliebte sich in sie und brach somit den Fluch seines Vaters. Die Weiße ergab sich und warf das Zepter nieder. Denn die Fantasie des Mädchens war unendlich.

Doch was geschah mit unseren Figuren?

Tarif, der junge Mann, erwachte auf einmal in einem Krankenhaus. Irgendwer hatte ihm wohl Betäubungsmittel in das Getränk geschüttet. Verwirrt und etwas von Sinnen erzählte er von ebendieser Geschichte. Die Ärzte schüttelten bloß ihre Köpfe, aber Tarif wusste, dass es wirklich geschehen war. Er schrieb die Geschichte nieder und entdeckte seine Liebe zum Schreiben. Nie wieder betrat er solch eine Bar und auch das Glücksspiel ließ er für immer bleiben.

Rascha konnte ihre Schwester wieder in ihre Arme schließen. Sie war ebenfalls zurück und erinnerte sich an alles. Sie lebte mit ihren Eltern und ihrer Schwester mitten in einer Großstadt. Doch auch sie wagte nie mehr, in solch einem See zu baden.

Den jungen Besart traf sie schon bald wieder. Er war in die Menschenwelt gelangt und arbeitete nun in einem kleinen Café, um Geld zu verdienen. Dort saßen die beiden jeden Abend und sprachen miteinander. Ihre Liebe war nicht mehr dieselbe wie zu Beginn, zu viel war geschehen, aber sie arbeiteten daran. Manchmal saßen sie auch einfach im Freien, beobachteten die Sterne und erzählten von Märchen und längst vergessenen Geschichten.

Der Hutmacher trank seinen Tee und war zurück in seiner eigenen Geschichte. Einer Geschichte, die ebenfalls von einem Mädchen handelte, das sich in der falschen Welt verlor.

Und die Königin? Sie wurde seit dem Ende des Spiels nie wieder gesehen. Ihre Geschichte aber, die beeindruckte so viele Leute, dass man sie noch lange erzählte.

Nun fragt ihr euch gewiss, was aus dem flammenden Mädchen und dem dunklen Prinzen wurde. Das Mädchen lebte bei seiner Tante, während der dunkle Prinz ... Nun, seht selbst.

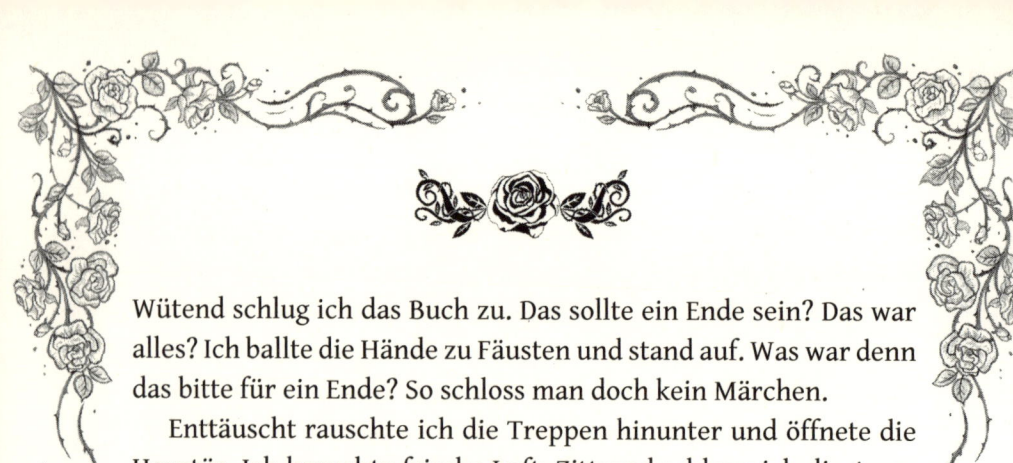

Wütend schlug ich das Buch zu. Das sollte ein Ende sein? Das war alles? Ich ballte die Hände zu Fäusten und stand auf. Was war denn das bitte für ein Ende? So schloss man doch kein Märchen.

Enttäuscht rauschte ich die Treppen hinunter und öffnete die Haustür. Ich brauchte frische Luft. Zitternd schlang ich die Arme um mich, während ich hinaus ins Freie trat.

Zwar hatte es in letzter Zeit keine Schneestürme mehr gegeben, trotzdem lag noch immer Schnee auf den Straßen. Schwach beleuchteten die Laternen den Weg vor mir.

Tränen rannen mir über die Wangen und enttäuscht grub ich die Fingernägel in meine Arme. Was hatte ich denn erwartet? Am liebsten hätte ich geschrien, aber da war etwas, was mir eigenartig vorkam. Ich hielt inne und wischte mir die verbliebenen Tränen ab.

Ein Stück die Straße hinunter saß jemand im Schnee. Den Kopf in den verschränkten Armen vergraben, den Blick starr geradeaus gerichtet.

Ich lief näher heran. »Du solltest nicht so in der Kälte hocken«, meinte ich und tippte ihn mit dem Fuß an. Ein helles, fast blaues Augenpaar blickte zu mir auf. Mein Herz setzte einen Schlag aus. Ich wich einen Schritt zurück und schlug mir die Hände vor den Mund.

Der Junge im Schnee ähnelte jemandem, den ich gut kannte. Verwundert sah er mich an. Er stand auf und fuhr sich durchs Haar. »Feuer.«

»Bitte was?«, fragte ich und starre ihn noch entgeisterter an.

»Deine Haare«, erwiderte er und lächelte leicht.

Ich schüttelte den Kopf, schloss die Augen und schüttelte abermals den Kopf. Doch als ich wieder aufsah, war er immer noch da.

»Farrun, bist du es? Aber das ist unmöglich«, sagte ich stotternd.

Er lächelt leicht. »Genau der bin ich. Benannt nach dem aus dem Märchen.«

Womöglich einfach ein Junge, der dem dunklen Prinzen ähnlich sah und dazu noch seinen Namen trug.

»Ich bin Taija«, fuhr ich fort, obwohl er nicht danach gefragt hatte.

»Ich weiß. Ich erinnere mich an dich, zumindest zum größten Teil.« Er räusperte sich und fuhr mir kurz durchs Haar.

»Das heißt, es war doch alles real?«, flüsterte ich.

»Wer weiß schon, was real ist«, meinte er lächelnd und seine Hand umschloss die meine. In der Geste lag so viel Vertrautheit, dass es fast schmerzte. Er war es wirklich und er war hier. Hier in der Menschenwelt.

Ich schloss noch einmal die Augen. Als ich sie wieder öffnete, sah Farrun mich an.

»Ich weiß, dass ich Fehler gemacht habe und alles sich eigenartig anfühlt, aber ich möchte dir zeigen, wer ich wirklich bin«, erklärte er und zog mich näher zu sich. »Es braucht Zeit.«

»Zeit klingt gut, doch du solltest vielleicht wissen, dass die Zeit männlich ist, zumindest hat mir das einmal ein verrückter Hutmacher verraten«, erzählte ich, während er mich umarmte und wir einfach nur so nah wie möglich beieinanderstanden.

»Männlich? Die Geschichte musst du mir erklären«, sprach er lachend und vergrub sein Gesicht in meinen Haaren.

So standen wir also da und waren glücklich. Mit der Zeit wuchs auch die Vertrautheit zwischen uns und endlich lernte ich den richtigen Farrun kennen. Wie ich ihn schlussendlich meiner Tante vorstellte? Jenes ist eine andere Geschichte, die ich vielleicht ein anderes Mal erzählen werde.

Die eine Geschichte endete, doch eine neue begann gerade

hier und jetzt. Das hier war die Wirklichkeit, selbst wenn es verrückt klang. Manchmal konnten fünf Minuten einem wie Wochen vorkommen und manchmal enthielt ein Märchen ein Stückchen Wahrheit.

Da standen sie also, in ihrer Welt, doch das Märchen lebte weiter und suchte ständig nach neuen Statisten.

Gib gut acht.

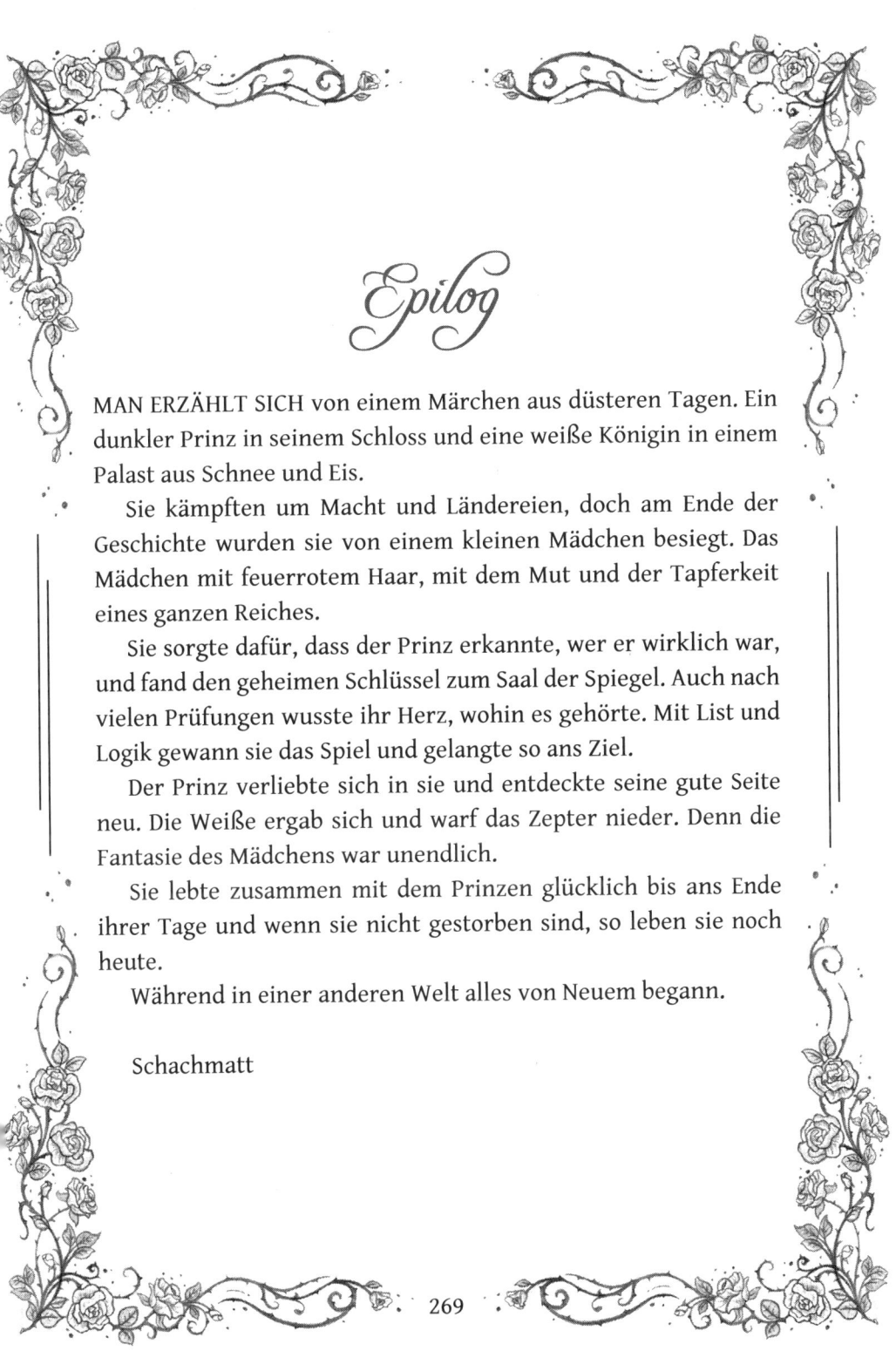

Epilog

MAN ERZÄHLT SICH von einem Märchen aus düsteren Tagen. Ein dunkler Prinz in seinem Schloss und eine weiße Königin in einem Palast aus Schnee und Eis.

Sie kämpften um Macht und Ländereien, doch am Ende der Geschichte wurden sie von einem kleinen Mädchen besiegt. Das Mädchen mit feuerrotem Haar, mit dem Mut und der Tapferkeit eines ganzen Reiches.

Sie sorgte dafür, dass der Prinz erkannte, wer er wirklich war, und fand den geheimen Schlüssel zum Saal der Spiegel. Auch nach vielen Prüfungen wusste ihr Herz, wohin es gehörte. Mit List und Logik gewann sie das Spiel und gelangte so ans Ziel.

Der Prinz verliebte sich in sie und entdeckte seine gute Seite neu. Die Weiße ergab sich und warf das Zepter nieder. Denn die Fantasie des Mädchens war unendlich.

Sie lebte zusammen mit dem Prinzen glücklich bis ans Ende ihrer Tage und wenn sie nicht gestorben sind, so leben sie noch heute.

Während in einer anderen Welt alles von Neuem begann.

Schachmatt

Albtraumschach

DIE SECHZEHN FIGUREN jeder *Partei bestehen bei einer herkömmlichen Schachpartie aus dem König, der Dame, zwei Türmen, zwei Läufern, zwei Springern und acht Bauern.* Diese Zusammensetzung ist ein Sinnbild von Hofstaat und Heer traditioneller Königreiche.

Beim Albtraumschach hingegen gibt es pro Mannschaft sechs Personen. Dabei wird auch kein wirkliches Schach gespielt, der Name hat lediglich eine symbolische Funktion. *Jeder Spieler bekommt eine Schachfigur zugeordnet und erhält dafür spezielle Eigenschaften.*

Übersicht der Eigenschaften der Schachfiguren

König: *Verliert der König ein Spiel, ist sein Team schachmatt und der Gegner gewinnt, egal ob noch Figuren im Spiel sind oder nicht.*

Dame: *Die Dame ist eine der wichtigsten Figuren. Sie kann in* die *Albträume ihrer Mitstreiter* eintauchen und so den Spielern helfen.

Turm: *Der Turm dient zum Schutz und kann eine Person aus dem Gegnerteam blockieren, indem er sich vor diese stellt und verhindert, dass* sie *das Spiel verlässt. Diese Blockade hält zwei Spielrunden lang.*

Springer: *Der Springer kann aus den Albträumen springen, respektive flüchten. Dies* ist *ihm jedoch nur zwei Mal* pro Partie möglich.

Läufer: *Zeit im eigenen Albtraum beschleunigen oder verlangsamen.*

Bauer: *Der Bauer beginnt mit dem ersten Spiel. Er kann sein*

271

Leben auch opfern und dafür eine Figur zurückholen, welche zuvor ausgeschieden ist.

Allgemeine Spielregeln

Beim Albtraumschach spielen sechs Figuren, alle besitzen Eigenschaften von Schachfiguren.

Das weiße Team beginnt die erste Runde.

Verlässt einer der Spieler sein Feld und läuft zum Gegnerteam, kann dieses den Spieler für sich beanspruchen.

Das gegnerische Team entscheidet, welche Figuren ins Spiel geschickt werden.

Das Verlassen des Spiels ist untersagt.

Besiegt man seine Albträume, darf man weiterspielen. Scheitert man jedoch, bleibt man für immer und ewig darin gefangen und scheidet aus.

Wenn das Spiel endet, erwachen alle Figuren des Gewinnerteams wieder. Den Figuren des Verliererteams, die bis dahin überlebt haben, steht es frei, zu gehen, alle anderen bleiben in ihren Albträumen gefangen.

Der dunkle Prinz und die weiße Königin entscheiden die Rollen ihrer Mitspieler kurz vor dem Spiel. Um zu wissen, welcher Schachfigur man zugeteilt ist, sieht man auf den Boden zu seinen Füßen, dort stehen die Zeichen der jeweiligen Schachfigur.

Das Märchen ...

... vom dunklen Prinzen und der weißen Königin, die komplette Geschichte

ES WAR EINMAL vor langer Zeit, da gebar eine junge Frau mitten in der Nacht ein Mädchen. Die Vorfreude auf das Kind war groß, denn ihr Mann und sie hatten sich in all den Jahren nichts sehnlicher gewünscht, als endlich ein Kind zu bekommen. Doch die Freude dauerte nicht lange. Das Mädchen war anders. Ihr Haar und ihre Haut waren schneeweiß. Ihre Augen waren milchig, die Pupillen sah man kaum. Das Paar wartete ein ganzes Jahr, doch das Mädchen behielt ihr eigenartiges Aussehen. Im Dorf sprach man bereits hinter ihrem Rücken darüber. Mit der Zeit bekamen auch die Eltern Angst vor ihrem eigenen Kind. Es war so anders, so ungewöhnlich. Irgendwann siegte die Angst über die Liebe und die beiden setzten das junge Wesen mitten im verschneiten Wald aus. Dort lag es, bis der Neuschnee sich über es legte. Das Kind schrie und schrie, doch keiner wollte es hören. Nach etlichen Tagen hatte eine ältere Frau Erbarmen. Sie hob das Mädchen hoch und trug es zu sich nach Hause. Dort versorgte sie es, wunderte sich aber zur selben Zeit, warum dieses junge Ding so lange und ohne Nahrung in dieser Kälte überleben konnte. Das Mädchen wuchs zu einer jungen Dame heran. Ihre neue Mutter verbarg sie stets vor den Blicken der anderen, aber das Kind war neugierig. Sie schlich sich hinab in das Dorf, begegnete ihren leiblichen Eltern und den Bewohnern. Man rief aus, warf mit Steinen und Stöcken nach ihr.

Das Mädchen weinte bittere Tränen. Warum man sie so behandelte, verstand sie nicht. Mit den Jahren wuchs ihr Hass und als sie endlich alt genug war, um für sich zu sorgen, verschwand ihre Ziehmutter spurlos. Das Mädchen ließ den Hass siegen. Sie sprach mit dem Wind, mit dem Eis und dem Schnee, sie versprach, für sie als Gefäß zu dienen, wenn sie ihr im Gegenzug etwas von ihrer Kraft gaben. Die Elemente willigten ein und von da an fühlte sich dieses Mädchen nicht mehr allein. Sie ließ eine Lawine auf das Dorf rollen und begrub all das Leben unter sich. Auf dem Haus ihrer leiblichen Eltern erschuf sie einen meterhohen Hügel und auf der Spitze dieses Hügels baute sie ihr Schloss. Von da an regierte sie als die weiße Königin über ihre Stadt namens Tarasa.

Zur selben Zeit gebar eine Königin im Nachbarland einen jungen Sohn. Die Geburt forderte aber ihre Opfer und raubte der wunderschönen Herrscherin ihr Leben. Der Vater, der König des Landes, war außer sich vor Zorn. Das Leben hatte ihm seine große Liebe genommen und zurück blieb der Schmerz. Der Schmerz wandelte sich zu Zorn, Wut, Hass, zu Schuldgefühlen und Gier nach Macht. Er suchte nach Gründen, suchte nach Schuldigen und meist musste sein junger Sohn dafür herhalten. Der junge Prinz wurde älter und sein Leben war gezeichnet von der Grausamkeit seines Vaters. Kein einziges Mal sah man ihn lächeln, die Freude des Lebens kannte er nicht. Der schreckliche König hörte von der weißen Königin und wollte von da an ihre Macht teilen. Er suchte sein Leben lang nach einer Antwort, aber irgendwann forderte die Zeit ihre Tribute. Bevor er verbittert starb, schickte er nach seinem Sohn. Mit seinen letzten Worten verfluchte er den Knaben. Im Dorf feierte man den Tod des Herrschers. Man hoffte nun auf bessere Zeiten, denn der junge Prinz war ganz und gar nicht wie sein Vater. Er war gütig und hatte das Herz am rechten Fleck, und das trotz der vielen Lektionen seines alten Herrn. Er wollte anders sein als sein Erzieher, er wollte für Frieden sorgen. Besonders eine

Gruppe von jungen Leuten freute sich über den Tod des Königs. Junge Männer und Frauen hatten sich vor nicht allzu langer Zeit im Wald verkrochen. Sie hatten einen Anschlag auf den Sohn des Königs geplant, doch als sie bemerkten, dass der junge Mann nichts für die schrecklichen Taten seines Vaters konnte, ergriffen sie die Flucht. Besart hieß einer von ihnen, ein junger Bauernsohn, dem die Eltern in den frühen Jahren geraubt wurden. Der Prinz erinnerte sich an den Mann und bat ihn, bei sich auf dem Schloss zu bleiben. Die beiden freundeten sich an, denn sie teilten eine schreckliche Vergangenheit. Auch Besart kannte Kummer und Schmerz, genau wie der Prinz. Schon bald blühten Felder dort, wo zuvor nur karge Leere geherrscht hatte. Die Menschen trauten sich wieder aus ihren Häusern und die Kranken wurden auf sonderbare Art und Weise gesund. Im ersten Augenblick schien alles wunderbar, doch es rankten sich Geschichten um ein dunkles grausames Monster, welches in dem Wald hinter der Grenze lebte. Am Abend durchquerte das Monster die finsteren Wälder und wagte sich hinaus in das Dorf. Manchmal nahm dieses Wesen die Gestalt eines Wolfes an, um besser und schneller durch das Dorf zu schleichen. An manchen Tagen war es wiederum ein einsames Reh, welches viele Jäger in den Wald lockte, oder ein prächtiger Hengst, der dafür sorgte, dass die kleinen Kinder aus dem Dorf mit ihm spielen wollten und sich ebenfalls in dem Wald verirrten. Jeder, der sich dort im Wald verlief, war verloren. Denn dort hausten auch noch andere schlimme Kreaturen. Manche Überlebende, von welchen es sehr wenige gab, berichteten auch von einer schrecklichen Königin am Ende des Waldes, die jeden zu Eis erstarren ließ, welcher ihr zu nahe kam.

Die Boshaftigkeit des Monsters war beinahe unstillbar. Menschen verschwanden und kamen nie wieder. Es ging sogar so weit, dass sich die Dorfbewohner nur noch am helllichten Tag auf die Straßen wagten. So ging das Ganze einige Monate und alle lebten in Angst und Schrecken. Irgendwann kam der Verdacht auf, dass der junge Prinz dieses Monster war. Denn solch ein Ungeheuer war erst aufgetaucht, als der König starb. Manche munkelten, der alte König hätte seinen eigenen Sohn am Sterbebett verflucht.

Eines Tages gelangte ein alter Kräutermann zu dem Dorf. An jenem Tag regnete es in Strömen und dankbar nahm der schwache Mann Speisen, Getränke und ein trockenes Lager in einem Stall entgegen. Als Dank sprach er mit den Bewohnern über ihre Sorgen und versprach, ihnen zu helfen. Er wagte sich in der nächsten Nacht in den dunklen Wald und wartete auf das grausame Monster, welches auch bald erschien. Das Monster zeigte sich tatsächlich in der Gestalt des Prinzen. Ein schöner Prinz, der dunkle Augen hatte, schwärzer als die tiefste Nacht, schwarz wie seine Seele. Er wollte mit dem Mann seine Spiele spielen und ihn in die Tiefe des Waldes locken. Doch der Kräutermann trickste ihn aus und brachte ihn an die Grenzen des Waldes zu der weißen Königin. Der Kräutermann machte sich aus dem Staub und ließ die beiden gegeneinander kämpfen. Er bannte sie an einen Fluch, dank welchem sie immer weiterkämpfen sollten, bis einer von ihnen starb. Was nicht machbar war, denn die beiden Kreaturen waren gleich mächtig. Somit waren sie mit sich selbst beschäftigt und konnten niemandem mehr Leid zufügen, zumindest dachte das der alte Mann.

In jener Nacht soll der Himmel sich geöffnet haben und Blitze und Donner sollen über die Erde geschossen sein. Es hagelte und stürmte, selbst der Wind schrie um die kahlen Häuser. Die beiden kämpften und irgendwann merkten sie, dass es keinen Sinn ergab. Der Prinz verkroch sich irgendwo hinter den Wäldern und baute sein Schloss und die Weiße verzog sich in ihren Eispalast. Doch die Spiele gingen immer weiter. Beide sahen ein, dass jeder von ihnen gleich mächtig war. Sie brauchten eine andere Möglichkeit, um zu erfahren, wer der Stärkere von ihnen war. Sie erschufen ein Spiel namens Albtraumschach, um mit ihren Spielfiguren in deren Träumen gegeneinander zu kämpfen. Als sich die ersten Menschenkinder hierher verirrten, waren gleich einige Spielfiguren gefunden. Denn die Fantasie der Menschen war grenzenlos. Grenzenloser als die der Weißen oder des Dunklen. Die Menschenkinder kämpften gegeneinander in dem Spiel und wenn sie überlebten, war es ihnen frei, zu gehen. Doch selbst die beiden mächtigen Streithähne wussten nicht, wie man dieses Märchen wieder verließ, darum blieben die Spieler, bis sie irgendwann alles vergaßen und neue Rollen übernahmen. Da gab es die junge Rascha, auch Alice genannt, ein Mädchen mit langem schwarzen Haar. Sie war die Erste, die einen wirklichen Ausweg in einem Buch entdeckte, doch ihr Herz hatte sie dem treuen Freund des Prinzen geschenkt. Darum blieb sie, der Liebe willen.

Tarif, ein junger Dieb, gelangte durch ein Versehen in das Spiel. Auch er musste bleiben und war ständig auf der Suche nach dem Ausweg.

Der verrückte Hutmacher wusste Bescheid, doch ihm war das alles zu anstrengend. Er trank lieber seinen Tee.

Irgendwann, als alle bereits die Hoffnung aufgegeben hatten, gelangte ein Mädchen mit flammendem Haar in ihre Welt. Sie sorgte dafür, dass der Prinz erkannte, wer er wirklich war, und fand den geheimen Schlüssel zum Saal der Spiegel. Auch nach vielen Prüfungen noch wusste ihr Herz, wohin es gehörte. Mit List und Logik gewann sie das Spiel und gelangte so ans Ziel.

Der Prinz verliebte sich in das Mädchen und brach somit den Fluch seines Vaters. Die Weiße ergab sich und warf das Zepter nieder. Denn die Fantasie des Mädchens war unendlich.

Doch was war mit unseren Figuren geschehen?

Tarif, der junge Mann, erwachte auf einmal in einem Krankenhaus. Irgendwer hatte ihm wohl Betäubungsmittel in das Getränk geschüttet. Verwirrt und etwas von Sinnen erzählte er von ebendieser Geschichte. Die Ärzte schüttelten bloß ihre Köpfe, aber Tarif wusste, dass alles wirklich geschehen war. Er schrieb die Geschichte nieder und entdeckte seine Liebe zum Schreiben. Nie wieder betrat er solch eine Bar und das Glücksspiel ließ er für immer bleiben.

Rascha konnte ihre Schwester wieder in ihre Arme schließen. Auch sie war wieder zurück und erinnerte sich noch an alles. Sie lebte mitten in einer Großstadt mit ihren Eltern und ihrer Schwester. Doch auch sie wagte nie wieder, in solch einem geschützten See baden zu gehen, denn dank diesem war sie in der Märchenwelt gelandet.

Den jungen Besart traf sie auch schon bald wieder. Auch er war in die Menschenwelt gelangt und arbeitete nun in einem kleinen Café, um Geld zu verdienen. Dort saßen die beiden jeden Abend und sprachen miteinander. Ihre Liebe war nicht mehr dieselbe wie zu Beginn, zu viel war geschehen, aber sie waren bereit, daran zu arbeiten. Manchmal saßen sie auch einfach im Freien und beobachteten die Sterne über sich, erzählten sich von Märchen und längst vergessenen Geschichten.

Der Hutmacher trank seinen Tee und war wieder zurück in seiner Geschichte. Einer Geschichte, die ebenfalls von einem Mädchen handelte, das sich in der falschen Welt verlor.

Und die Königin? Die Königin wurde seit dem Ende des Spieles nie wieder gesehen. Ihre Geschichte aber, die beeindruckte so viele Leute, dass man sie immer und immer wieder erzählte.

Nun fragt ihr euch gewiss, was mit dem flammenden Mädchen und dem dunklen Prinzen geschehen war?

Taija lebte glücklich bis ans Ende ihrer Tage mit dem Prinzen und wenn sie nicht gestorben waren, so lebten sie noch heute.

Während in einer anderen Welt alles von Neuem begann.

Schachmatt

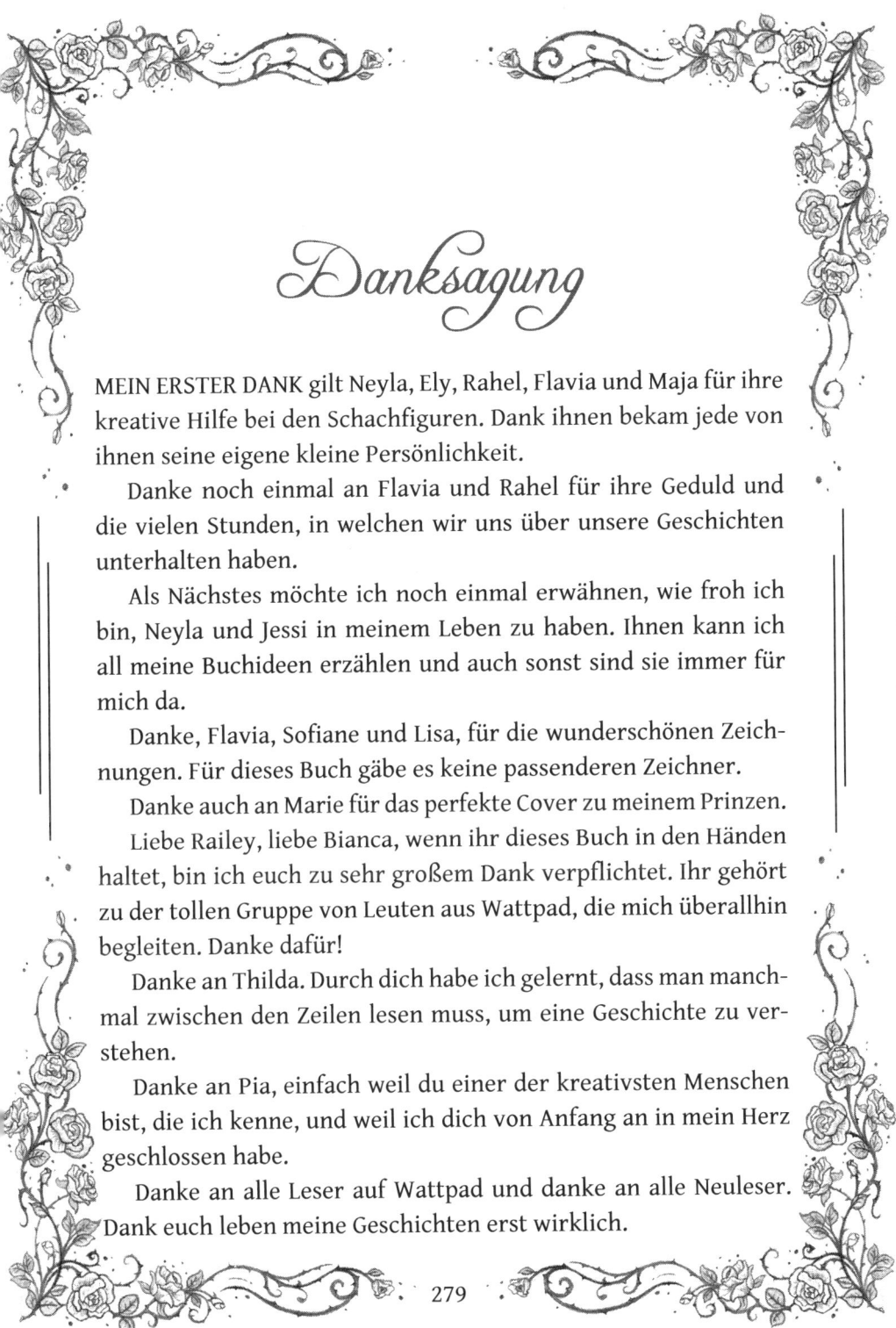

Danksagung

MEIN ERSTER DANK gilt Neyla, Ely, Rahel, Flavia und Maja für ihre kreative Hilfe bei den Schachfiguren. Dank ihnen bekam jede von ihnen seine eigene kleine Persönlichkeit.

Danke noch einmal an Flavia und Rahel für ihre Geduld und die vielen Stunden, in welchen wir uns über unsere Geschichten unterhalten haben.

Als Nächstes möchte ich noch einmal erwähnen, wie froh ich bin, Neyla und Jessi in meinem Leben zu haben. Ihnen kann ich all meine Buchideen erzählen und auch sonst sind sie immer für mich da.

Danke, Flavia, Sofiane und Lisa, für die wunderschönen Zeichnungen. Für dieses Buch gäbe es keine passenderen Zeichner.

Danke auch an Marie für das perfekte Cover zu meinem Prinzen.

Liebe Railey, liebe Bianca, wenn ihr dieses Buch in den Händen haltet, bin ich euch zu sehr großem Dank verpflichtet. Ihr gehört zu der tollen Gruppe von Leuten aus Wattpad, die mich überallhin begleiten. Danke dafür!

Danke an Thilda. Durch dich habe ich gelernt, dass man manchmal zwischen den Zeilen lesen muss, um eine Geschichte zu verstehen.

Danke an Pia, einfach weil du einer der kreativsten Menschen bist, die ich kenne, und weil ich dich von Anfang an in mein Herz geschlossen habe.

Danke an alle Leser auf Wattpad und danke an alle Neuleser. Dank euch leben meine Geschichten erst wirklich.

Danke an meine Familie, meine wunderbaren Eltern, die verstehen, dass ich ein Nachtmensch bin und meine kreativsten Ideen leider erst nach Mitternacht kommen. Ohne ihre Unterstützung könnte ich nicht das machen, was ich so sehr liebe.

Danke an Philipp und Michael und irgendwie auch an meine Katze, die lieber meine Notizbücher anknabbert oder quer über der Tastatur liegt, anstatt mir beim Schreiben zu helfen.

Danke an die wohl beste Oma der Welt, die diese Zeilen leider niemals lesen wird, aber ich weiß, dass du diese Geschichte gern gelesen hättest.

Debbie, auch dir danke ich natürlich, für all die wunderschönen Hörproben zu meinen Büchern und die aufmunternden Worte. Mit dir würde ich sogar Ed Sheeran teilen.

Danke an Angelina. Wenn ich etwas brauche, bist du immer für mich da und hörst mir stundenlang zu. Freunde wie dich braucht man in seinem Leben.

Auch ein großes Dankeschön an Jenny und Nina, zwei wundervolle Menschen, die ich dank Instagram besser kennenlernen durfte.

Doch der größte Dank gilt Nadine vom Zeilengold Verlag. Ich bin froh, ein Teil ihres Teams zu sein, denn sie gibt meinen Geschichten solch ein wundervolles und gleichzeitig perfektes Zuhause.

Die Autorin

Ney Sceatcher, 1996 geboren in der Schweiz, las schon immer gerne aufregende Bücher. Selbst zu schreiben begann sie bereits mit neun Jahren. Damals entstanden ihre Geschichten noch in kleinen Notizbüchern. Heute schreibt sie im Internet und ist seit 2014 auf der Seite Wattpad aktiv. Bis jetzt hat sie dort unter dem Namen NeySceatcher sechs Bücher veröffentlicht und eine große Anzahl an Lesern gewonnen. Wenn sie nicht gerade schreibt oder Tieren hilft, reist sie in der Welt umher und träumt von aufregenden Abenteuern..

Der DaVinci Fluch - Bloodmoon is coming
Katharina Sommer

„Menschen jagen Hexen – Hexen jagen die Zeit..."

Eine Welt voller Magie, eine Welt ohne die berühmte Mona-Lisa.

Als Carrie ihre magischen Kräfte verliert, muss sie auf eine französische Privatschule wechseln. Ab sofort bestimmen nicht mehr Zaubersprüche, sondern Zicken und Hausaufgaben ihren Alltag. Auch Francis, Sahneschnittchen Nummer eins, macht ihr das Leben alles andere als einfach. Doch als er erfährt, wer ihre Vorfahren sind, verwandelt sich sein Hass in verdächtig intensives Interesse.

Ist sie bereit ihm zu helfen? Vor allem wenn dabei eine Möglichkeit für sie herausspringt, ihre alten Kräfte wiederzuerlangen? Eine magische Reise in die Vergangenheit beginnt...

––––––––

Tränen der Göttin - Erwacht
Bettina Auer

Dass dieser Tag kommen würde, stand für Káyra immer fest... aber so? Mitten in der Nacht wird sie von Semar, einem Priester, entführt und auf die Festung Lýdris verschleppt. Dort soll Semar sie auf ihre Aufgabe als Auserwählte der Heiligen Göttin vorbereiten. Was diese beinhaltet, vermag Káyra jedoch keiner zu sagen. Eines aber ist gewiss – ihr Überleben ist nicht eingeplant.

Der Zauber des Winters
Anthologie

Winterliche Zeilen voller Magie

Ob am Hindukusch, in Griechenland oder fantastischen Welten, die Winter- und Weihnachtszeit hat überall ihren ganz besonderen Charme. Einsame Mädchen finden ein Zuhause, Feen werden von Flüchen erlöst und dem Weihnachtsmann ist kein Kinderwunsch zu ausgefallen, um ihn zu erfüllen.

Zehn wundervolle Geschichten warten nur darauf, dich auf Schiffe, Ballnächte und Waldlichtungen zu entführen, dich zu verzaubern und am Ende ein wenig nachdenklich zurückzulassen. Die erste Zeilengoldanthologie vereint in einzigartiger Weise die Geschichten des Winters mit Botschaften, die direkt ins Herz gehen.

Eonvár - Zwischen den Welten
Kat Rupin

Nichts vermag die toughe Elisa zu stoppen. Weder die Hindernisse des Alltags noch das raue Leben in der Großstadt. Plötzlich taucht ihr lange verschollener Jugendfreund Gabriel auf – und mit ihm die Chance, in einer magischen Welt voller Abenteuer zu leben. Elisa steht vor einer schweren Entscheidung. Nur wer sich vollkommen von der irdischen Welt trennt, darf in Eonvár bleiben. Doch ist das Leben als Hexe und ohne Rollstuhl wirklich das, was sie sich wünscht? Kann sie die Menschen, die sie liebt, zurücklassen? Statt eine Wahl zu treffen, beginnt Elisa ein gefährliches Doppelleben zwischen den Welten.

Nation Alpha
Christin Thomas

Ich bin eine Omega. Wir werden als Sklaven für die Königsrasse der Alphas gezüchtet und haben keine Rechte, keinen Namen, kein Leben. Man behandelt uns nicht wie Menschen, sondern wie Ware. Nach dreihundertjährigem Martyrium wollen die Alphas uns auslöschen und durch Maschinen ersetzen. Meine Zeit ist abgelaufen, falls der verzweifelte Rettungsplan nicht gelingt. Doch wer würde darauf bauen, wenn die sogenannten Retter selbst Alphas sind? Kann ich ihnen vertrauen oder ist unser Untergang bereits besiegelt?

_____

Als das Leben mich aufgab
Ney Sceatcher

Als das Leben mich aufgab, war ich 16 Jahre alt und trug keine Schuhe...

Keine Ahnung, wie ich gestorben bin oder wie ich heiße, aber ich nenne mich Mai – ja, richtig, wie der Monat. Im Jenseits wollten sie mich nicht haben. Zu viele unerledigte Dinge, haben sie gesagt. Darum stehe ich jetzt hier mit einer Handvoll Briefe an Menschen, an die ich mich nicht mehr erinnern kann. Doch möchte ich das überhaupt? Möchte ich meine Vergangenheit wiedererwecken? Wissen, wer ich war, wen ich liebte und wie ich starb? Eigentlich nicht und doch wird diese Reise mir im Tod mehr über das Leben lehren, als es das Leben selbst je gekonnt hat.

Mit ihrer sehr intensiven und einfühlsamen Betrachtung des Todes öffnet Autorin Ney Sceatcher ihren Lesern die Augen für die wesentlichen Dinge des Lebens.